暴走姐妹花

满世界，找自己

庞倩怡　张瑾◎著
赖晓敏◎手绘

SPM 南方出版传媒
全国优秀出版社
全国百佳图书出版单位
广东教育出版社
·广州·

编者按

我相信，世界是圆的，无论从哪里出发，都会遇到那个令人“怦然心动”的自己。

本书通过两个女孩的不同视角，诉说来自远方的声音——在行走中和世界碰撞，与世人交互，与旅伴“依偎”。一帧帧或温馨，或有趣，或励志的小故事，宛如一块块小小的拼图，连绵不断地呈现在我们眼前。

基于上述这种情怀，本书编者决意让本书变得更为契合“两个勇敢女孩探寻世界”的特点，让读者在阅读中能更形象地体会到：无论从哪里出发，最终都会发现整个世界。

故，本书设两个内封，两个目录，两篇“自我介绍”，中间是一篇关于她们行走世界的感悟与总结。本书按“人”“体验”“风景”“旅伴”四个板块分类，每个板块都由女孩独一无二的人生历练串联起来，看似两种不同的风物、人情，但读着读着，她们的许多情感、体会就不谋而合地交融在一起，形成了她们的共鸣：既然决定出发了，那么最困难的一刻便已经结束。

正如“世界是圆的”，你可以从正面开始阅读，亦可从反面开始阅读，可以自由地选择两个不同的视角看世界，亦可按板块穿插“游弋”在两段不同的经历之间，体会着两个“精灵”的心路成长。当你在书中慢慢地寻找着“自己”，当你一页一页地读完，到最后你会惊喜地发现，无论相隔多远，只要心常念，我们总会和最好的自己相遇。

来吧，这里，世界等你翻阅。

『人妻』的心声

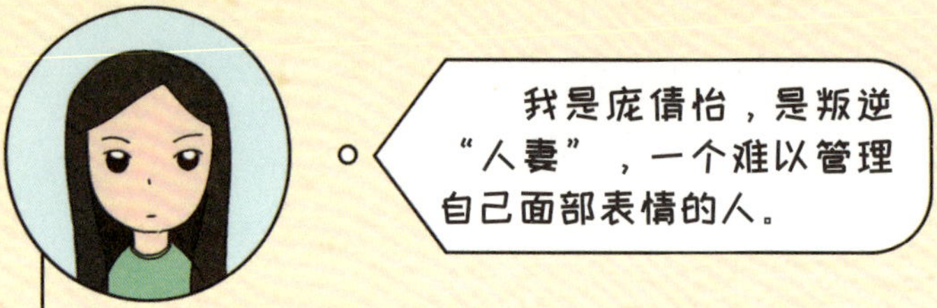
我是庞倩怡，是叛逆“人妻”，一个难以管理自己面部表情的人。

传统意义上，我和兔子都不应该走出家门，漂泊在路上。

户口本的婚姻状态栏从“未婚”变成“已婚”，这个女人一秒成了别人的妻，简称“人妻”。为婚房选一支靠谱的装修队，仔细筛选窗帘和床罩的色系图案是否匹配；登记每月家里的用度流水，找出水费、电费比上月多出一截的真正原因；学习如何用药膳调理公婆和丈夫的健康，同时认真改善自己的寒性体质为怀上活泼可爱的宝宝做准备；谨慎处理好与上司同事的关系，期待拥有更长远平稳的发展空间——这基本上是任何一位已婚未孕的30岁“人妻”身上责无旁贷的责任。

而我，来到了承担这个责任最合适的时间。

我是一个典型的广州女孩，生在一个典型的广州家庭。务实勤快的父母把我培养成一个讲求计划的人，在活动公司工作的两年时光几乎把我磨成了一台没有棱角的问题解决机器。结婚以前，我埋头爬上一条平直的楼梯，没有拐弯和偏差的话，下次抬头我就能看见60岁光荣退休的自己——直到我的丈夫拍了拍我的肩膀，我成了薛定谔的那只猫。

第一次“一个人的旅行”发生在婚后第五个月，心血来潮的决定换来了丈夫一句“去吧，这是一件有意思的事”，自此便一发不可收拾。某次晚餐，当丈夫被好友问到对“太太辞职去旅行”的看法，比我小两岁的他说：“有多少人愿意舍弃稳定的生活只为实现看世界的梦想？我只敢想想，但她做到了。她这么牛，我难道不应该支持她吗？”为了旅行第一次辞职，其时我已升任网站主编，还带着点壮士断臂的悲壮和背有靠山的窃喜；第二次辞职，那时“暴走姐妹花"的公众号有了上万位花粉，工作不再只是"为了生活"。当"要"字前面加上了一个由衷的主语："我"，这个人便已然找到了值得奋斗终生的事业。

在这份事业里，我找到了自己的定位：攻略达人、目的地资讯狂热分子，永远可以发现最便宜的机票、酒店、路线，爱在世界各地的民宿青旅做粤菜给外国友人品尝，总能在茫茫旅游信息海洋里找到最实惠的那条！但愿在我的帮助下，花粉们的眼睛只用来看风景就足够了。得益于在广告公关行业锤炼到的总结归纳能力，我擅长把每次旅途的见闻都自动组织成专业行程单和攻略书。我为旅行辞职两次，从羞于沟通到独自在异国菜市场和店主杀价，从一副好嗓子唱响各国青旅。

我对自己的定义是"一级体验达人"，对于所有没有做过的事都充满好奇和冲劲。在旅行共享大潮里，我是乐于奉献的沙发主人，把家门敞开，努力成为传播中国文化的一颗小种子。已婚未孕的我不是丁克，出门行走路上自然会承受着来自家人的压力，但权衡之下我愿意为梦想咬牙坚持。因为我相信，保持行走就能找到被爱被尊重的钥匙：在有限的时间、金钱和精力下，我尽所能既承担家庭责任，又不辜负人生。

一个字一个字码出我们的每篇文章，是我每天最痛苦又快乐的事情，从"自己的事"到"为花粉做点事"，我们坚持了超过1300天。对比"小疯狗"——火兔，我总显得太低调保守以及包装乏力，但我认为这样的组合才是我们梦想的最优解。看着花粉队伍像被"阿甘"鼓舞的跑者越发壮大，我愿成为那一小团无言的薪火。

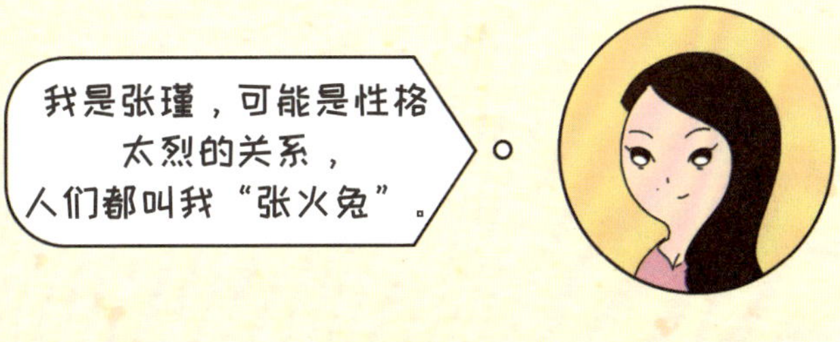
我是张瑾，可能是性格
太烈的关系，
人们都叫我"张火兔"。

旅行，让我发现了人生的无限可能。

目　录
Contents

第一章

路上遇见的人

就得和不说英语的人说英语

和英语专业八级的张火兔小姐不一样，我大学年代的公共英语四级考了3次才“低空”通过。这几年间被朋友和粉丝问得最多的问题之一就是：出国旅行英语不行怎么办？我时常把自己作为例子。

还记得我第一次独自国外旅行，选择了语言和饮食都很没障碍的马来西亚沙巴州。某天在街头闲逛，一位面容清秀的小青年微笑着用英语向我问路，恰巧那个地方我是知道的。其时我几天没和人聊过天了，看着好不容易主动搭话的人，我脑补了和小青年从诗词歌赋聊到人生哲学的画面。现实总是骨感的，英语不甚灵光的我，半天只能憋出一句：Turn right（右拐）。

人生总是有希望的，而我的希望，出现在沙巴州之旅的3个月之后。那时我已经辞职，买了往返越南西贡的机票，出发前一位同样是自由职业的女性朋友小敏求搭伴。小敏是一位娇滴滴的女生，作为旅行经验多一点的旅程发起人，我便承担了保镖和向导的职能。

在大叻市的某家烧烤店发现了一只可爱的小狗

我们走过了西贡和大叻，来到了当时俄罗斯人比中国游客多10倍的海滨城市芽庄。芽庄有一个保留项目——跳岛游（island hopping），就是二三十位来自世界各地的游客，乘着小船游览附近一个小岛。看岛是其次，当船到了海中心，恰巧是午餐时间，附近几艘差不多的船就会下锚靠在一起，接着船工会把座椅瞬间改造成舞台和看台。于是，船上近百位联合国游客就开始了一场无国界午餐派对！前一秒还是维持秩序的船工，下一秒就会戴上假发，背上吉他，成为演员或歌手，游客也会被拉上舞台表演具有本国民族特色的节目。表演过后，船员会把几个简易的小浮台扔到几艘船的“包围圈”中间，上面是一杯杯斟好的越南葡萄酒。勇敢的游客啊，如果你可以从船的二楼甲板“冰棍跳”跃进海里，浮台上的美酒随便喝！

出海当天阳光灿烂，我和小敏早早上船占了一个景观一流、太阳却永远晒不到脸上的位置。坐好不久，迎面走来一位留着及脖长发，戴着复古墨镜，轮廓酷似高仓健，一脸冷峻表情的日系酷哥，目测年龄在40岁左右。他上船后笔直坐在我们俩旁边，见状，猥琐的我们迅速交流了一个“难道是因为我们太美”的眼神。我们骄傲地抬头，环顾四周，忽然发现，哦，船上满员了，就剩我们身边还有空位……

小敏小小声问我觉得酷哥是哪国人，我用阅人无数的自信告诉她，日本的，一定是。这时酷哥可能翻越了巴别塔、突破了语言的障碍，从被搅动的气场里感受到了身边的两个怪女生正在讨论自己，于是轻轻拍了拍我的肩对我说话了，吓得我一个激灵！

穿透小船发动机巨大的“突突突突”声，酷哥的嗓音居然是轻柔沉静悦耳的，并且口音一听便是东亚人士，因为舌头无法卷曲，啊哈！当得知酷哥其实是独自前来越南旅行的韩国人的时候，我有一种竞猜失败的失落，而小敏就露出了一脸喜得韩剧男主角“欧巴”的表情。酷哥说他的名字叫“阿准（Joon）”，住在首尔，自己和搭档经营着一家贸易公司，每年都会有几个月在外漂着，有时出差，间或旅行。他很喜欢芽庄，已经在这里住了快一个月了。

船上的午餐正式开始，饥肠辘辘的各国游客已经可以忽视仪态和略显拥挤的环境了

来自法国的大学生兴致一来便开始表演了

阿准说这些的时候，语速很慢很慢，用的单词特别简单，也不存在太多语法时态。因为英语本不是他的母语，只是在外漂泊久了，不免就成了一个沟通的必要工具了，所以我很欣喜居然能把他说的话听懂了90%！我艰辛地组织着词汇，告诉他我们的旅行轨迹，告诉他我曾经也去过韩国济州岛旅行，因为不敢吃活章鱼而错过了很多……阿准很有耐心地消化着我说的话，不时点头哈哈大笑，我也尝试着给小敏翻译那些她听不完整的部分。

渐渐地，我们的小船停在了一个小小的海滩旁边，船员说这是一个浮潜点，让我们拿着船上提供的免费简单装备下海去！呼啦着我们就下了船，因为当时还没有任何的浮潜经验，阿准作为一位经验老到的旅行者，很热心地充当了我们的教练：如何把握呼吸节奏、如何包着“咬嘴”不进水，每当看到哪里有小鱼，他就会从水里站起来告诉我们。说韩文和说中文的人用蹩脚的英语无障碍地交流着，这种体验让我一下子打破了只有喝高了才敢开口说英文的心理壁垒。

芽庄的跳岛游，每个小岛停留60~120分钟不等，以保证游客能在充分亲水的同时，也有一些休憩的时间。小敏在水里和小鱼们玩得不亦乐乎，被太阳烤得背部生痛的我决定找个晒不着的地方好好镇静镇静皮肤。此时我惊讶地发现阿准竟然买了3瓶冰冻的汽水，占了一片树荫向我招手。这种热情细致的关照真让我好不容易捡拾回来的外语能力又直线下滑了，不得不说，这时的我真有点不好意思。于是对别人的事情没什么好奇心的我，也开始礼貌地打探起阿准的经历和故事了。

在大概30岁的时候，阿准有一位感情稳定的女友，两人情投意合也就盘算着组个小家庭了。哪知道东风恶，欢情薄，阿准的母亲并不太喜欢那位姑娘，多翻折腾下，双方竟也心生倦意，便和平分手了。自此这位温和的男子开始寄情工作，事业也获得了空前的发展。不过在阿准的心里，“找到一位知心伴侣”纯属低概率事件，忙碌工作的间隙四处游历，说不准也能被缘分砸中。

听到这里，我突然看向不远处在海里玩得不亦乐乎的小敏，对阿准露出神秘一笑：“我的好朋友小敏最近刚结束了一段恋情，这个女孩子特别简单可爱，我和你说说……”其实广东人有句谚语说“不做媒人三代好”，意思就是媒人这种行当，别人感情甜蜜的时候未必想起你，然而情海翻波的时候说不准会记恨你！不过，想到自己不过就是充当促进中外友谊穿针引线的角色，也无妨吧。

阿准长我若干岁，泡菜和年糕也没有白吃，我的小心思他岂能不知，于是他也安静地听着我如何巨细无遗地“出卖”小敏的优点，并且在返程路上大方地邀请同船玩得特别欢愉的一群法国大学生、我和小敏，以及一位很有趣的菲律宾女孩一同吃晚饭。对于阿准的邀约，小敏也表现得很快乐，趁着晚饭前回酒店换洗的时间，小敏孜孜不倦地向我问起关于阿准的种种。这不……有戏！

不过说起在东南亚海岛浮潜这件事，第一次不懂事真的遭了罪。穿着比基尼、背朝天的我伫立在海水里太长时间，回到酒店想着可能受了湿气要洗个热水澡，悲剧发生了！洗澡的时候只觉得背上火辣辣的，整个晚上感觉自己背着一盏大功率紫外线灯！睡觉的时候简直无法平躺，过了两天，我的后背竟开始大片脱皮，最可怕的是小敏竟能从我的背上

VINPEARL

撕出一层一层完整的皮！这个莫大的教训让我从此以后，只要感知到可能有浮潜的安排，都一定会带上速干面料的T恤，此乃后话。

和新朋友的晚饭时光很是快活，当时正值超人气魔幻美剧《权力的游戏》的热播期间，我们在芽庄的那一周恰好播到主角家族史塔克的“血色婚礼”桥段，作为预知一切的原著党，和因为在外旅行赶不上进度的法国大学生们聊得那叫一个兴起！15 000越南盾相当于4.5元人民

越南美奈，阿准加入了我们的小溪漫步

币，能买到一瓶最便宜的西贡啤酒，几瓶下肚，我那刚开窍的英语居然和法国人、韩国人、菲律宾人都能正常交流起来！当然，在喝得有点开怀的当儿，身负重任的我还不忘为那两位情愫初生的人儿制造了一下话题。看着起初还有点羞涩的小敏在阿准的温和引导下越发能聊，真是倍感欣慰啊。

在这里还得重点说说阿准的一些细节。在我的印象中——我的印象当然全部来自韩剧了，韩国男生一般是比较孩子气和大男子主义的。然而阿准却很不一样。晚饭的时候，我们到了集合地点，因为临时换了餐厅而菲律宾女孩又迟到了，于是我们提出“不如大伙儿先到餐厅再给女孩发短信吧”。但是阿准却坚持要在原地等女孩到了再一起去餐厅，因为担心“万一女孩没带手机，岂不是只能在此干等？”晚上我们结束了续摊的酒局，他挨个把女孩子们送上出租车，并且在司机面前抄下出租车牌号码握在手里。这种贴心的动作我都看在眼里，感觉把小姐妹托付给他不会错。

事情有点出乎意料又在掌握之中。和小敏原本订好了几天后一起北上会安古城的车票，离开前一天，小敏突然告诉我，她想多在芽庄玩几天，最后才和我在胡志明市集合。我霎时就灵台清明了——虽然说少了旅伴心里有些失落，然而这确实也是我想看到的结果，不是吗？

和前来送车的阿准、小敏道别后，我在大巴上居然碰到了也是要去会安的菲律宾女孩！后来我们在会安还遇到了一位很有趣的男孩，发生了好些有趣的故事，哪怕到了现在，我们还保持邮件往来。当我在胡志明市约定的地方和小敏会合的时候，猜猜我还见到谁？没错，就是决定一起南下的阿准。经过一段时间的相处，小敏收获了一位温柔的韩国男友，我也收获了一位见识广博的韩国朋友，大半年后我们几个还同游了马来西亚沙巴州。

要不你猜猜，那时重回沙巴州的我遇到问路的异国小青年，又会如何？

勇敢的去吧！你可以的！
Come on, baby.
English
英语先生好像不好对付……
Go~Go~Go~
~a b c.
·Friends.
Hello
“别慌，别慌”
找非英语国家的旅行者聊天，
提升自信！
能降低难度、
例如泰国、越南、
法国、西班牙等。
Hi
Hi
Hello
Hi
Hi, Mate!
Hi, 霾？
一群瞎聊
Hi,Mate!是“你好,朋友”的意思？
最好避免找口音重的练习伙伴！
例如日本、印度、澳洲、
非洲的兄弟们……你懂的！
what
Hello~
APP
听到陌生词汇及时查字典，加强记忆！
手机常备搜索引擎APP 和各类在线词典，
方便随时翻查。
好英语词典
HOHOHO……
大胆说！说错了大不了逃跑！
反正江湖茫茫不一定再见嘛！
See you

会安情缘

心理防线是一种很微妙的东西，一旦被击溃之后，一些激烈如潮水般的愿望就会一涌而出。别想太复杂，我主要指自己和外国友人的沟通欲望。2013年的越南之旅，原本与我搭伴同行的朋友小敏由于被丘比特神箭射中了，她决定留在芽庄陪伴韩国情郎阿准，孤苦的我只能按原计划登上早已预订的长途大巴，奔向下一个目的地——会安。

越南的长途大巴是我见过最豪华的公路公共交通工具，没有之一！所有乘客上车的时候必须脱鞋，司机会在车门处交给乘客一个小塑料袋，大家各自把鞋子装好，提上车即可。区别于中国的长途大巴，越南的车厢更为宽阔，座位呈三排双层有序分布，车尾部分一般会设有5个相连的通铺。长途大巴基本都是全卧铺设计，座椅可以调成最高90度半躺，最低160度接近平躺。车厢每1小时喷洒一次消毒空气清新剂，通风性能很好。

挥别了那对没心没肺的恋人，在座位上吃着饭团等开车的空当，我竟然遇见了和我们一起参加跳岛游、一起吃晚饭喝酒的菲律宾女孩凯瑟琳（Kathryn）！当她提着鲜榨果汁走上车的瞬间，“脸盲症晚期”的我竟然一下子认出了她，在我大脑还没反应过来的时候，我冲口而出叫出了她的名字，语气里带着仿佛见到了亲人般的亲切。也许寂寞如我确实需要一位旅伴了，而活泼好动的凯瑟琳正是最佳人选。她说她的目的地正好就是会安古城，不过没有预订酒店，而是暂住在菲律宾籍沙发主人的家里。“沙发客”这个新鲜的概念一下子冲进了我的脑门，这个仅仅只停留在“听过”却没有实践过的旅行住宿方式，看来可以在接下来几天通过凯瑟琳好好学习了。

终于到点开车，我们回到各自的位置上。从芽庄到会安，距离400多公里，因为越南并没有高速公路，所以预计车程是10小时！晚上8点发车，次日早上6点到达。大巴在路上毫不着急地驾驶着，在山地中晃荡前行，我也不知不觉睡着了。也没有在意睡了多久，忽然一阵奇异的安静让我醒了过来！我发现车竟然停在了一家亮着白光的修车小棚门前，从车上其他外国乘客细碎的交谈中得知，原来我们的车坏了！正在大山的小店里抢修。

一般电影里可怕的情节都躲不过“山地抛锚”这个开场，科幻片会有怪兽，恐怖片会有恶灵，警匪片会有歹徒……但不知为何当时的我竟丝毫生不出惧意，只觉得坏车修车就是最稀松平常的事了。就着小车棚微弱的灯光向车外看去，只听见四处叶草茫茫沙沙作响，歪着脑袋看看窗外的天空，竟然满天星斗也和我一样毫不胆怯。盯着星空一小会儿，我发现自己竟然不能自已地哭了起来——不怕别人笑话，至今我还记得自己流泪的原因：要知道3个月前，我还是事业单位里收入不错、职位不错的中层上班族，3个月后，我竟然就有这般荣幸，这般自由，一个人在异国不知名的山头，能不顾时间、不顾效益地经历凌晨1点的抛锚与修车。此时此刻的遭遇对我来说，绝对是奢华堪比卡拉美钻的。我浑身的每个细胞都在为自己的勇敢和坚持喝彩着，虽然现下四周一片寂静。

后来，连什么时候睡着、什么时候车修好了都不太确定，我醒来已经看到黄澄澄的太阳在田野的另一端冒出了大半个脑袋。竟然这么幸运赶上了日出！赶紧拿出相机咔嚓了几张，在摇摇晃晃的车里又一次睡着了。等到下一次停车，已然身在会安。会安的清晨没有想象中的宁静，主干道旁边来来往往的摩托车告诉我：早高峰似乎已经到来了。作为一名游客，我有一种超脱俗事的快感，就在下车点旁边的小粉摊解决掉饥肠辘辘的困境，背着大包按地图指引前往订好的酒店。而和我同车的凯瑟琳则是选择直接走路去找她的沙发主人，我们在原地分别，约定午后在我的酒店见面。

我住的酒店有泳池，本来计划两人入住而预订了双人房，现在这些条件都成了凯瑟琳把我的房间当成聚会小基地的理由了，当然我也是非常乐意的。午后会安的太阳能把人烤成地瓜，于是凯瑟琳和我便不假思索地跳进泳池，泡在水里兴高采烈地侃着。她说她住在马尼拉，做金

在大巴上看日出是一种奇妙的体验

融行业，虽说英语是菲律宾的官方语言之一，但是，能流利运用正规的书面语言交流还是能在职场上攒得很大优势的。于是，她在钻研英语这方面下了很大的苦功，也让她在工作里获得了不错的成就。我忍不住反思自己的现状：从毕业工作至今，尽管一直都在获取新技能或者提升原有技术来适配工作需求，但却从没有为了实现相对遥远的某一个目标，而有意向地学习或者精进某一个方面的技能。这是一个主动和被动的区别，被动适应会让这件事处在一个“仅仅够用就好了”的状态，而主动获取可能会刷新一些意想不到的收获。当然我还记得我正在一段旅行当中，很快我们便又从工作聊到了女生一定避不开的爱情和婚姻话题。而当时不及细想的感悟，却悄悄在我的心底生了根。

下午5点，太阳不复毒辣了，天空现出了柔和的颜色，凯瑟琳说要带我去接她的沙发主人下班，让我必须认识一下这个“有趣的人”。穿过会安古城的街道，竟萌生出一种在中国的古城里徜徉的感觉：岭南祠堂风格的青砖古宅，琉璃瓦、汉字、趟栊，如果加上骑楼的话我可能会觉得自己是在广州！当初选择会安也是这个原因，这里是越南最早的华埠，17世纪起就有不少从商的华人到此落地生根。几百年来华人在此繁衍生息，华人文化特别浓厚——中华会馆、潮州会馆、福建会馆、广肇会馆……还有关帝庙、佛寺、各姓宗祠等，很难得在别处能一下子看到这么多“中华”的符号，然而房子里的人却说着我怎么都听不懂的语言。古城有不少道路禁止车辆通行，所以走起来特别舒适。和凯瑟琳漫步在会安古城的大街上，不忘给她解说一些能看见的中文意思，她也大呼有趣。

初见艾里斯（Alis）是在他工作的旅行社里面，他就是凯瑟琳的沙发主人，也是一位在越南长居的菲律宾人。艾里斯的身材瘦瘦小小，脸圆圆的，还长得有点像女孩。看见凯瑟琳和我走进旅行社，他兴高采烈地从柜台里跑出来和我们拥抱了一下，落落大方的自我介绍着。根据我敏锐的小雷达，从他毫不矫饰的言行举止我就看出他是一位会喜欢男孩子的男孩子，不知道为何，这让我倍感亲切。大概等了一会儿，艾里斯就到点下班了，可能已经从凯瑟琳口里知道了我的一些情况，于是他就很有主人翁精神地说："带你们去吃好的！游客来100次都找不到的好东西！"然后就让我们坐上他的小摩托车。说实话，我和凯瑟琳都不是特别纤细的女生，于是三个人像千层面一样挤在车上，穿过会安特别窄的小巷时有一种难以描述的滑稽感。好在车程也就不过5分钟，瞬间就到达！

艾里斯推荐的餐厅就藏在一个极其窄的巷子中间，巷子仅仅能让一台摩托车加上一个人通过。店门口和越南的房子一样，非常窄，整个店面就像是和小巷垂直的另一条小巷，顾客们坐在一溜的小桌子旁边吃边聊，我们到达的时候大概是晚上6点30分，位置已经坐了八成满。我们三人坐下以后，艾里斯问了我们有什么是不吃的，当获得了"我们什么都吃"这个霸气的答案之后，他露出了一个很戏剧性的满意表情，然后用越南语说了一串我根本听不懂的话。我们随便聊着，不到5分钟就上菜了——3盘炸鸡饭！每盘炸鸡饭的尺寸比我的大脸还大！白米饭上面铺着一块巨大的炸鸡肉，旁边还伴着满满的蔬菜沙拉！当问到了一盘炸鸡饭的价格大概是10元人民币的时候，我直接惊掉了下巴。要知道越南是一个有"外国人菜单"的国家，就是说在大部分游客能到的地方，例如听到你是说越南语的，一根春卷10 000越南盾（大概3元人民币），一旦你说的是英语，这根春卷就直接报价20 000越南盾。这可能是因为越南人民都会考虑到国家税收权益，对并没有纳税和为越南做贡献的外国人定出高于国人至少一倍的售价——开玩笑的。因为在路边的粉摊，只有鸡肉丝的汤粉都

我在会安夜市

“灯笼古镇”

会安，入夜便名不虚传了

能卖到每碗40 000越南盾，这盘味美量大的炸鸡饭真是天使般的存在。不过显然这是说了一口流利越南语的艾里斯的特权，我们仅仅只是沾了光而已。

为了感谢艾里斯的一饭之恩，我提出饭后要请他喝酒，顺便也能多了解这位异乡人在会安古城的生活轶闻。谁知艾里斯告诉我，因为今天是周五的关系，他已经计划带我们参加每周一次的会安沙发客聚会。沙发客？还有固定聚会？这真是天上掉下馅儿饼啊。因为还有大半个小时才到聚会的集合时间，碰巧艾里斯又有些事情要忙，我便和凯瑟琳先游览一下热浪退去后的古城了。会安古城有三个非常亮眼的标签：裁缝、手工鞋、灯笼，前两者让会安成了不论游客还是本国人民打造质优价廉的订造服饰的天堂，而第三个标签则让这里的晚上比白天美上好几倍。沿着会安的河边走，两岸都是夜间市集，而市集几乎每走两三间店就有一间主打手工灯笼的。同时河边也有销售莲花河灯的小贩，连接两岸的古桥上入夜了就会悬挂很多串灯笼，因此会安古城的晚上绝对能让人惊艳无比。随手买了几个价值1美元的手工钱包、挑了两对可爱的小耳环送给有趣的凯瑟琳，看着时间差不多我们就去参加沙发客聚会了。

原来每周五晚上8点，会安古城的沙发主人就会带着这天住在他们家里的沙发客前来参加这个聚会，于是几乎每周都会在这里看到不同国籍的新面孔，大家天南地北一通聊，聊累了就回家休息。在这里我还认识了一位很有意思的华裔汉子詹姆斯（James）。詹姆斯是在马来西亚出生的华人，本名姓江，8岁的时候随家人移居荷兰，因此他会说不太流利的普通话，还有很流利的英语和德语。32岁那一年，他实在受不了荷兰的气温和荷兰人的冷漠，于是回到东南亚地区旅行。他一站一站寻找着心中的宜居城市，直到和会安古城邂逅了，便不可自拔地决定留下来。他在会安古城开了一家酒吧和一家餐厅，家里的房子也接待沙发客。我认识他的时候，他已经在会安待了3年。沙发客聚会大概在22点结束，凯瑟琳、艾里斯、詹姆斯和我都感觉还没有聊够，于是詹姆斯一拍他的光脑

艾里斯、凯瑟琳和我

门说："为什么不来我的酒吧！"于是10分钟后，我们就去到他那家满满爱尔兰风情的酒吧喝开了。

我有点忘了那天晚上我们具体都聊了些什么，我只记得自己的英语说得很溜，然而到底别人有没有听明白，我也不能太确定。我也很难解释为什么独身一人的自己能如此信任这群初识不久的新朋友，是不是也许这就叫投缘呢？由于我的整个状态都比较忘我，最后艾里斯和凯瑟琳还亲自把我送回酒店房间才回家的，当然，还是三个人挤一台小摩托车，挤得我一个劲儿地傻笑。往后的几天，只要有空闲，艾里斯和凯瑟琳都会拉着我到处吃喝玩。艾里斯的周末一般都很繁忙，一早会到小学里义务教贫困的越南小孩学英语，接着要到旅行社上班，晚上就会接一些殷实之家的英语家教兼职工作，因此我特别感谢艾里斯的热情款待。不过对于艾里斯，尤其知道了他有如此满额的工作安排之后，我的心里是存了一丝疑惑的：为何一个看起来这么快乐闲适的人，会在异国他乡为自己安排了这么高强度的工作？而为何已经看起来有相当优厚的收入，这个男孩子整体的生活水平感觉还不算高？不过因为这只是一个"半熟"陌生人的疑惑，答案也许就是"别人比较任性"而已。正当我打算带着问题离开会安的时候，凯瑟琳给了我答案。

我在会安的第四天上午，离我预订的大巴开车时间还有两小时，艾里斯和凯瑟琳敲开了我的房间门。本来说好了我就这样安静地离开会安的，结果这两个总爱带着戏剧化表情的小伙伴就这么窝心地出现，给了我一个惊喜。我加快速度收拾着本来就不多的行李，希望能挤出一点时间多和他们聊聊天。特别好玩的是当艾里斯和凯瑟琳看到我扔在床上的、在淘宝上花了1.5元人民币买来的塑料折叠衣架时，竟同时兴趣盎然起来。我告诉他们这是一个折叠衣架，并把它当场叠成了巴掌大小。这时这两位算是“见过世面”的菲律宾朋友居然露出了谄媚的表情，表示无论如何我也得送他们一个衣架，因为这个产品实在“太神奇”“太方便”“太有智慧”了！我飘飘然地代表着中华民族接受礼赞，当然，也立刻让他们挑选自己喜欢的颜色——想到接下来两周旅程中我那无处安放的衣服，其实内心也是阵阵抽痛的。

艾里斯因为赶着上班，匆匆到来和我短暂相聚了半小时就离开了。离开的时候，我们狠狠地拥抱了一下。对于这位相识才几天的小伙子，其实我也俨然把他当作是我在越南的小姐妹了，真到了分别的时候，心里不舍那是一定的。不过想到总有江湖再见的机会，所以也就不让离愁太泛滥了。艾里斯出门以后，凯瑟琳一下子神色就有点忐忑。她招呼我在床边坐下来，表情有些凝重地和我说：“艾里斯是一位艾滋病人，你知道吗？”直到我觉得自己的牙关有点酸，我才意识到是嘴巴张太大了的缘故。我当然是不知道的！通过凯瑟琳的叙述，我才得知艾里斯的故事：原来他是一位同性恋者，家里很穷，有妈妈和妹妹需要赡养。因为英语说得特别好，所以在菲律宾也有一份不错的工作，在社交圈子里也很活跃。直到有一天，一纸艾滋病确诊单直接击碎了他的生活。他消沉了几个月，甚至尝试过自杀，但每当想到无依无靠的妈妈和妹妹，就又活过来了。当第一天凯瑟琳住进他的房子里，他并没有隐瞒他的病情，毕竟他觉得住客有知情权，可以选择知悉后是否还留在他的家里继续居住。凯瑟琳当然二话不说留下来了，更是对艾里斯既心痛又感激。当艾里斯决定不放弃生活，他就和妈妈坦白了一切，并且想借着有生之年到别的地方走走看看。和所有喜欢会安的异乡人一样，艾里斯几乎也是一眼爱上了这里。因为并非本国公民得不到太多的医疗补贴，每天100美元的天价续命药费让艾里斯必须同时进行两份高收入工作才能收支平衡。作为过来人，他深刻意识到从小把英语学好能让穷人的孩子有更多生存甚至竞争的机会，因此他也没有停歇过义务教贫困儿童学习英语的工作。

坦白说，艾里斯只是我在一次休闲旅途中一位最多算得上“交浅缘深”的朋友而已，但我直到4年后的今天，还记得他的经历在当时带给我的震撼。震撼点当然少不了他的顽强和博爱，但最直接击中我的是，为何一个拥有几乎通向绝境命运的人，脸上身上竟然完全看不见一丝阴霾？几天下来高频率的相处，我只能从他的身上看见热情、善良、幽默、贪吃、机灵和快乐，既然身在泥淖里的这个男孩还能面向阳光，除非我的从前、现在、未来能有什么际遇可以到达与之比肩的绝望，否则，我哪里还有值得哀伤沮丧的理由？

上车的时候，我重重地和凯瑟琳拥抱，因为在这一下的拥抱里还加上了对艾里斯未尽的道别。后来收到过凯瑟琳的邮件，她在会安住了近三个月，期间一直和艾里斯一起义务教小孩子学习英语，也帮助他在工作忙碌的时候接待一下沙发客。再后来，凯瑟琳回到了马尼拉，辞去了金融工作开了一家咖啡馆。“艾里斯呢？他还好吗？”这个问题我一直都不敢问出。因为各自忙碌，我和凯瑟琳的最后一次通信结束在我们分别后的两年。人的记忆总需要删掉旧的、覆盖上新的，但关于艾里斯和凯瑟琳的这段小故事，我虽极少对人提起，却从不敢忘却。因为它从某种程度上改变了当时的我，而这样的改变，直接成就了今天的我。

越南长途巴士

越南长途大巴
比火车方便

Phuong Trang
Hanh Cafe
FUTA

都是车况比较好的公司，
停靠站点也多。

超过8小时车程的线路都会安排车上过夜，
内部很干净，全部脱鞋上车，
每个人发一个塑料袋装鞋子，
榴梿之类重味道的食物都不能在车上吃，
所以可以放心乘坐。

基本都是三排座位的，每排有两层，
建议选择左右两排位置的上层，
比较安静；不建议选择车尾的一排，
因为是通铺，那比较热而且空间小一些。
选择上排位置要注意保暖，
因为空调风口就在身体上方，
可以带长袖衣服或披肩，甚至戴上帽子裹好自己。

随身贵重物品贴身存放，
可以选择把包包缠在自己手上，
或者购买防盗链。

女孩子的另一种活法

有没有试过这么一种经历：明明对一个地方毫无兴趣，这个地方也不在你的旅行列表里，但不知道怎么的，你就决定到那里旅行了。我的第一次德国之旅，就是在这样的情况下发生的。

我的梦想旅行列表基本都是热带占主流：墨西哥、古巴、斐济等等，可见我是一个多么“趋光”的人。而德国在我的印象里一直和英国一样，冷色调、阴雨、过于厚重的历史，所以一直提不起太大的兴趣。不过凡事都会有意想不到的状况，例如那一年，刚开始写“暴走姐妹花”的公众号不久，某天在搜索当天值得推荐的高性价比旅行资讯，准备撰文的时候，突然就发现了卡塔尔航空的欧洲线大促销！而在香港往返的全部特价航点里面，慕尼黑竟是最便宜的！含税价格只需要3300元人民币！我努力在脑海中搜索着因为不特别热衷而没什么存储的德国知识点，赫然想起我为什么不去慕尼黑参加一次啤酒节呢？天知道，我是一名虔诚的啤酒爱好者啊！于是一下蹦起来查了当年的慕尼黑啤酒节开闭幕日期，发现恰巧和中国的国庆黄金周重合了,于是我又再提早了几天。决定了，就在9月28日出发吧。

这个时候我给张火兔打了个电话，和她说了计划9月底去德国玩的想法，她大概停顿了两秒——我觉得这两秒也许是她因为听到机票太便宜而呛到了，说了一句“顺手帮我买了吧”，就继续看美剧去了。不幸的是，当我把出行人数选定为两人的时候，机票价格却突然涨到了3800元，这就意味着这个航班3300元的特价舱位只剩一个了。当我让张火兔在“花3300元比我晚6小时出发坐下一班航班”和“花3800元和我一起出发”之间选择，这次她的停顿时间为零秒：“当然选便宜的！”于是我们为期一个月的秋天德国之旅，就这样在当年2月的某次机票大促销里松散地定了下来。

我时常对张火兔这么一个旅伴心怀感恩，因为我们都不是那种“非粘着旅伴不可”的旅行者，这让彼此的搭伴出发增加了很多有趣的变数。德国之旅以前，我在广州虽然算是一位颇资深的沙发主人，但却从未在外当过沙发客。自身比较慢热、和张火兔截然不同的社交表现是其中一个原因，但我自己知道最深层次的还是语言。作为沙发客住在别人家里，需要和沙发主人沟通的就不只是吃喝喜好了，可能还有大量的三观碰撞，我很担心和别人同一屋檐下却相顾无言。但鉴于这次旅程时间比较长，已经是全职旅行者的我收入其实并不稳定，此时我需要做的就是打破自设的壁垒，考量降低出行成本的同时，真正体验“作客在别处”的滋味了。

敞开胸怀迎接世界的人，似乎都特别容易得到世界的厚待，在德国寻找“沙发”的经历远比想象中顺利，从慕尼黑理工大学的学生到卡塞尔的社会活动家，还有一路上遇到的形形色色的人，让我们加倍感恩。例如在卡塞尔，这座彻底毁灭又重建于20世纪40年代的中西部城市，我们住进了卡塞尔大学一位博士生的家里。语言障碍固然存在，但鉴于英语本也不是德国人的母语，所以他们也很愿意安静地听我慢慢组织逻辑、慢慢表述观点。经过几天相处，我们和沙发主人以及同住在这个大宅里的其他住客已经难舍难分了。根据原定计划，我会继续北上汉堡，而已经在汉堡待过一段时间的张火兔则决定留在卡塞尔继续她的旅行。其时一种对独立探索未知城市的期待，抵消了我要独自面对陌生世界的不安。害怕出手太晚无家可归，我便早早发出了“沙发申请”。

“我是来自中国的女孩，旅行博主，可以烹饪出色的中国菜，可以教你唱粤曲，可以教你说普通话和粤语，我有很多关于中国传统文化的故事可以和你分享……”我再一次拿出百发百中的自我介绍，幻想着我的信息通过网络瞬间飞进了无数汉堡沙发主人的收件箱。不到3个小时，我便收到了超过5位沙发主人的接待邀请——当然还有不少拒绝的。在这当中，唯一一封来自女孩子的邀请吸引了我：“我叫玛雅（Maya），我也很喜欢烹饪和美食，这周刚好我的男朋友去了西班牙出差，我诚意邀请你来我家做客，你还可以有独立的睡房。”配上她堪比模特的头像，我那擅长为自己加戏的脑袋里立马脑补出了“和闺蜜共度欢乐时光”的幸福画面，而且闺蜜还是个美女！几乎没有任何犹豫的，我立刻回复了玛雅的来信，欣然接受了这个完美的邀请！当然，我也没忘记礼貌地感谢其他向我发出邀请的沙发主人。谁说德国人严肃冷漠的来着？我们可以好好辩论一下了。

从卡塞尔前往汉堡有很多方法，例如舒适的德国铁路，但票价几乎要90欧元！于是时间差不了太多但价格低廉的公路自驾就成了我的首选。感恩德国的共享经济无比发达，其中“Balabala Car”这类跨城拼车网站尤为有用，例如从班贝格到卡塞尔只需要15欧元，而从卡塞尔到汉堡也只需要28欧元！早早地来到了车主约定的集合地，交了车资让车主即场在加油站加了油，一路上和同车的乘客有一搭没一搭地聊天，3小时左右，汉堡中央火车站就到了！

从汉堡中央火车站到玛雅家附近的地铁站也就3站路，虽然我是“脸盲症末期”患者，但刚出站的我就在人群中一眼认出了她。一头淡金色的过肩长发，纤细又玲珑有致的身材，一张明艳的脸，她可是比我想象中还要美上几分的人儿呢！此时她正露出超过8颗牙齿，笑容灿烂地向我挥手叫着我的名字。我一下子受宠若惊：她怎么也可以一眼把我认出来？难道是因为我也同样出众吗？下一秒我觉得自己有点想太多了，因为环视了四周，我就是这里唯一的亚洲脸。

我们两个女孩子在车站出口欢乐地拥抱了一下，然后玛雅就像赫格里斯（Hercules）附体般单手拿起了我那个重达20公斤的箱子，扔进了她的两门奔驰小车的后备厢。我愣愣地跟着上了车，她说她的家离车站也不远，开车大概就10分钟。一路上我和她感叹德国共享经济带给我的好处，她说当她要跨城出行的时候，只要车上有空座位，她也会在网上发布消息共享的。可见这样的出行方式和消费意识，已经深入德国人的日常生活中了。

车缓缓驶进一条小路，一片日落下的河面忽然就在我的眼前出现了。玛雅把车停在了河边，指了指身后的两层房子告诉我，她的家就在二楼。跟着玛雅上楼，这是专属于二楼居民的楼梯，而二楼居民就是玛雅这一户。开门进屋，当光源被玛雅打开了以后，我悄悄地掐了一下自己的大腿：我是不是在做梦？我竟然住进了汉堡河边的豪宅！

玛雅的家占据了这栋两层建筑物的二楼全层，目测有三个睡房，光客厅的面积就超过50平方米。客厅的一整面窗户正对着汉堡的一条支线河流，她和男友的小帆船就停在家门前。玛雅的家最让我惊艳的是她的装修风格：温暖的原木主调，每个功能区域都有独特颜色的墙面；客厅的一面墙上竟然放着一尊超过1米高的泰式佛像，玛雅说这是两年前和男友到泰国旅行的时候运回来的。整个房子融合了很多东方元素，和原本的欧洲气场却极为和谐，可见主人为这里的装修花了很多心思。我的房间就在主人房的对门，大概15平方米，一进去我几乎被房间正中的一个人台吓得跳了起来。玛雅见我一惊，连忙道歉，说其实这个房间是她的衣帽间！她很爱搭配服饰，有空甚至还会为自己设计和亲手制作衣服，

我住的房间，其实是玛雅的衣帽间

所以衣帽间才会有这样一个只有半身的与人等高的人台。“如果你害怕，我可以把她拿到我的房间”，玛雅一脸歉意地说。我连忙摆手说没事，毕竟刚才也只是没有心理准备而已，我哪里是这么脆弱的宝宝。在衣帽间靠窗的角落里摆着一张大概1.2米的沙发床，上面已经整齐地铺好了一套浅灰色的床上用品了。我轻轻一摸床单，纯棉的、密织，一下子心怀感激。

玛雅让我先休息一下，晚餐她马上就可以弄好了。当我快速整理了一下自己，打算走进厨房帮帮工的时候，我再一次被玛雅的家惊艳到了！她的厨房大概是一个20平方米的房间，进门左面起到正面转角是一系列科技感很强的厨房家电，洁白的流水式料理台、干净的水槽和排布整齐的调料架依次排开。眼尖的我还一下子看到一台很大很专业的意式咖啡机！但这还不是最让我震惊的，在这个漆着深紫色墙面的厨房里，与工作区对应的另一面摆着一套原木色的四人餐桌椅，桌面上还摆着一束盛开的金百合。因为我分明在客厅区域旁边已经看到了能供至少8人同时吃喝的大型餐桌，为何在厨房还有一套桌椅？我也没闲着，向她问出

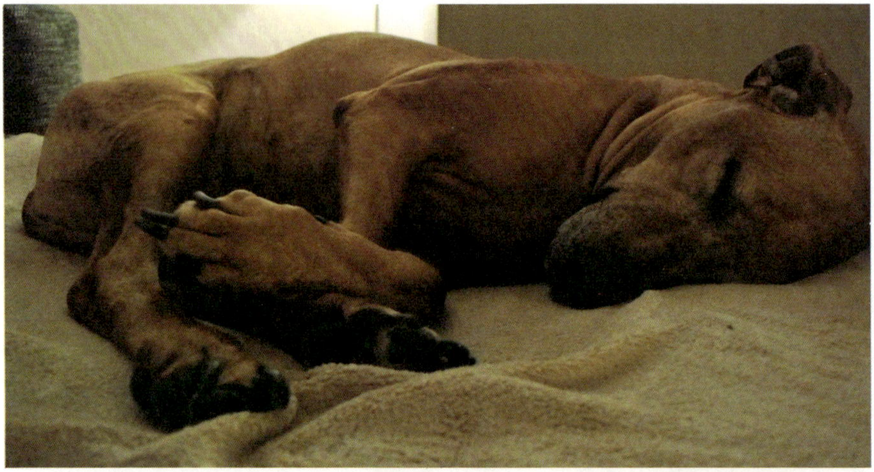

玛雅家的大狗，因为年老，总会鼾声冲天

了我的疑惑。玛雅带着点小骄傲告诉我，因为这个房子平常就只有她和男友两口子，还有一只此时正委托邻居代遛的10岁老狗，由于她又的确很喜欢美食，所以就设了两套餐桌椅，平时可按着心情选择在哪用餐，这样可以每天给自己一点新鲜感和仪式感。至于桌上的鲜花，这就纯粹是爱好了，她喜欢花，希望家里处处花香。我不禁想到了自己，刚结婚那半年，确实会隔三岔五买些鲜花回家里装点一下，然而后来工作忙了，对待生活就越来越应付了，花瓶也收了起来。一思及此，脸上火辣辣的。

在我发愣的当儿，玛雅的晚餐也准备好了：南瓜浓汤、手工意面和蔬菜沙拉。其中南瓜浓汤是玛雅的头号推荐，因为德国人其实不怎么吃姜，但热爱东南亚美食的她却对姜一吃倾心，这道南瓜浓汤她特意放进了姜蓉一起煮，她说这是“玛雅风格”。和她一起把食物端到餐厅的大长桌上，她打开了餐厅头顶的吊灯，我这才看到餐桌上原来也放着一束巨大金百合，目测金百合不会少于15支；桌面设了两个餐位，印着抽象图案的餐垫上各放着一套白瓷盘子和姿态唯美的不锈钢餐具。玛雅拿出两只高脚勃艮第酒杯，拿出一瓶雷司令白葡萄酒打开放好，把桌面上已经烧了一半的一红一紫两个香薰蜡烛点亮了。这时她笑意盈盈地招呼我坐下，我努力维持表面的平静和谐的笑容，然而内心已然一片惊涛骇浪：这么精致的人儿，身为女生的我都要心动了好吗！

席间，我们各自聊着彼此的旅行经历，更多的是围绕着我们都特别喜欢和熟悉的泰国。这一程下来我发现德国人虽然看着都很强壮，但其实他们正餐吃得并不是很多，浓汤、沙拉和手工面是最常见的食物了。不对比不发现，反而身材并不高壮的中国人，我们一顿饭下来能解决掉的大鱼大肉真能惊掉我的下巴！

饭后我们转移到了客厅的沙发上，边喝酒边继续女生的话题。谈话间我也不忘继续欣赏这个漂亮的客厅。我发现某个角落里放了一个巨大的非常古老的实木箱子，看起来仅仅比两个叠起来24寸旅行箱小一点而已。玛雅见我的视线落在了箱子上，一拍脑袋说："我竟然忘了向你介绍它！"然后就把箱子上搁着的香薰蜡烛和相框拿开，缓缓打开箱子向我讲了一个故事。箱子的主人是玛雅的奶奶的妹妹玛丽恩，20世纪

充满故事的箱子

20年代出身于富裕家庭的她，并没有遵循那个时代对女孩的要求：早早相亲结婚生小孩，她竟然是那个年代少有的叛逆的女旅行家！而这个木箱子，就是她的行李箱。我终于想起我在哪里看过这种箱子了！泰坦尼克号！罗斯登船的时候，就带了很多个这模样的箱子。打开箱子，能看到里面除了极大的储物空间外，还有悬挂在箱体上的小储物格，此外在箱子的盖子上，还嵌着一面化妆镜子。玛丽恩带着这个箱子走过了很多地方，因此在箱子盖子的里面，贴了不少“荣誉标记”：不来梅某艘船首航的登船证明、从汉堡港出发的船票、柏林一家酒店开业的传单……想不到这个看着残旧的木箱子竟然见证过80年前一位女孩热爱闯荡的灵魂，陪伴过她的旅程。因为是安静的喝酒时间，此时客厅的灯光相当昏暗，我多眨了几下眼睛，不好意思让新认识的女孩看到我眼眶里滚动的眼泪。

和玛雅互道晚安后，这一夜我睡得极好，以至于并没有机会被房间里的人台吓倒。第二天早早醒来，听见厨房里传来轻轻的搅拌机运作的声音。盥洗完毕后，我兴高采烈地和玛雅说了早安。看我心情这么好，玛雅也显得很高兴，她喝着现打的蔬果汁对我说：“我为你准备了咖啡呢，就放在客厅的窗台上。”走到客厅，远远就看见窗台上放着大大的一只意式咖啡杯，走近一看，天啊！这杯咖啡面上的泡沫还做了漂亮的棕榈叶拉花！玛雅问我今天有什么计划，我说打算在汉堡的街头到处走走，看看汉堡港。于是她建议我跟她

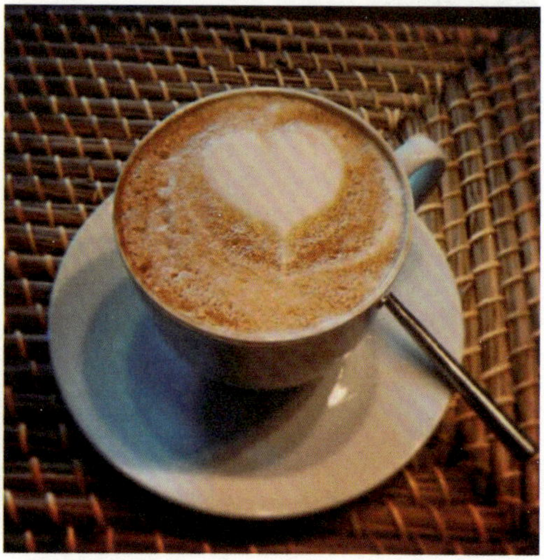

玛雅为我煮的咖啡

的车到她工作的地方，那里附近有地铁站方便我到处溜达。陪玛雅上班的路上，我们在一家面包店门口停了车，玛雅告诉我，这里卖的是“全汉堡最好吃的牛角包”！原来，她在咖啡馆工作，每天上班的第一个工作就是到面包店采购各类烘焙产品。玛雅的咖啡馆本是玛雅妈妈经营的，后来她妈妈决定到另外一座城市生活，她就接手继续经营了，怪不得一手咖啡功力这么出众。咖啡馆坐落在汉堡港附近一个公园的古老建筑里，这个公园有湖泊，有树林，美不胜收。吃掉了玛雅一个牛角包，看她开始忙碌我就不忍打扰了，问了她大概的下班时间后，我开始了一个人的汉堡城流浪。

汉堡像榴梿，喜欢汉堡的人会很喜欢，说它是德国的巴黎；不喜欢汉堡的人就会很不喜欢，觉得它又老又破又无聊。我在汉堡闲逛的这一天，天阴，大风，我对城市的好印象有一半来自于好天气，想来我是和汉堡堪比巴黎的那一面无缘了。直奔汉堡港，据说海的那一面就是丹麦了。拿出长焦镜头对着海鸥一顿乱拍，本来还想着多待一会儿，然而10月的风已经日渐凛冽，扛不住的我便开始往回走。回去的路上有个可爱的发现：在一条连通汉堡港和地铁站的天桥栏杆上,挂满了各式各样的同心锁! 看来德国人的浪漫还真是热烈又无定向呢，因为我曾经在多特蒙德主场外的一个强电房的铁门上看见过挂满了的同心锁……

在汉堡市政厅广场上吹吹风，躲进旁边的咖啡厅里喝喝咖啡写写稿子过后，我决定往回走，直接到玛雅咖啡厅所在的公园逛逛。这半天散淡的汉堡流浪，让我越发觉得自己是容易在大城市里迷路继而狂躁的人。越是一个人，我越希望躲到人少的地方安静下来，我不清楚这是都市人的心病，还是仅仅只是我自己的问题。不过事实证明我的选择是对的，我在公园里找了一片四周都被树林包围着的圆形草地，草地边上有几把长椅，我这一坐就是两小时。两小时里看着不多的人路过，遛着小狗、抱着恋人、带着小孩，越看心越平静。

玛雅的咖啡店大概在下午6点打烊，我5点30分就来到店门口，竟然意外看到天空淡紫粉红的晚霞。按照原定的计划，今晚我会为玛雅煮答谢晚宴，于是在咖啡店打烊后，玛雅把我带到了一家听说是附近品类最齐全的超市。不过纵使超市的商品已经琳琅满目了，但这里毕竟是欧洲，想要完美还原家乡味是不可能的。精挑细选下，我决定为玛雅做一道鸡肉汤粉。

由于没有太多时间和缺乏食材，我直接选择了白萝卜作为汤粉汤底的主要材料。一回到家里，我马上进厨房开始工作了。首先用蒜蓉和黄油把简单腌制过的切丝鸡肉爆炒到刚刚熟，把鸡肉捞起来放在一旁候着；然后把白萝卜切丝放进这个灼过鸡肉的锅里，加水开始煮汤；再把买到的金边米粉煮熟沥干水分放一旁候着；等白萝卜被煮到彻底透明以后，连汤一起淋到米粉上；最后用随身自带的鱼露和芝麻油为汤粉调味，把鸡肉放进碗里，撒上小香芹沫和香菜沫，大功告成！为了不辱我粤菜声威，我严格遵守了“粉面和汤必须分开做”的原则。虽然材料简单，但心意却是满分的呢！

功夫不负有心人，玛雅的表情告诉我她是真的喜欢这个汤粉，并且在饭后，她还很认真拿出了小本子和笔，让我务必把每一道工序都详细告诉她，这样她就可以给同样是亚洲菜狂热爱好者的男朋友一个惊喜了！

我开始有点想明白了，我一直不太愿意积极社交的原因，可能真的是因为我太容易动情，太害怕别离。道别的时候，玛雅和我的眼眶都是红的。虽然大家都会说着“我们很快会再见的”“记得来中国玩一定要找我”之类的话，但当“再见”说习惯了以后，大家都明白可能这就是这两个曾经的陌生人这辈子最后一次拥抱对方了。不过我想，终究我和玛雅的缘分都是幸运的，忙碌并没有让我们失去联系，在2016年的夏天，适逢我一位好朋友独自到德国旅行，当知道他也会去汉堡走走，我便让他帮忙带上三件礼物：一个在云南淘到的刺绣手包、一对墨绿色的刺绣耳环、一盒上海牌雪花膏，到玛雅的咖啡厅送给她。而事先我并没有告知她我将有此一举。玛雅收到礼物的当晚就给我发了长长的邮件，

这是玛雅为我做的大餐

我为玛雅做的晚餐

说当她看到一个陌生的中国男生说要送给她来自中国的礼物的时候，她就想到了我。朋友回来后告诉我，当玛雅看到礼物的那一刻，这个漂亮的德国女孩竟然惊喜得哭了出来。

和玛雅道别的时候，我们彼此的还添加了照片墙（Instagram）的账号为好友，我总能隔三岔五看到她的动态，也会写长长的邮件和对方

汉堡港锁桥

30.3.14

说着彼此的近况和计划。玛雅除了是出色的咖啡师、资深的吃货、天分很高的服装设计师外，她还是一位在社交网络人气很高的自由业余摄影师。她的摄影作品有着强烈的个人风格，在社交网络上会有不少希望付费让她记录自己的婚礼或者派对的粉丝。就是这么一位富有才情的女子，在机缘巧合下告诉了我女孩子原来还有这么些精致、优雅和率性的活法。她像一面镜子，照着我身为女性却大而化之的粗糙一面。其实我们首先就值得被自己善待，不是吗？

如何和沙发主人或AIRBNB房东建立友谊

Make Friends

1. 在出发前预订阶段，和对方积极互动，做到有问必答。

2. 认真写好自我介绍，突出自己的兴趣爱好、生活特长、旅行过的地方，说明自己是一个有见识有趣味的好青年！

3. 可以带一些轻便的中国特色小礼物，例如中国结、刺绣杯垫、京剧脸谱书签、友谊牌面霜、清凉油等，用一个小物件引出一个话题。

Chinese Food

4. 美食往往可以打破隔阂，学做一两道食材和做法都简单的中国菜，例如西红柿炒番茄、辣椒炒瘦肉等，征服沙发主人的胃。

5. 每晚抽出时间和沙发主人聊天，TA愿意开放自己的家给一个朋友，而不是一个旅馆客人。

Email

6. 离开后不要忘记保持联系，最重要的是——给TA好评！

第二章 路上的神奇体验

厨房外交

因为旅行得实在太频繁了，工薪阶层家庭出身的我免不了银根短缺，所以我几乎会在旅行预算上把握得比较凶狠。然而，唯独有一方面可以屡屡破例，那就是在“吃”方面的花销。寻找美食是我在路上一个很大的兴趣点，追根溯源应该就在基因里——我是土生土长的广州人。一旦到达别处，在必须二选一的情况下，我会“省住省玩不省吃”。拥有一个娇气的中国胃确实是我的缺点，不过另一面就是为此我努力习得一手尚算喜人的厨艺，漂泊在外勾起乡愁的时候，我便会即兴煮上几顿。于是，在我的旅行口袋里，收藏了不少关于“煮”和“吃”的记忆。

在大部分可以选择的情况下，我会倾向住在带厨房和烹饪工具的房子里。在爱彼迎（Airbnb）短租还没有太普及的过去，对比起酒店我会选择更接地气的“沙发客”和“青年旅馆”作为住宿方式。那一年在德国的旅行，一贯只当沙发主人的我，终于要尝试成为一名沙发客，这些经

慕尼黑奥林匹克体育公园的学生公寓，处处是可爱的涂鸦

历，让我对旅途中的煮食有了更多的理解。

第一次的沙发客历程可谓非常顺利，来到慕尼黑，用事先买好的电话卡和沙发主人沟通交通线路。当我在完全不需要二次问路的情况下敲了沙发主人的门，他的表情是非常惊喜的！我想也许我在寻路这方面的技能给他留下了一个挺好的印象，这位慕尼黑理工大学的研究生尼克对于我这位来自东方的沙发客新手，表现出了极大的友好。他大概介绍了一下家里的设施——理工生的单人两层小宿舍非常简单整洁，然后就开始带我参观我们所在的社区了。与其说这是一个社区，不如说这是一个景区——这可是大名鼎鼎的慕尼黑奥林匹克体育公园！也就是当年慕尼黑惨案的发生地！奥运会过后，慕尼黑政府为了合理利用这片大型体育建筑群，把它改造为不同规格的学生公寓和艺术社区，当年的体育场摇身一变，成为体育训练场地和主题活动场所，甚至会承办一些大型音乐会。尼克决定一尽地主之谊，为我准备一顿“慕尼黑大学生风格”的欢迎晚餐。

当得知我并没有任何忌口和过敏以后，尼克在超市快速地选购了3个颜色鲜艳的甜椒，买了一袋黑麦面包；他在冷冻区拿起了一盒肉酱告诉

慕尼黑奥林匹克体育公园

我：这是他最喜爱的面包酱，里面有蟹肉、乳酪和黄瓜。虽然这个组合听着有点怪怪的，不过我也向他露出了一个充满期待的眼神。当我以为买完这些配菜、准备大步流星向肉类区域迈进的时候，眼角的余光看到尼克已经在收银台结账了！就这些吗？晚餐？

带着满腹疑问的我跟随尼克回到家里，他让我自己整理一下行李，他则负责准备晚餐。20分钟后，尼克轻声呼唤我，说晚餐准备好了。当我欢天喜地坐好，赫然发现小餐桌上摆放的正是我们刚才选购的全部食材：甜椒切块，用橄榄油、黑醋、胡椒和海盐拌好了，黑面包切片，蟹肉面包酱开了盖子等待垂青，还有几片薄切的香肠——幸好，还有肉可吃。本着既来之则安之的良好心态，我张嘴品尝了人生中第一顿在外国人家里吃的晚饭，竟然，相当美味！蟹肉面包酱既有蟹肉鲜甜，也有淡淡的牛奶沙拉酱香味，和紧实的黑麦面包搭配着，不沉闷且很饱腹。德国本土产的甜椒甜脆可口，自制的油醋汁恰到好处地提了味。香肠片有惊喜！曾经在意大利吃到烟熏风味的香肠，自此爱上，而尼克家里的收藏竟也是厚重的烟熏风格。尼克在我到来前特意打听了中国人就餐的喜好，餐后为我准备了一壶热腾腾的水果红茶！我无比羞愧自己大半小时前对这顿看似“简陋”的晚餐的质疑——毕竟面前这位身高接近190厘米的德国小汉子也是吃这种德国料理长大的。更何况，雅利安是“战斗民族”，不是吗？为此，在后面的一个月旅行里，尼克的蟹肉面包酱成了我每天早餐的必备品。

因为此行慕尼黑只是一个中转站，恰好第二天尼克就要到另一个小镇度周末了，仅在尼克家打扰了一个晚上，还来不及以厨艺“报恩”，我就和尼克快乐告别了。和张火兔会合后，我们便开始了巴伐利亚的地毯式漫游，先是带着浓郁浪漫气息的维尔茨堡，接着就到了下一个让味蕾充满惊喜的小镇——班贝格。

德国国庆节的晚上11点，经历误车、迷路、巧遇好心人等奇妙遭遇后，我们俩终于来到了位于班贝格老城中心旁的法兰克爷爷家里。爷爷的家就在公寓楼的一楼，当身材高大的他推开一扇小小的木门，从灯光里走出来，让我们错觉看到了某位可爱的天使。

法兰克爷爷的家是一个两起居室，两睡房，一厨一餐厅的布局，他自己住在带独立起居室的卧房，我们则被安排在位于客厅旁边的睡房。当我们走进睡房的瞬间，忍不住“哇”地低叫了一声——这个房间竟然有一张挂着公主纱帐的粉紫色双人床！风尘仆仆的我们瞬间觉得自己就是童话里的公主！后来爷爷才和我们说，他一个大老爷们从来没有接待过女孩子，知道是“来自东方的公主”要“驾到”了，他就把家里的一些闲置布料拿出来，粗略布置了一下睡房，务求让我们有小小的惊喜。难道，一向被认为是严肃拘谨的德国人，其实内里都这么热情好客有心思的吗？

爷爷认真地向我们介绍了整个房子的注意事项，为了表示欢迎，他拿出极喜爱的路德维希二世精酿啤酒款待我们。简单的20分钟啤酒时间里，我们知道了班贝格是巴伐利亚一个极著名的啤酒小镇，这里的啤酒小作坊非常多，而且家家都很有特色。法兰克爷爷是一位退休的餐厅大厨，极爱泰国料理，有一位泰国女友。以上信息无不告诉我们：来对地方了！爷爷让我们今晚早点休息，明天会有丰盛的早餐等着我们，并且他会充当向导带我们好好逛逛班贝格！和爷爷道过晚安后，我们回到房间里，偷着乐得像两只掉进了米缸里的老鼠。吃货住进了大厨的家，酒鬼误打误撞来到以酒闻名的小镇，有些“当下”正正就是最好的安排。

犹记得那一夜依稀擦过几次口水，第二天早早醒来，唤醒我们的不是梦想，而是香得失去常理的咖啡。基于本性来到了餐厅，透过窗户灿烂的阳光我们才发现法兰克爷爷的厨房真是妙极了！全实木的料理台，水槽、案板和各类厨电科学美观地摆放着。墙面触手可及的地方依次挂着整齐的一排各类厨具和调料。爷爷告诉我们，这个厨房是他花了几个月时间采购的木材和配件，一手一脚自己做的。什么？自己做的整个厨房！此时张火兔忽然用普通话在我耳边小小声感叹了一句：我想起了如今中国男孩儿的动手能力，别说做个厨房啊，很多人连水龙头坏了也不

法兰克爷爷的爱心早餐，面包、牛油和火腿片都是上等珍藏

知道怎么修。我点点头，心里一动，后来我知道了此时远在国内的我的先生打了三个结实的喷嚏。

这一天的早餐很是迷人，爷爷为我们煮了一壶新鲜咖啡，挑选了刚出炉的、他认为是镇上最好吃的牛角包，配上用小陶罐盛着的上好黄油。当我们以为幸福竟然来得这么突然的时候，他为这种幸福加了码！他小小声问我们：你们的胃还能装下更多吗？那一刻兽性支配了人性，早于大脑反应的0.5秒之中，我们一起点头如捣蒜。5分钟后，爷爷给我们端上了两碗热气腾腾的汤粉！没有眼花没有看错，就是高汤米粉！爷爷一早焖好了充满亚洲风味的萝卜牛腩清汤，在汤粉上放了几块肥瘦适宜的牛腩，最后撒上小香芹和小香菜！我的天！天知道我们多久没有吃过热的早餐了！如果此刻妈妈在身旁，一定会问我们为什么跪着吃完了整顿早餐。

在班贝格的日子几乎可以和天堂媲美，虽然我没有见过天堂的样子，但是每当看到“天堂”二字，不知为何我总会想起在班贝格的日子：白天法兰克爷爷带着我们去和他的嬉皮士爷爷见面聊天，穿过喧闹

周末的班贝格大街上，熙熙攘攘都是喝啤酒聊天的人

的班贝格街巷，阳光把金黄的叶子照得更加耀眼。刚好遇上一周一次的农场集市，附近的农夫叔叔卖力地向我们推荐他家有机西红柿，见我们试吃一个清甜多汁的西红柿满脸喜悦之后，他竟然乐呵呵送了我们一袋十几个！午后，法兰克爷爷计划带我们走一次“啤酒之旅”，从轻盈的淡小麦啤酒开始，经过味道层次极强的白啤、黄啤、琥珀色啤酒，到最后味道和烟肉一模一样的烟熏啤酒，每一家在班贝格极负盛名的自酿啤酒屋都留下了我们的身影。短短一个下午4小时，我们人均消化了不下两升啤酒！这对于爷爷们不算什么的酒量，虽不至于让我们俩喝醉，却也正好喝得人傻话多。要知道，今天晚上是我们为了报答爷爷而自告奋勇准备晚餐的时刻，喝得双眼迷离直接导致接下来的晚餐，让所有人“痛哭流涕”……

傍晚时分，喝得一愣一愣的我们跟着爷爷们来到班贝格城郊最大的超市，计划采购食材。我和张火兔决定每人准备一道小菜，张火兔要晒出的固然是她最拿手的西红柿炒鸡蛋。因为在小镇并未能买到太亚洲的食材，我觉得制作简单而具风味的“农家小炒肉”：大蒜、辣椒、猪肉就能完事。采购辣椒的时候，我看到了一盒组合辣椒，上面标注着一个辣度尺，从0分到10分辣度递增，而我手里拿着的那一盒就是五个4分、三个6分和两个10分的组合。对于欧洲人的吃辣能力我是深深鄙夷的，所以在回家做菜的时候，我便不假思索地把两个10分、两个4分辣椒和切片的猪肉一起下了锅，爷爷家里的酱油和糖帮我极好地还原了家的味道。

使用过爷爷厨房后，我就更能体会到这个由大厨亲手设计打造的厨房到底有多科学和方便，以至于整个煮食过程几乎没有一丝慌乱。一顿忙活以后，晚餐终于功成。我的农家小炒肉可谓色香俱全，而张火兔的西红柿炒蛋因为西红柿水分实在太多，硬生生地被煮成了西红柿蛋花汤！然而好的食材是成功的一半，我不得不承认，这盘西红柿蛋花汤实在太美味了！我已经很久没吃到这么甜美的西红柿了！终于到了大家吃我的农家小炒肉的时间了，只见嬉皮士爷爷夹了一块肉片放进嘴里，下一秒，他的神态有点复杂。大概反应了3秒，只见他迅速把肉吞了下去，拿起冰水快速喝了半杯，还不住地用手扇着嘴巴。他说，很辣！我捂嘴笑而不语，确认了欧洲人不能吃辣的虚弱本质。不料此时旁边传来张火兔的惨叫：怎么这么辣！情况至此有点诡异，张火兔可是贵州妹子呐！我速速夹起一片肉送进嘴里……瞬间嘴巴像被四千多头斑马集体踩过，火辣疼痛感一下自舌头传遍整个大脑，汗珠刷的一下从额头冒出徐徐滑下脸庞。

出问题了！一定是那个10分的辣椒！原本还残留着的一丝醉意随着越来越多的汗水瞬间离开了我的身体，我突然想起那个辣椒的模样：五彩缤纷并且形状狰狞，这不正是举世闻名的墨西哥魔鬼辣椒吗！我到底做了什么呀！接下来的整顿饭，一部分是出于礼貌和不能浪费，一部分是出于对本能的挑战，我们一桌4人一边擦汗一边擦泪，在几乎用光了爷爷家里的冰块的情况下吃完了这顿魔鬼大餐。怀着愧疚，我承包了打扫整个厨房战场的活。爷爷们饭后心有余悸但佯装平静地坐着继续和我们

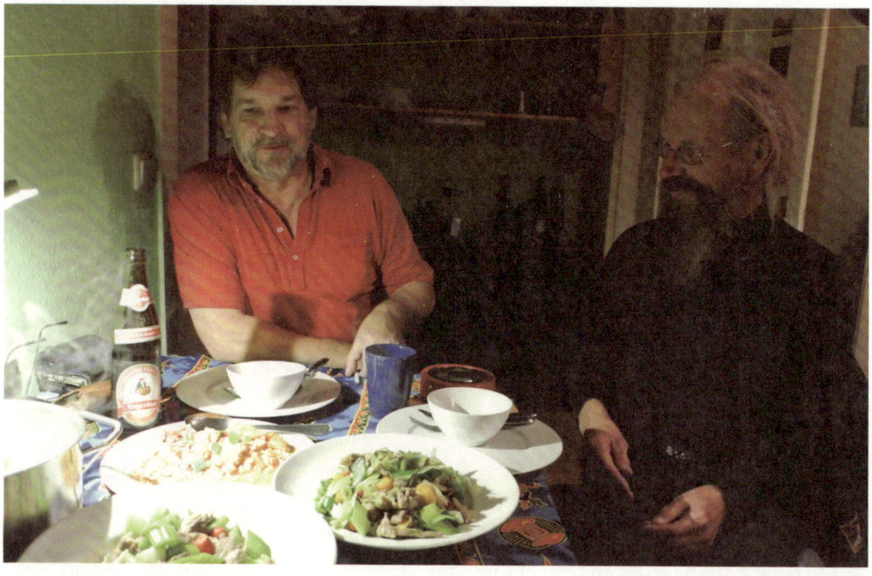

还没开始品尝中国大菜前，我偷拍了爷爷们

聊天，看到他们还止不住的汗和听到他们有点大舌头的发音，我精致而圆润的脸庞火辣辣的。

和法兰克爷爷道别以后，我和张火兔都先后拭泪。爷爷年纪大了，我们都不知道下次再见是何时。每次和沙发主人的交汇，在明知其实也就萍水相逢这么一阵子，我们竟都被如此厚待。人类的热情和无私，总在每次的相识和话别里幽幽闪动着光芒。

来到卡塞尔以后，我忽然总结出德国人在“吃”这一方面的关键词：朴素和用心。卡塞尔是德国西部一个著名的大学城，“二战”期间被盟军几乎彻底夷平后，按着原本古城的模样和现代城市规划，把这里改造成适合学习与生活的新城市。这座在中国并不为人熟知的城市生活着50万常住人口，其实有不少是在这里大小院校就读的本国学生及各国留学生。我们在卡塞尔的家，就住着9位大学生。

房子的主人是一位优雅的资深“妹子”玛丽恩奶奶，她是一位社会活动家，在当地的电台有自己的节目。她的公寓建于20世纪50年代，占据着公寓楼2楼的半层空间，里面的房间几乎满了，而我们所住的正是玛丽恩奶奶那对双胞胎外孙女曾经住过的婴儿房。接受我们入住申请的沙发主人，是同样租住在这里的卡塞尔大学物理学博士、超级音乐爱好者古斯塔夫。

在向沙发主人们发入住申请的时候，我们都写上了“我们能做一手很好的中国菜”“我们可以和你说说中国传统文化的故事”“我们会唱中国传统戏曲（粤曲）”这些的自我描述，得悉我们竟是如此能人，奶奶和她的房客们个个摩拳擦掌期待值满满，因为据他们的介绍，这一屋子居住的人都是虔诚的美食爱好者，又称“吃货”。入住第二晚，德国厨艺代表队率先出战以表诚意。奶奶叫来了和她相恋25年并育有一个女儿和一对双胞胎外孙女的男友马丁爷爷，他们从下午3点开始准备晚餐。后来，房客之一的德国裔能源工程师卡尔和他的太太也加入了烹饪大军。我热切表示希望帮忙，但这一大帮卡塞尔人为了完美呈现德国家庭料理的精髓，快乐地拒绝了我的请求，让我放心玩耍等吃就好。看到他们认真搅拌面团、用压面机仔细压出一大锅鸡蛋面条，我对这一顿大餐的好奇心真是被推到了顶峰。

然而，世事往往拼不过“殊不知”三字。我和张火兔开了一瓶5欧元“巨资”雷司令白葡萄酒，并在餐桌旁等着前菜过后的大菜上桌的时候，奶奶告诉我们：菜上齐啦！鉴于对德国人的简约晚餐已经有了一点点心理准备，这次被打击似乎不那么致命。然而此时此刻一共有10张“嗷嗷待哺”的嘴，而桌面上仅摆放着一碗巨型的手工素面、一碗生菜沙拉，方才从烤箱里热乎乎拿出来的一大盘菜肴，竟然是蒜蓉酱烤洋葱！看见爷爷奶奶们一脸热诚、房客们满脸期待，我稍微收起了富有中国特色的对大鱼大肉盛宴的期待，压下了“可能吃不饱”的怀疑，卷了一叉子手工面、蘸了洋葱酱送进嘴里——味道居然很不错！虽然不是洋葱爱好者，但是这款能充分勾出洋葱香味的自制酱料却让我对洋葱有了不一样的认识。手工面意外的筋道，吃了两盘就已经有七成以上的饱腹感。事实证明我再一次看轻了德国家庭料理的能量，这些看似简单的小菜主食，不光养活养壮了整一家子，还温暖味美，足以打动我们这些外乡人。

体内的小宇宙瞬间被点燃了，中华饮食文化博大精深，我一下子感觉自己肩负着使命，向外国友人推广中国料理，从我做起！晚饭后，我便郑重地向大家宣布：明天的晚餐我们俩承包了，我们将会提供丰盛的中国菜。餐厅一下子变成了欢乐的海洋，“德国代表队”表示要翻箱倒柜找出带有东方元素的礼服穿上，明天是卡塞尔小房子的“中国之夜”！

如此高规格的活动当然需要高规格的准备。第二天，我特意提早结束了游览，到超市进行大采购。我计划做一道台湾风格的三杯鸡、一份粤式的蘑菇芹菜炒肉、一如既往的农家小炒肉、张火兔招牌菜西红柿炒鸡蛋、蒜蓉炒生菜、玉米胡萝卜排骨汤，甜品是绿豆沙。除了绿豆只能在亚洲超市买到，其他食材都是非常容易获取的。不到傍晚5点我们便回到家里准备晚餐了，洗菜开锅一切驾轻就熟，哪怕三杯鸡所需要的料酒忘了买，也让马丁爷爷用他珍藏的伏特加代替了。不到60分钟，甜品在锅、大菜上桌，一切就绪。我和张火兔回房间稍微整理一下油腻的面容，换上了特意为慕尼黑啤酒节准备的、在西藏雪顿节购买的民族服装，到餐厅的时候看见大伙儿已经穿好小礼服正襟危坐了，而玛丽恩奶奶居然还穿上了一件金色的改良旗袍！

当厨娘的机会不少，但第一次看到自己的作品被如此正式的对待，心里油然而生源源不断的暖意和自豪感。在我宣布正式开动后，大家给足了面子表现出一副饿狼扑虎的模样。玛丽恩奶奶用叉子送了一片生菜叶子进嘴里后发出了一声轻呼，然后用惊喜的眼神看着我说：“原来沙拉被炒熟了竟然这么美味！你是怎么做到的！”在德国，生菜的唯一功能就是用作沙拉，所以他们会直接把生菜唤作“沙拉”。但其实只需要用黄油加上蒜蓉把生菜稍微爆炒一下，爽脆之余还特别香。他们纷纷表示，日后只要感觉生的生菜吃腻了，也必须这么爆炒一下。

玛丽恩奶奶真的很喜欢蒜蓉炒生菜

“德国代表队”对三杯鸡也是赞不绝口，他们断然想不到，只是用简单的调料就能把极其常见的鸡肉烹调出神奇的味道。甜品广式绿豆沙也让他们狠狠一惊，这小小的豆子在被充分烹调后，竟能呈现出软糯带沙的口感，而平日只用来就咖啡的红糖黄糖，和清新的绿豆沙融合后会产生一股别样的香甜。晚饭结束后，大家还意犹未尽地讨论着各道菜式的做法，希望在短时间内习得“中华料理”的精髓。“中国队”的全线大捷还体现在饭后的桌面游戏中，德国传统的趣味小游戏“挑竹签”，我以从未玩过这个游戏的菜鸟玩家身份，连杀了5位德国悍将，取得了压倒性胜利！我想，这可能是我近年以来最骄傲的时刻之一了，不光用代表着中国特色的厨艺打动了新朋友，还在脑力激荡里战胜了以智力闻名的德国人。那种畅快，非同凡响！

经过了三番四次的“以厨会友”，我深刻意识到美食和音乐一样是能打破语言壁垒的优秀媒介。自此，只要有闲余时间，我都会不遗余力地精进自己的厨艺，并且努力练习如何用最简单的食材做出各具风味的中式料理。我始终相信，机会只留给有准备的人。

在国外旅行
想做饭的话
要注意什么？
1.条件允许的话，出发前带些未开封小瓶装酱油、鱼露、蚝油、老干妈之类的中国特色酱料。
2.无论是住青年旅馆、酒店公寓、Airbnb还是当沙发客，确认一下是否有可供自己煮食的厨房。
3.到达住宿地切莫着急买菜，先检视一下厨房设备，有没有炉具、锅，有没有配备基础调料，餐具是否齐全，等等，否则买了菜也做不了！
4.留意观察换气抽油烟设备，如果房子不够通风，要适当放弃热炒的比例，慎防烟雾警报！
5.用餐完要彻底清洁厨房，关闭燃气和电源开关，做负责任的房客！

塞戈维亚的眼泪

旅行是一件超级体力活，抵抗力要强——能面对一切防不胜防的病菌攻击和温度变化；肠胃要好——适应各类食物的刺激与挑战；力气得大——上山下坡，扛着30公斤行李穿过大街小巷和120级楼梯后不能发抖晕倒；还要耳聪目明——眼观六路耳听八方，必要时得速速反应规避危险。一年里有八个月都在外的我，一旦有机会必定抓紧时间锻炼身体，为的就是不在匆忙变化的异国他乡意外病倒，一旦不小心中招，那是一个可怕而悲伤的故事啊！例如那一年我在西班牙……

3月的马德里“杀了”我一个措手不及，天气预报说气温在10~18摄氏度，在日落后、建筑物的背阳面和呼呼的妖风中让体表感觉绝对地低于10摄氏度。我和张火兔只带了春装和薄羽绒，并且穷困潦倒没法添置新衣裳，在户外只有两种状态：活在阳光中或是狂奔在风中。这次行程分成两段，前半段和两家体育媒体一起体验西班牙的足球文化，后半段我和张火兔深度探访马德里附近的历史重镇塞戈维亚（Segovia）。为了充分感受西班牙人对足球的热爱，我们在皇家马德里的贵宾包厢近距离看了一场C.罗纳尔多领军的西班牙甲级联赛；又到了名不见经传但却特别有凝聚力的小俱乐部莱万特（Levante）采访新晋球星；还正巧在一年一度的法雅节期间来到瓦伦西亚，参观了西甲劲旅瓦伦西亚足球俱乐部的主场梅斯塔利亚球场；最后在巴塞罗那看了一场“西班牙德比”。我们总能在球场看到穿着统一队服的一家三代忘情地呐喊，在巴塞罗那的训练基地里，还可以看到三四岁的小奶娃为在场上拼搏的七八岁小男孩的一次越位而捶地叹息的场景。哪怕平时不怎么看足球，我们却被西班牙人对足球那种深入骨髓的热爱，以及对自己喜欢的俱乐部世代相传的忠诚所深深打动。

告别了相伴多天的体育媒体的哥哥们，我和张火兔从巴塞罗那飞回了马德里。3月下旬，马德里的阳光逐渐灿烂了起来。丽池公园（Retiro Park）的樱花竞相开放，连续两个下午，我和张火兔“穷筋未尽、懒心又起”，一不做二不休，放下所有行程和写稿计划，抱着披肩跑到丽池公

皇家马德里队的7号球员永远是场上的焦点

巴塞罗那的小小将，连场边看球的小球迷都毫不含糊

园的樱花林里四仰八叉地瘫着。适逢周末，我们周围是同样慵懒的西班牙青年们。物资并不匮乏的他们还带来了防潮垫、野餐布和各色食物，坐着卧着聊着，看着日落西山。

感觉休憩得差不多了，我俩就开始按原计划向塞戈维亚挺进。坐地铁到Príncipe Pío站，没走几步就能到达汽车客运站（Terminal Autobuses），这里往返塞戈维亚的大巴几乎每半小时就有一班，购买往返双程票更划算（票价还不到15欧元）。买好了即刻出发的双程票，我们便欢呼雀跃地登上了大巴。大巴车况良好，还有免费热点可供上网，不过对比低头看手机，窗外不断掠过的田园风光更迷人：碧绿的稻田昭示着春天正在进行，头顶是午后灿烂的阳光，配合着轻摇的树枝，诉说此刻的清风和煦。

车程大概1小时，在最后的20分钟左右，大巴驶进了一段漫长的穿山隧道，让我不禁想起了深作欣二的电影《大逃杀》，似乎在隧道的另一边，有一些诡异的东西等着我们。正当我准备敲打自己的脑袋企图补上过大的脑洞的时候，前方的光亮显示隧道马上要到尽头了。当大巴即将驶出隧道，我的双眼已经准备好迎接刺目阳光，然而似乎未如所愿，透过车窗，眼前的一切景物都被锁进浓雾里面。我的脑洞又开了起来，这不是著名恐怖电影《寂静岭》的场景吗？车速降了下来，除了看不清远处的事物外，我依稀发现公路两旁地面上每隔几米都会出现一些看似眼熟却形状不一的东西——积雪。耳膜此时也传来阵阵压力，我赶紧打开手机的海拔计，发现我们正身处接近1500米的高地上。我拍打着身旁正在极力分辨窗外景色的张火兔，她也发现了地上有异，我们都对气温接近20摄氏度的马德里周边还会有积雪表示非常疑惑。

所有问题都在我们下车的那一刻被击成了灰烬。地面一片湿漉漉的，湿冷的空气感觉还不到10摄氏度。不是仅仅1小时的车程吗？为何气温竟然差了这么多！抛开所有不切实际的浮想，冷得直哆嗦的我们按着地图找到了预先订好的青年旅馆。旅馆位于塞戈维亚古城中心的一条小巷里，小巷在主干道的旁边，入住的那天并非周末，所以整条巷子都显得清冷。当留着大胡子的青年店主看见我们推门进店的时候，已经能一眼认出我，并准确叫出我用于预订房间的名字，据他介绍整个月下来也就只有我们两个来自中国的客人了。这家小小的青年旅馆有一个很有趣的名字“瞌睡旅馆（Duerme Vela Hostel）”，意思是“半梦半醒之间拿着蜡烛梦游”，因为在西班牙人的传说里面，这样的瞬间会让梦想实现。店内处处是店主的手绘，图案大多是和店名呼应的猫头鹰和蜡烛，细节处可见心思。我们稍微安顿一下之后，店主哥哥就把一幅塞戈维亚地图横在了我们面前。当意识到我们竟然要在这个3小时就能走完的小镇停留一周，他震惊之余便开始用笔圈起了若干个私房景点，包括一些可能连当地人也不甚了解的小河边看日落的最佳位置。当然，少不了拜访著名的塞戈维亚烤乳猪的人气餐厅，他还为我们细心地标记了每家店猪肉新鲜到货的日子。

怀着满心感谢，我们抱着那张珍贵的地图回到了房间。房间除了能放下两个1米宽的单人床和两个24寸摊开的箱子外，便再无空间了。在整顿行李的时候，店主过来敲了一下门，一脸抱歉地告诉我们房子的供暖系统正好坏掉了，估计要到明晚才能修好，所以今夜可能需要面临没有热水洗澡、没有暖气可用的困境，让我们体谅。如果放在日常倒没什么，但很不巧那两天刚好是我的生理期，听到这个“噩耗”的我可谓内心一片荒芜。但既来之则安之，我想着总会有解决办法的。

把公共厨房的设备检视了一番，我们计划到超市去逛逛，采购一下未来一两天的食材。塞戈维亚的猪肉以鲜嫩多汁闻名于世，超市的切片猪排5大片竟然只售2欧元！我话不多说拿了两盒，买了一些蔬菜和一瓶白葡萄酒就回到旅馆去祭“五脏庙”。煎猪排和热气腾腾的蔬菜汤下肚，我鼓起勇气洗了一个冷水澡，哆嗦着就睡下了。

只要一出门就会醒得特别早的我，第二天居然奇迹般起得很晚，从床上坐起来的时候莫名一阵眩晕。发着呆把昨晚多煮了的蔬菜汤喝了一

旅馆的顶楼有一个轻松随意的休憩区域，还会有嬉皮士住客在这里弹吉他

些，依稀觉得自己有点浑身不对劲。来不及沉浸在复杂的体感里，突然张火兔一声叫嚷惊到了我——她说，下雪了。

我火急火燎地跑到窗边，竟真看到窗外刮过阵阵雪花。之所以说是“刮”而不是“飘”，是因为此时窗外疾风清劲，连平素看似羸弱的雪片都变得有了力道。店主告诉我们，再过4天西班牙就正式进入夏令时了，夏天要来了，估计这是春天的最后一场雪了。正因为塞戈维亚和马德里只隔了一座海拔足够高的山，才让自北方而来的寒流在塞戈维亚止步，和初夏已至的马德里表现出截然不同的两个季节。我是一名地地道道的广东人，虽说走南闯北不少地方，下雪却不是时时都能遇上，兴奋的情绪瞬间替代了占满体内的不适感，我跑回房间拿出手机一顿猛拍。大概这么兴奋了半个小时，张火兔提议赶紧出门看雪去，当我想积极响应的时候，一阵天旋地转把我重击回座位上。摸摸额头，我终于明白自己是发烧了。

我开始评估自己的状态是否适合出门，吃一片一直带在身上的退烧药，拿出在瓦伦西亚的药房随手买的一支电子体温计——想不到这么快派上用场。首次测量体温是37.5摄氏度，15分钟后已经升到37.8摄氏度。我告诉张火兔，今天的行程我要退出了，且趁春雪正当时，小姐姐你赶紧出门吧！看着张火兔这匹野马挣扎的脸，我感觉挺温暖的，毕竟对于她来说，没什么比探索一片新鲜的领地更重要了，更何况下着雪的塞戈维亚正在热烈地召唤着她。我轻轻推着她的背让她赶紧出门，也叮嘱她别忘了多穿点。在确认她终于出了大门后，为了让她能安心出门而营造的假笑已经崩坏了，我没忘记倒满一杯滚烫的盐水带进房间，接着便颓然倒在床上了。

生而为人这么多年，感冒发烧不下百次，却从未像这一次来得激烈。电影《猜火车》里有一个躺在床上就像掉进不断重复深渊的场景，用来形容我此刻的状态可谓恰如其分。这么无所事事动弹不得地煎熬了又一个15分钟，我无力地拿起体温计再次测量——38.2摄氏度。随着体温快速升高，我的意识越发模糊，内心也越发焦灼。孤立和无助一下子击中了我，让我不得不突然思考起一些哲学问题：我为什么会在这里？我为什么要在这里？我到底选择了一条怎样的路？如果没有“看看世界”这样的愿望，是不是不需要在无亲无故的西班牙小镇遭受莫名煎熬？我是不是就能平静幸福……千万个问题在极短的时间里不断发酵，敲击得我脑袋生痛。理性让我打住了不断膨胀的人生思考，我开始想到了一些更为实际的问题：如果确实严重到要送医院，没买旅游保险的我能否承担高昂的医药费用？如果要临时改票回国，我是否会损失惨重？然而越是实际的问题越打击人，当我发现脱产旅行的自己可能无法独自承担未知的治疗费用之时，忽然涌起一阵悲怆。出门在外时，面对在家等候的父母和先生，大部分时间我都是报喜不报忧的，然而就在这个无助到绝望的时刻，我觉得要和他们说说话。体温计显示我的体温已经去到39.5摄氏度，就在我拿起手机，键入“我病了”三个字的时候，我的眼泪止不住夺眶而出。

罗马引水桥的夜色

我像一个没有生命体征的破布娃娃，在床上无声地淌着眼泪。自诩坚强的我，人生中极少出现如此脆弱的瞬间。我想家，从未如此蚀骨思念着我的父母和爱人，无奈当下的一切都得靠自己的意志，像在游戏里“打怪升级”般步步拿下。也不知道是不是药力到达了峰值，毫无防备地，我睡着了。

大概睡了不到1小时我便醒了，意外发现原本连坐直身子都没力气的自己，能慢慢挽着坐起来了。于是我又强迫自己喝下整一杯盐水，稍作休息继续睡。这期间我一直断断续续做着各种怪诞的梦，直到张火兔清亮的嗓音钻进我的耳朵——“喂，没事吧？起来喝碗热汤再睡吧，已经中午了”。我重新拼凑了破碎的意识，明白是张火兔回来了。是什么让

修道院的花争相越出墙头

这位“暴走侠”还不到天黑就回来了呢？我慢慢离开我的小床，发现精神状态似乎好了不少。喝着张火兔为我做的热汤，心里一阵温暖。原来她已经把塞戈维亚的古城中心逛了个大概，只是阳光灿烂、蓝天万里无云的塞戈维亚看着就像一个表面温柔性格刚烈的女子，完全失去控制的狂风夹着雪后的寒冷凛凛刮着她的脸。越往高处走风越大，夸张的时候她连地图都握不稳了，内心也会不住地想，这么冷的天到底我的病况如何。越想越纠结，于是就提早回来了。

又是热汤又是猛药，我感觉身体状态正在恢复，再次测量的体温已经回落到37.2摄氏度了。这场急剧降临的高烧耽误了我一天的行程，却也成了我的旅行生涯乃至我的人生里非常值得收录的记忆。关于那些对

“为什么要出发”的自我质疑，我逐渐总结了一个坚定的答案：生活给你的磨炼不会因为你是否停在原地而减少半分，那不如我大步出门主动“找虐”，不为别的，只为这样的人生才是我想要的，我选的，我不会为此后悔的。

塞戈维亚的美景没有辜负我的付出，后面几天，我和张火兔对这个拥有两千多年历史的古城进行了一场仔细的探索。古罗马水道桥，这个世界闻名的塞戈维亚的代表作全长728米，在公元伊始由古罗马帝国所建，以此向这座城池输送水源。整座引水桥没有使用任何泥浆，皆由巨石间互相作用维持稳固。两千年过去了，如今依然能看见桥内活水流动！此外，两座巨大的城堡同样昭示着塞戈维亚在建筑上的威望：“大教堂中的贵妇”——塞戈维亚大教堂（Catedral de Segovia），它是西班牙建造的最后一座哥特式教堂；而盘踞峭壁俯瞰整片河谷的阿尔卡萨城

黄昏时的引水桥

堡（Alcazar），更是迪士尼动画“白雪公主城堡”的原型。

塞戈维亚街景

根据旅馆主人的指引，我们最远走到了谷地美丽的手工作坊旁，看成群绿头鸭横渡静谧的小河；傍晚，我们躺在能俯瞰整座古城的高地长椅上，慢慢等待日落；我们走过古城最繁华的街道，看白发苍苍的老艺人演奏大提琴；在无名的烤乳猪小店点一份16欧元的套餐，从下午2点一直吃到傍晚6点，撑得路也走不动了，便干脆把晚餐也放弃了。还有一个晚上，应旅馆主人朋友的邀约，我们参加了塞戈维亚当地人的“摇摆舞（Swing）会”，再害羞低调肢体不协调如我，也忍不住在大家热烈的气氛以及乐队极富感染力的演奏和演唱下肆意起舞。小镇居民也没有因为我们是意外闯入的亚洲面孔而抗拒，反而加倍热情地和我们聊天，邀请我们共舞。当真到了告别时，再迟钝的人也能感受彼此不舍的神情里的真诚。经历了这么一次跌宕起伏的旅程，我发现自己面对旅程中那些突发的艰险似乎变得更加从容了。因为经验告诉我，前路就如塞戈维亚，凄风冷雨过后必定能看见最壮丽的晚霞。

夕阳西下，

塞戈维亚和远处的雪山

交相辉映

旅行必备小药箱
漂泊在外别指望生病了可以随时跑药店，计划永远赶不上变化．正所谓有备无患，一定要为自己准备一个常用小药箱，必要时真的能帮大忙！
外用药物：创可贴、眼药水、皮炎平、风油精等．
中成药：牛黄解毒片、藿香正气丸、腹可安、黄连上清丸、众生丸等．
头孢等处方抗生素，国外大多地区必须持处方购买，自备几颗能应对紧急情况．
所有药物在携带和服用前要遵守医嘱，留意自己的过敏史喔！
医用小工具：体温计、指甲刀等．
其他个性药物：通便丸、口腔溃疡散等．
退热止痛片：芬必得、加合百服宁等．
维生素：各类维生素C、维生素E或综合维生素泡腾片．
抗过敏药物：息斯敏、氯雷他定等．
好痒！
你过敏了？

果然是水上人家的女儿

自古以来，广东有一个特殊的族群，叫“疍家人”，就是生活在水上的人，以小艇为家，以捕鱼和驳船买卖为生。我的奶奶是疍家人，划着小艇为由于吨位太大进不了港的货轮转运货物上岸。我爸和他的七位兄弟姐妹都在小艇上出生，据说水性极好。例如我爸，放学回家书包一扔衣服一脱，“扑通”跳进珠江，一口气触底摸些小螺小虾，晚上一家人一蒸一炸又是一顿饱餐。至于我呢？自从8岁那年让我爸硬生生扔进游泳池里喝了几口水，勉勉强强能游25米以后，我爸似乎对我不怎么样的水性死了心，每当朋友提起“疍家人游泳特别棒”的时候，他就会幽幽看着我，啧啧几声。

2015年4月，我和张火兔获泰国国家旅游局邀请，前往当时刚开通广州直航的甲米府体验风土人情。这一次旅程和我们同行的还有广东几家专业的体育类媒体。为何是体育类媒体？因为除了发掘风光海滩美食享乐以外，这一程我们还带着一个必须完成的任务——在甲米考一个开放水域潜水员证！

在这次甲米之行以前，我和张火兔常年以“浮潜小公主”自居，马来西亚、越南、泰国，甚至埃及红海和帕劳群岛都留下了我们浮潜的气泡。当你在水面上以上帝视觉看海洋的时候，别天真了，总有一天你会嫌看不够的。例如在帕劳群岛的大断层浮潜，导游指出在我们肚皮下方10米处有鲨鱼游过，我们只能哼哼唧唧地看着这些美丽的小生灵优哉游哉往12米、15米游去，消失在我们的视线范围里，然后我们就会看见讨厌的水肺潜水员的呼吸装备在20米处冒上来的泡泡……此时你知道了，鲨鱼就在他们眼前！从那时起，我们便发下宏愿：无论多么艰险，潜水证一定得拿下！

出发前，泰国国家旅游局的工作人员、小帅哥叶虎告诉我们，潜水有风险，出发前务必要把理论教材和视频仔细预习，这样会更容易理解和通过考试！因此我们也不敢偷懒，每天在线上一章一节地先把教材看一遍，此举后来确实为我们带来了意想不到的帮助。

说到考潜水证这件事情，在下决定前你首先得对它有些了解。从专业性和使用范围来看，潜水大概分成休闲潜水、技术潜水、自由潜水、商业潜水等，我们一般可以接触的“背个瓶子刷乐子”的就是休闲潜水，这里说的“考潜水证”也是休闲潜水领域的许可。其实和大学一样，目前提供休闲潜水教学的机构有不少，比较有名的像国际专业潜水教练协会（Professional Association of Diver Instructor，以下简称PADI）、国际技术潜水员协会（Technical Divers International，以下简称TDI）、国际水肺潜水协会（Scuba Diving International，以下简称SDI）、国际潜水教练协会（National Association of Underwater Instructors，以下简称NAUI）等，各自拥有不同的教学体系和教材，并且都会提供从入门到进阶再到职业化的教学和认证服务，而基本上这些机构颁发的潜水证，在世界范围内都会互相承认。在入门教学这方面，每个机构的教程都相去不远，毕竟都在一个领域里，初始阶段必学的知识其实极其类似的，区

PADI
DIVING IS FUN
PADI
padi.com
PADI
DIVING IS FUN
PADI
padi.com
PADI
DIVING IS FUN
PADI
padi.com
www.aqua-vision.net
PADI
LEARN HERE!
AQUA VISION
5-STAR IDC DIVE RESORT
Tel: 075 637 415
eMail: info@aqua-vision.net
www.diving-krabi.com
TAT License No: 34 / 00055

潜店就在甲米的大路上

教练指导我们在泳池学习技巧

别只是价格——基于每个加盟的教学点所在的国家地区造成的运作成本不同，相应的课程价格也会有所出入。如果对潜水感兴趣的话，首要选择身边朋友亲身体验过的值得推荐的教练，就像拜师学艺要找个好的师傅，这对于以言传身教为最核心教学手段的潜水而言非常重要！

我们这次在甲米选择的教学机构，就是在全球范围里影响力最广的PADI，学习目标是拿下开放水域潜水员认证（Open Water Diver），这也是休闲潜水领域里面向成年人比较初级的许可，学习时间是3~4天。知其然也要知其所以然，因此PADI非常讲究潜水员在入门时的理论学习。我们的教练是年轻的荷兰壮汉法兰克（Frank）和来自新加坡的女助教“飞机”（Figgy），两位教练和我们一行九个“嗷嗷待哺”的学生在潜店的课室里相互认识后，课程正式开始！自打大学毕业过后，尽管屡屡会做噩梦重回课堂学习博大精深的数学和物理，然而当我真的以学生的身份坐在教室里，被教练问到“30米深度时压力是水面的几倍”的时候，我的内心依然是崩溃的！不过一旦想到，人在水下只能依靠自己身穿的一套装备维生，每一个微小的操作可能都会触发无法估计的危险的时候，出窍的灵魂又会一下子回到身体里。压力、减压病、上升速度、浮力控制……一大堆新老词汇因实际应用的重要性而变得无比严肃，习惯了“学习为应试”的我们，在理论课程时间可谓全情投入不敢懈怠。

理论课程会分在两天进行，经过3小时高强度的理论学习后，我们马上被带到了游泳池进行游泳考试。出发前，同行的女孩子都特别关心这个部分：不会游泳到底能不能潜水？因为她们确实都是不会游泳的，然而不同的持牌潜水员却告知了她们截然不同的答案。根据墨非定律，教练法兰克果然宣布了她们的考证之路必须止步于此。根据PADI对开放水域潜水员的规定，潜水员必须至少能独立完成200米游泳或在水面不借助任何设备漂浮10分钟，可能有些教练会心慈手软或者为了创收而无视这一条规定。毕竟如果潜水员已经返回水面而此时装备发生问题，也许这200米和10分钟会成为你最后的救命稻草。在法兰克的坚持下，除了我和张火兔两位“糙汉”以及4位男生继续学习，其余3位女孩子只能无奈地退出了。

4月的泰国，时间已经接近中午了，太阳可以说无比毒辣。在泳池边上，我们认真地跟着教练学习如何辨认和组装一套完整的装备，学习如何快捷地穿脱自己的潜水衣，学习潜伴之间的沟通手势和安全规范。接着，让无数潜水员印象深刻的泳池学习部分正式开始！无论一位潜水员的经验如何丰富、技术如何高超，其实一切都是由入门学习的每一组细碎的动作通过反复练习而来。举个例子，遇到大水流把面镜给吹歪了，怎样能快捷安全地把面镜里的水排空并且重新戴好？当你正在畅快呼吸着空气，前面不长眼睛的潜水员把你的呼吸头一脚踢飞了，你要如何冷静把它捡回来？在水里发现空气瓶没气了，该怎么办？如何通过呼吸控制自己不会在水里忽上忽下到处乱飞……每个场景都有对应的解决技巧，每个技巧又可以延伸到其他的应急场景里去，因为这些技巧我们都需要在泳池里现场学习和多次练习，所以哪怕到了今天，我依然能深刻地记起当时的紧张、慌乱和疲倦。

午餐就在泳池边上匆匆解决，饭后大概休息了20分钟，我们便继续下水训练去。为了完成一个中性浮力的考核：动作大概就是盘着腿直着身子模拟入定打坐的模样，左手扶着右脚蹼、右手扶着左脚蹼，只用呼吸控制身体达到在水里悬浮的状态，无论我怎样调整自己，我的整个身体都像一个失去平衡的陀螺不停打转。透过面镜和泳池水，看着教练严肃的表情和同学们期待的眼神，我全身肌肉都绷得紧紧的。这一绷就绷出了问题！一阵熟悉的痛楚从小腿传到了我的大脑，抽筋了！从未遇过这种状况的我瞬间慌了神，一下子呛了水从4米的池底窜上了水面。法兰克教练很快跟了上来，不用多问就猜出了我的问题，问了我是哪条腿出了状况之后就迅速帮我推拉按摩了一下，我这才意识到自己刚才是有多危险——如果是在9米或更深的海里，这乱窜可能会引发减压病甚至肺部破裂！和潜伴保持两臂距离，遇事冷静再冷静，水下直接寻求帮助，这才是保命的不二办法啊！

因为有这么一段小插曲，课程的第一天几乎掏空了我的全部体力。当天晚上吃了两大碗饭，饭后也没敢到处溜达，我把自己关在了房间里一看再看理论教材，因为第二天一早我们就要出海了，要把在泳池做过的所有动作都在海里重复一遍才算通过！当天晚上我十分焦虑，忍不住给我爸发了微信。在和他大致上说了要考核的项目之后，我爸用语音给我回复了一句话：嘿嘿，你是水上人家的女儿还怕考这些！——我不怕考这些但是我怕死啊……当然我没敢这么回我爸，不过心里的底气倒也回来了一些，毕竟，我还是挺相信基因的。

一夜无梦，第二天出海的时候除了肌肉有些酸痛，我的状态是极好的。张火兔和我一样有些无法攻克的技术难关，我们的神色都挺凝重的。男孩子们嘻嘻哈哈的非常轻松，3位无法参加考试的女孩子也在船上，她们计划在我们考试的空隙时间跟着教练到海里体验潜水。快艇开到了皮皮岛（Phi Phi Island）附近的海面上，我们颤颤巍巍地穿好装备，尝试了人生第一次跨步式入水。随着两位教练的下潜手势，我排空了潜水夹克里的空气缓缓下潜。除了咕噜咕噜的呼吸声，我只感受到自己咚咚咚的心跳声了。到达大概距海面12米的海底沙地，法兰克教练示意我们6位学生围着他跪成一圈。因为实在无法控制自己的浮沉，简单的“跪着”对于我们来说都很艰难，要不在地上打滚，要不失控得像气球一样不断往上飘。好不容易等到大家都跪好了，教练就让我们把几组简单的

甲米的码头其实是一片沙洲，停满了专门接待潜水员和一日游旅客的快艇

动作在海里先完成一次。在休闲潜水领域里，通常一瓶压缩空气有200巴，当气压表显示少于70巴的时候就要开始回程了。因为大家都在不断扑腾挣扎，耗气速度甚迅猛，所以第一潜不足40分钟就结束了。

随后的三潜感觉越来越熟练，当恐惧渐渐退却，随之补上的就是逐渐增加的趣味了。我开始有点小闲情看看被我忽略了的小珊瑚和小丑鱼，有时还会冲着随队跟拍的摄影师镜头做做鬼脸。终于，考试的进度条来到了让我最紧张的两项：悬浮和全面镜排水。有了抽筋的先例，这次在海里我无比注意的就是放松肌肉，用上曾经在瑜伽班学到的缓慢深长的呼吸方法，我让自己不要紧绷随水而去。虽然还是会有左摇右晃的情况出现，不过显然也比之前要平稳多了。至于全面镜排水，过程大概就是在海里把面镜脱下来拿在手里，咬好呼吸头保持呼吸，直到教练表示可以戴上面镜了，戴好面镜后把面镜里的水排空，直到可以正常视物为止。我是属于眼睛沾水就会紧张的人，这个可谓是我最害怕的一项考试了。当面镜一脱下，我感觉整个鼻腔都灌满了海水，海水霸道地沿着鼻腔流进我的嘴里。不过我也知道，只要呼吸头还在，我的性命是绝对没有危险的，于是我努力克服恐惧，用了人类最天然的处理方式——吞咽，来解决嘴里的海水。大约在喝了一罐青岛纯生等量的海水以后，教练轻拍我的手表示我可以带上面镜了，如获大赦的我仔细戴好面镜，经过两次排水后睁开眼睛，教练法兰克亲切的脸又出现在我眼前了！此刻，我感觉所有的担子都卸下来了！

经过两轮理论学习和四次开放水域潜水考核后，第四潜升水到达海面的那一刻，我们6个人都高声欢呼起来！这是一次继大学毕业后难能可贵的对一项全新技能的学习和考核过程，当中的苦累不足为外人道，但是当中的挑战性和成就感也是在机械且反复的日常工作中无法寻求与比拟的！

也正因为亲眼见到了海底世界的奇异美好，从我成为持证潜水员的那天起，我就认定自己应当肩负捍卫这片深蓝的责任：不吃鱼翅和蝠鲼鳃（也叫膨鱼鳃），不涂防晒霜下海，努力提升潜水技术不损害珊瑚，不触摸任何海里的生物；严格遵循潜水规则，安全第一；一旦进入海里，除了气泡什么都不留下，除了回忆什么都不带走。以上种种，不光自己恪守，也要尽心传播影响他人。

我时常认为自己是一位情感偏冷不善表达的人，却无法解释为何在爱上潜水后渐渐变得敏感和坚韧，似乎是血液里的某些元素被激活一样，潜水在无形之中把我变成了我希望成为的那种人。当我回家和爸爸兴奋地说起我在海里的经历的时候，我爸也就是随意回应了一句，仿佛一切都在意料之中：嘿嘿，果然还是水上人家的女儿嘛。

想考潜水执照去哪里适合？
大拇指推荐
马来西亚
华语普遍适用，消费低廉，美食风格符合中国胃的要求。
亚庇
国内多航点都有直达航班
阿尼洛
潜店选择众多，优秀师资不少，娱乐项目虽少，但能更专注修炼潜水技巧。
菲律宾
泰国
旅游配套非常完善，美食诱人，学习以外的娱乐项目多不胜数。
普吉
考虑到中国旅行者假期不多的关系，一次旅程既可以学习课程又能游览风光的话，那一定是最佳选择！经济条件允许的话，可以考虑先在国内潜水中心学习理论，再到国外通过开放水域考试。

沙滩惊魂

在路上除了吃，我最注重的就是住了。住在哪儿，住得是否符合心意，在很大程度上会决定了这一程我的游玩质量。试想一下，早上起来拉开窗帘能看到美妙的风景，转身走进厨房煮一杯香醇的咖啡，坐下来吃个丰盛的早餐，随手拿起挂得笔直的衣服穿上出门，一天玩乐回来后能洗一个舒适的澡，在沙发上和家人、恋人、好姐妹聊聊天，钻进松软的被窝里进入梦乡，一切皆是如此完美！然而根据概率理论，出门多了总可能遇上几次例外，我就有一次特别诡异的睡眠经历。

小时候看过一部名叫《夏日么么茶》的香港电影，男女主角相识相恋在马来西亚的一个名为“热浪岛”的热带小岛，水清沙白椰林树影，让我神往已久。哪知道就在我刚考了开放水域潜水员资格的第二个月，就受到了马来西亚旅游局的邀请，意欲让我体验一下这片世外桃源的水下风光。一时又惊又喜，喜的固然是心愿忽然得成，却又为经验还不充足却要下海探索而略感惊慌。话虽如此，但我还是麻利地准备了行囊，兴高采烈地出发了。

登上几乎是“亚洲旅行者自由行第一步”的亚洲航空航班，一股属于热带和海岛的气息就扑面而来了！不得不说它的出现直接打破了“旅行就是昂贵”的刻板印象，现在人人都能飞——哪怕当年的我还是初入社会的小青年。记得第一次坐“红色小飞机”就是我人生的首次出国自由行，紧张又期待的心情深刻得让我每一次登机都记忆犹新。

同行的媒体还有几家，我们四男两女一行6人飞抵吉隆坡机场后，距离下一段航程还有6小时。玩心顿生的我提议到机场旁边鼎鼎大名的一级方程式大赛雪邦赛道一游，逛逛博物馆，重点还可以在按照赛道弯道形状建造的卡丁车场，体验一把“速度与激情”。对比起在机场呆等，这显然是更好的选择，于是基本没有任何犹豫，我们已经抱着行李打了车，15分钟后便站在了一级方程式大赛博物馆门口了。爱车的男孩子们一脸雀跃，我就只是一位看热闹的门外汉了。最激动的还是卡丁车环节，没有驾照的我想体验驾驶乐趣便只有这么一途了，结果几圈下来，我的成绩竟然也不输同行的“老司机”，倍受鼓舞啊！后来很多花粉在公众号问及“在吉隆坡机场转机，如何打发时间”的时候，我总是会首推“雪邦赛道半天游”。

从吉隆坡国际机场起飞，不到60分钟航程就到达了位于马来半岛东北部的登嘉楼州的首府登嘉楼市（Terengganu），转乘快艇大概45分钟就能登上我心心念念的热浪岛了。初见热浪岛，几乎和我脑海里的印象完美重合——晴空无云，沙滩散发着近乎淡金色的光芒。因为岛上没有大型码头，我们的快艇必须在度假村门前的海滩靠岸，我们彼此解嘲着这不正是“诺曼底”登陆的场景吗？头顶着行李，海水没过小腿，深一脚浅一脚沿着细滑如面粉的沙滩缓缓登岸。虽然有些狼狈，但热浪岛的“见面礼”却让我乐在其中。安顿过后，我第一时间冲到沙滩上，看着沙滩和海水连成一片，深绿浅绿深蓝浅蓝，或者我根本无法描述的各级饱和度的蓝色绿色交相辉映，我那热爱海洋的灵魂得到了巨大的满足。

接下来的几天，我像掉进蜜罐子里一般，每天过着看海、潜水、吃大餐、喝酒的生活，晚上还不忘拖着从网店特意淘来的防潮垫，摊在远离度假村而且灯光昏暗的沙滩上。天不负我，第一夜我就看到了两颗流星，于是每天晚上在沙滩上喝一瓶小酒看看星空，便成了我这一程的保留节目，一直坚持到我们离开热浪岛，转移到附近一个名叫“天鹅岛”的地方的第一夜。然而我竟不知，这个看似风雅的习惯，为我带来了一

热浪岛海边的度假村，自由惬意

潜水结束后在海边喝上一杯热可可

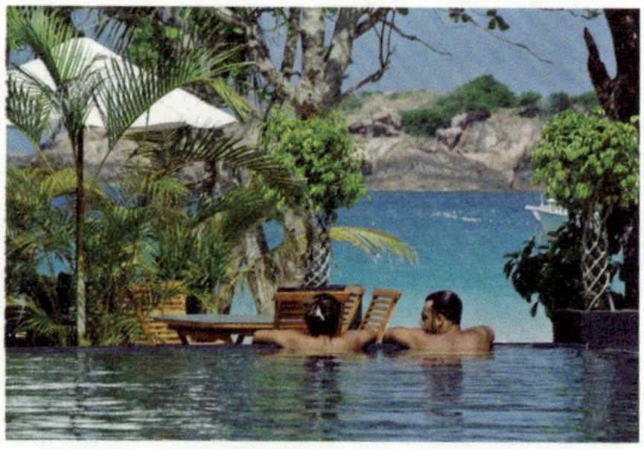

在无边的泳池里边游边看海，很有风情

次不小的麻烦。

不平凡的故事，一定有不寻常的开端，例如我们登上去往天鹅岛的这一程快艇，风浪便不寻常的激烈，以至于所有人必须耗尽力气双手紧握着船上任何不会移动的部件，才不会被狠狠甩到海里去。当我们到达天鹅岛再次“诺曼底登陆”的时候，几乎每个人都呈现不同程度的腿软和头晕。

天鹅岛距离登嘉楼市有60分钟的船程，是一个三面悬崖一面沙滩的迷你岛。说到马来西亚的度假海岛，大家都能说出诸如兰卡威、亚庇、热浪岛、仙本那之类耳熟能详的名字；如果进阶一点说到潜水胜地的话，停泊岛和诗巴丹肯定榜上有名。殊不知就在离热浪岛不远的地方，“天鹅岛”是一个让马来西亚专业潜水圈惊艳的名字，这里和诗巴丹极其相似的特殊地貌让它拥有“小诗巴丹”的昵称，沙滩前庞大的珊瑚礁隔绝了外海的风浪，形成了一片风光极佳的海底生态群落。这是一个只有3个潜水度假村、没有额外商业、仅提供数十个床位的原始小岛，吃、睡、潜的避世生活和极少的游客接待量让这里炙手可热，甚至一房难求。这样供求关系的直接结果，是我们一行6人只占得边角处的2个房间。幸好男孩们的风度，让我和同行的女孩小冯独占了一个标准双人间。

第一潜安排在下午5点，距离出海还有几个小时。大海就在我们面前，岂有不立刻投奔的道理？于是在结束了一轮“迷你沙滩足球赛”后，我们便决定带上装备浮潜去！天鹅岛除了野蛮生长的珊瑚礁，还为热爱海洋的潜水员提供了亲手种珊瑚的环保项目，所以从沙滩一直往外延伸的200米水域，穿着救生衣低着头就能看见绵密的鹿角珊瑚和成群的各类热带鱼。幸运的话，还能看见海龟在肚子下方悠然漫游。

因为大家都算是水性不错的人，一下水便各自埋头看风景，没多久就离岸有点距离了。此时我的室友小冯和旅行作家老张距离最近，却离我和另外3位男生有好些距离。见他们也没有落单，已经潜得有点累的我们就决定慢慢回头游向岸边。可能因为已经接近傍晚退潮的时间，我们

这是一个释放野性的好地方，连我也奔跑起来了

回岸所花的时间和力气远远比当时离岸要多得多。当我们已经在岸边休息了快30分钟的时候，才看见小冯和老张一脸“身体被掏空”的表情趴在沙滩上喘着粗气。他们都表示除了非常累，心里还是有点害怕的，因为离岸的浪越来越大，他们都有点担心游不回来了。尤其是我们当中唯一不是持证潜水员的小冯，苍白的脸蛋看得我相当揪心。再次确认她的身体无虞以后，我就开始做出海潜水的准备了。

对于我的热情，“小诗巴丹”回馈了最合适的厚礼：水下无强流，处处是未被开发和破坏的原始之美。55分钟的潜水时间里，让只有几潜经历，还不算真正入门的我彻底爱上了潜水。因为岛上娱乐项目匮乏，连餐厅也顺理成章地成了大家饭后小酌的场所，几罐啤酒下肚，今天“出生入死”的我们也渐渐显出了疲态。晚上10点一过，小冯和老张率先表示扛不住，得回房间休息了，毕竟第二天早上6点30分还安排了一次晨潜。然而早上登岛那一刻，我便确认了今夜绝不能早睡，因为我怕再也

故事就发生在这片沙滩上

找不到如此无光害、无污染的观星地了。

再次拖出了我的防潮垫，其他三位体能尚可的男生也决定不错过美景，于是四人一边聊天一边等待银河渐渐冒头。不过人生往往充满了变数，聊了不到20分钟，三位大汉竟然一致决定回房间“找周公下棋”了。看着他们离去的背影，我可是五味杂陈：浮潜深潜吃饭喝酒我一样都没落下，说真的现在也是累极了，但是骨子里那个文艺的自己希望能抓紧在天鹅岛的仅此一夜，看看浩瀚星海啊。最终现实执拗不过风雅，我只是比大家多坚持了20分钟，比大家多看了一颗流星而已。

5月的天鹅岛，夜深时分气温徘徊在26摄氏度左右，海风清劲，在户外待久了还是有点寒意的。晚上11点已过，沙滩除了我以外连工作人员都不见了踪影，说没点小惊慌那是骗人的。于是我也收起了防潮垫，决定打道回府。这里要说一下我所住的房子，这是一栋平房，唯一的入口进去就是一条纵深大概20米的走廊，走廊左右各自对开着8个房间的8扇门，非常简单的格局。因为计划看星空的那一刻人有点微醺，所以和小冯说晚安的时候既没有想过自己会晚归，也没有想过要不要带房间钥匙的问题。在我站在房门外敲了接近5分钟的门而毫无动静之后，我的酒意和睡意几乎在同一时间随着我的血液抽离了大脑，一阵寒意爬上脊梁，如果那个时候有一面镜子，我的脸肯定是刷白的。

考虑到房子的隔音性能不佳，之前我敲门都特意保留了力度。此刻横在我面前的是两个选择：加重力量甚至发出点叫声，好让室友被惊醒；敲对面我们同行的男生的门，起码有人收留。两个选择都被我同时否决了，因为对比起我可能要在门外多等一阵子，我更害怕面对其他无关的人被我吵醒后的场景。不过办法总比问题多，一计不成一计又生，度假村前台接待处总会有人值班吧？没给自己太多犹豫的空间，我立刻往前台进发。从我住的房子到前台需要穿过十来家平房，大概有八十米的距离，深夜的沙滩上，因为脚步急促我走得有点踉跄。好不容易来到前台，除了隔三岔五看到有蟑螂和壁虎路过以外，我站了快10分钟，一个人也没有。我的心，一下子掉进了冰窖里。

蟑螂肆无忌惮地行走让我不想再继续留在接待处了，我让自己冷静下来，开始往回走。和刚才的匆忙相比，这段路我走得特别慢，一来是有点绝望了提不起劲，二来是突然留了心眼，万一有人在暗中观察自己，那是更不能露出慌乱的神态。我想再努力一把，回到房门外继续低声敲门。在敲了又一个10分钟后，我放弃了。我用脑门抵着房门，思索着我的室友小冯很可能是今天浮潜累坏了，不胜酒力的她在酒过几巡后彻底睡死了，除非她是自己突然半夜醒来，否则这个门我是不可能敲得开了。据我所知明早这个房子大部分的潜水员都需要在7点正出海，只要我发出了足以吵醒小冯的声音，这里至少一半的人会醒得比小冯更早！因为我的房间所在的房子是在整个沙滩的最边上，房子的右边已经没有任何建筑物了，是一片荒山与密林，要我睡到户外去，可是需要莫大的勇气啊！此刻我认为，睡在房间门口是最保险的。于是我为自己洒了点防蚊喷雾，靠着房门盘腿坐下来，不一会儿竟然就睡着了。

耳际传来昆虫振翅的声音让我突然惊醒！坐在冰凉的地板时间长了，还没缓过神来，猝不及防的寒意就让我打了一阵冷战。此时我突然看见巴掌大的飞蛾朝我的脸上扑来，我头一偏，它就朝我头顶的灯飞了过去。虽然有女汉子的肉身，但是我的灵魂依然是一名弱女子，昆虫之类的生物是我的死穴。打不过我还逃不过吗？为了杜绝下一波“攻击”的发生，我抱起所有“细软”逃出了那条走廊，往沙滩跑去。

走进沙滩，我是说什么也不会再回到走廊去了，因为我确信那盏灯只会吸引越来越多的不明飞行物体。此时我才突然想起，在我们的房子前面有几把沙滩躺椅，说不定能派上些用场。我看了一下自己能支配的所有工具，开始估算着露宿野外的可行性——我有防潮垫、一块很薄的披肩、一台没有信号的手机、一瓶防蚊喷雾和一个盘头发用的鲨鱼发夹。沙滩躺椅因为已经在下午被我们反复躺过的关系，清洁程度我是知道的，所以防潮垫基本是用不着了。我平躺在椅子上，尝试用透气的薄披肩从头到脚罩住自己，但无论我怎样调整，还是会有一些肢体露出来。然后我试着把人蜷缩起来，调整到一个相对舒适的姿态，接着喷了满头满脸满身的防蚊剂，用披肩把自己严丝密缝地裹住，再伸出一只手在“蚊帐”外又洒了一次防蚊剂。最后用鲨鱼发夹把脚踝附近的披肩固定住，这样就能最大限度地防止蚊虫侵扰了。

等我完成了各种工作，手机显示此时子夜1点30分。心里叹一声长夜漫漫，便开始静下心来看看是不是可以真正入睡了。露营我是试过的，那时在撒哈拉沙漠，有设备齐全的帐篷，也有贝都因人的守护，最重要的是身边还有我先生和张火兔，那种体验只有美妙没有惊慌。然而此情此景，说心里没点害怕和难过是不可能的。随着心率慢下来，此时我才意识到我周围的环境音如此丰富：海浪声，渐强的海风吹过椰子树的树叶，再吹过我身边的荒山和树林，不知名虫子各种鸣叫，这种富有层次感的声音说是一场大合唱也不过分。如果在睡眠的过程中跑出一些歹人或者猛兽，我想也是跑不掉的了；然而如果没有或者还没有的话，我何不尝试接受和欣赏这种寻常人无法体验的山林海边之美呢?

人是一种能通过自我调节实现很多强大功能的物种，也许是悬着的心放下来了，也许是我真的累了，我以自己可以感知的最高速度睡着了，没有想象中太多的辗转反侧。我印象中自己因为风声实在太大而在中途醒来过两三次，也都很快再次入睡。我做了一个梦，梦见一把温柔的女声一边叫着我的名字，一边轻拍我的手臂……女声！我一下子睁开

我的室友小冯

了眼睛，透过我那块红色大披肩我看到了小冯模糊的脸！我一把扯开了蒙在脸上的披肩，果然看到小冯那张布满愧疚和担忧的脸，我一下子像见到了亲人，我终于可以回家了！手机显示此时已经是凌晨4点30分了。

在短短的走回房间的路上，小冯一直碎碎念说“我怎么睡得那么死呀”“你怎么不用力敲门呀”之类的话，我都只是轻轻拍着她的肩膀安慰着。她说她是突然内急起床才惊觉我不在床上，看到房间唯一的一把钥匙正安静地在桌面放着，吓得魂飞魄散就跑了出来。我确定了自己真的也只是会埋怨那个矫情任性又粗心的自己而已，此时真没什么比能睡在没有蚊虫骚扰、不用蜷缩身体、无需提心吊胆的高床暖榻上更美好的事情了。洗了个热水澡，洗走了海风的咸味和寒气，在被窝里的我似乎恢复了一点精力。我不禁回想今夜经历过的一切，过分重理性的那半个我开始梳理整个流程中有没有可以优化的地方。剩下的半个感性的我，回想起对睡眠环境要求特别高的自己竟然就这么在户外睡了大半夜，忍不住也要站起来鼓掌。

一个小时后，我在睡眠中依稀听到走廊传来起早的潜水员们出发的声音。这一潜只能放弃了，我和久别重逢的被窝有很多话要说呢。天知道这一夜我经历了什么，又得到了什么。

想做观星者
你首先要这样
准备一块防潮垫，
轻便且带地钉的，
能躺下两个人。
那么在户外一放、人一躺，
就可以随时看天空不会累脖子。
安装一个观星APP，
例如:星图、
“Star Walk 2 Ads+ 恒星目录:
星座，行星” SkyView 等，
校准所在地理位置，
就能抬头观察相应的
星座和识别星星了。
条件允许的话带上双筒望远镜，
可以帮助你看到星云!
想尝试星空摄影的话，
一台感光度比较好的微单或单反、
一个广角镜头、
一个简易三脚架就可以入门了。
后面需要进阶的话，
还有大量专业设备需要添置。
夏季是观察银河的
最佳时机，
注意避开满月那几天。
职业观星人推荐的看星空入门书籍:
《夜观星空：天文观测实践指南》和
《天空的魔力：教你做自家后院里的天文学家》，
都是很有意思的科普书籍!

和灾难的距离

我曾不止一次被不少花粉和朋友问过：在外面旅行，有遇到过危险的情况吗？说真的，我一直认为，只要多留心眼，出门在外也能逢凶化吉。但常言道“常在河边走，哪有不湿鞋”，有一种凶险，躲避的难度有点高，那便是“天灾”。

2017年的清明节假期，我和我先生暴走姐夫一起向菲律宾出发，目的地是我们特别钟爱的阿尼洛（Anilao）。我们与这个海边小镇有着深厚的渊源，来这里无非就是“吃、睡、潜”三件大事，大事之间的时间只需要放空即可，或者每个晚上电召一位技术娴熟的菲律宾阿姨来一场“连灵魂都被放松”的菲式精油按摩，除此之外，可能连看电视剧和阅读都有点“节奏太快”的嫌疑。

在马尼拉机场旁边，我们和一对计划考取国际水肺潜水协会（SDI）进阶水域潜水员（Advanced Open Water diver，以下简称 AOW）的朋友小谢和罗莎会合了。这对潜伴也很是神奇，小谢是国际专业潜水教练协会（Professional Association of Diver Instructor）的开放水域潜水员（Open Water diver，以下简称OW），20多潜的生涯全都在埃及红海度过。罗莎是美国公民，为了赶上这次Anilao之旅，特意在寒冷的3月在深圳考了OW牌照，也是一位勇敢的“女汉子”，而且是美丽的“女汉子”。

哼着小曲儿，说着八卦，我们一行4人来到了素有“菲律宾技术潜水的黄埔军校”之称的潜校“Scubabro”，这是暴走姐夫的AOW母校，所以这次旅行也算是他的“返校季”了。因为这是我的第四次Scubabro之旅，除了一些打零工偶尔变化的客房和餐厅服务员，这里的大部分服务员和我算是互相叫得出名字的旧识了：负责客房的安妮知道我每天晚上一定要来一次菲式按摩，潜导理查德和我加了微信偶尔拉拉家常，装备管理员克里斯还记得我下水的时候使用多少磅配重。这些领着微薄薪水的菲律宾普通人，却也是把客人喜好放在心上的专业服务人员，这让我每次

红衣服的就是小谢，和其他学员一起在教练古丽的监督下练习潜水姿势

和他们相见都感恩不已。

和过去的旅程相同，我们都住在度假村最便宜的那一排茅草顶砖木房，每人每天90美元，包含了住宿、一天三顿饭和无限次岸潜的费用。两层小楼一共12个房间，墙面用草席包裹，地板全部由竹子铺成，走在上面嘎吱嘎吱响，煞有野趣。本来度假村有两排这样的老房子，我们这次来到就发现其中一栋已被拆剩下一个框架了，估计也是到了翻修的时候了吧。而和我们不同一个收入层级的小谢和罗莎，住在了全度假村最新也最方便的豪华房——自带超大露台，推门左拐5米就是餐厅！时常就是他们闻到了饭菜香才出门，总能吃上第一轮；而我们肚子饿时火急火燎来到餐厅，却发现汤已经凉了。这就是人生！

在“吃、睡、潜”循环中，计划6天的潜水假期就这样过去了5天，而这个“第5天”注定让我终生难忘。那天一早出海，船上除了有像小谢、罗莎这类技术不错的课程学生、我和暴走姐夫这种还能控制自己的中级潜水员，还有几位偶尔四处翻飞初学者。第二潜下水后不久，因为几位潜水员没能控制好浮力，水下20多米的海水瞬间被踢起的沙子搅动

我的先生在水深30米处接过教练给的生鸡蛋黄，观察压力变化下的悬浮状态

得浑浊不堪。那时候拿着相机在队伍最后拍摄的我，竟在不足1分钟的时间内就和大部队彻底失散了！从OW课程的学习开始，失散潜水员的寻伴和自救技巧就一直被不断复习巩固，虽然深知此刻离岸不远，但头顶正是航道且没有带着象拔浮标的我，内心一阵惊慌不断蔓延：这种险情，终于还是轮到我了！我搜寻、沿原路折返一段、安全停留、升水，所幸水底导航没有白学，升水点的旁边就是我们的潜水船！瘫在船上15分钟后，远远便看见潜导理查德带着暴走姐夫升水了。这么一次有惊无险的体验，虽说没有耗费我太多能量，却也让我的精神空前紧张，然后格外疲惫。

根据潜水的禁飞规定——“为了让体内积聚的氮气及时排出、减低患减压病的风险，潜水后24小时内不能乘坐飞机”，最后一天下午6点后我们就不能再潜水了，这样才能保证我们乘坐次日傍晚的航班回国是安全的。Scubabro的朋友为了欢送我们，一般最后一晚都会让神奇的菲律宾大厨爷爷准备正宗的四川火锅，未经瘦肉精污染的猪肉片和没有注水的牛肉片伴随四川直供的麻辣火锅底汤料，完美拯救我饱受摧残的身心。这天晚上我们4人都彻底放松了，除了举杯庆祝小谢和罗莎顺利AOW毕业，也和好几位在这几天结下了革命友谊的潜水员新朋友聊得开怀。快到晚上9点的时候，客房管理员安妮过来通知我们按摩阿姨来了，让我们准备准备。一天当中除了潜水以外最值得期待的时刻终于到了！

我喝完了最后一口啤酒，还没来得及和新朋友道别，忽然一阵超过我耳朵承受范围的轰鸣传进耳朵！几乎同时，我感受到我所在二楼楼板连着我坐着的椅子一阵剧烈的跳动和摇摆！这种戏剧化的体验持续了5秒左右。随着房子安静下来的还有瞪着铜铃般大眼面面相觑的我们。其实我的第一感觉应该是旁边拆剩了框架子的那栋老房倒塌发出的巨响，然而就在此时，安妮突然吼了一声“Earthquake（地震）”！这一声就像一个惊雷炸起了被惊吓发愣的所有人。我脑子也“嗡”的一声，拿起桌上的手机，朝还坐在椅子上发呆的暴走姐夫喊了一句“跑啊”，转身就往离我不到5米的楼梯跑去。楼梯不用拐弯，大概隔着20个阶梯就直通一楼，而楼梯本身也是全露天的设置，下了楼梯往前跑10米左右，便能到达我们日常岸潜下水的平台。就在这短短20级的楼梯上，我生平第一次发现原来双腿发抖着走路还是可以很平稳的，空白的大脑和求生的肌肉本能此刻支配了我所有的感官。

我几乎是第一个到达平台的客人，站定了回头，在往下走动的大部队的最后方发现了我们家那位慢悠悠的暴走姐夫，要不是当时吓得喘不上气，我会直接跳起来破口大骂。据事后采访称，他是一下子有点懵了，几乎是看到大家都跑光了才从椅子上起来跟着走。这样的人中龙凤当时就被一位潜友调侃“总有一些人在灾难中注定等着被救的”。

当看见暴走姐夫、小谢和罗莎都安全地集合在平台，我花了至少2分钟调整自己乱得不行的呼吸，然后开始看向身边的伙伴们。情侣们紧紧相拥，有些比较淡定的哥哥们开始四处看看有没有需要帮忙的人，工作人员在检查墙体和电线，有几位客人专注地用手机搜索关于这次地震的最新资讯。一位来自中国的女教练古丽，平日被海胆和狮子鱼扎到都不曾流泪，此刻却在安妮的怀里哭成了泪人。忽然发现有不少客人把一位女孩儿围在中间，仔细一看，这个女孩儿我认得，前天才和男朋友来到这里学习OW课程的。只见她站在人群中一脸平静，我尝试着和她打招呼，不料女孩却像完全听不到一样，丝毫没有反应。她男朋友这时站在人群的外围，轻声和我们说，女孩其实是汶川地震的亲历者，那场浩劫确实留给了她非常大的心理阴影。学潜水也是男朋友很喜欢，于是女孩就陪着过来了，不料竟然又遇上地震！此刻是完全吓傻了……

我们站在海边的平台上差不多一个小时，期间发生过四五次感觉非常明显的余震。幸运的是网络并未中断，在谷歌或者百度上输入“地震信息”，都能找到http:// quakes.topstcn.com（地震讯息快速发布全球最新地震信息）这个网站，在上面可以非常清晰地搜索到从最近一个小时到最近一周内的地震情报，包括震级、震源深度、地震地图等详尽资讯。

我们的房间门前的栏杆，年久失修了

这群躲灾不忘大合照的潜水员，前面三位穿好装备却被地震惊扰到无法下水的朋友实在抢眼

海边的地震，除了地震本身会造成的房屋倒塌、泥石流等灾害，再让我们担忧的还有海啸。数年前发生在东南亚一带的印度洋海啸此时也像一个大家不敢说出口的噩梦一样幽幽浮现在我们的意识里，抬头看着我们度假村两层建筑的同时，我们也不忘紧紧盯着面前一片漆黑幽深的海。本来晚上潮水位置就会较日间要低一些，但是，此时还有没有异常的退潮现象，这些细节都在紧紧揪着我们的心。

都说爱海洋的潜水员胆子比常人大一些，也不知哪位伙伴在人群中突然喊了一句：不如我们自拍吧！一下子这群被吓得有点不知所措的人好像元神归位了一样，几支5000 流明（光束的能量）的专业潜水视频灯把原本灯光幽暗的平台照得一片明亮，手机相机此起彼伏拍下苦中作乐的我们。这里要特别提一下人群中极其耀眼的三位潜水员，他们穿好了所有的技术潜水装备，背起双瓶准备下水夜潜，却在下水前两分钟遇上了这一场地震，全副装备的他们也让这张合照呈现了完整的剧情、流露

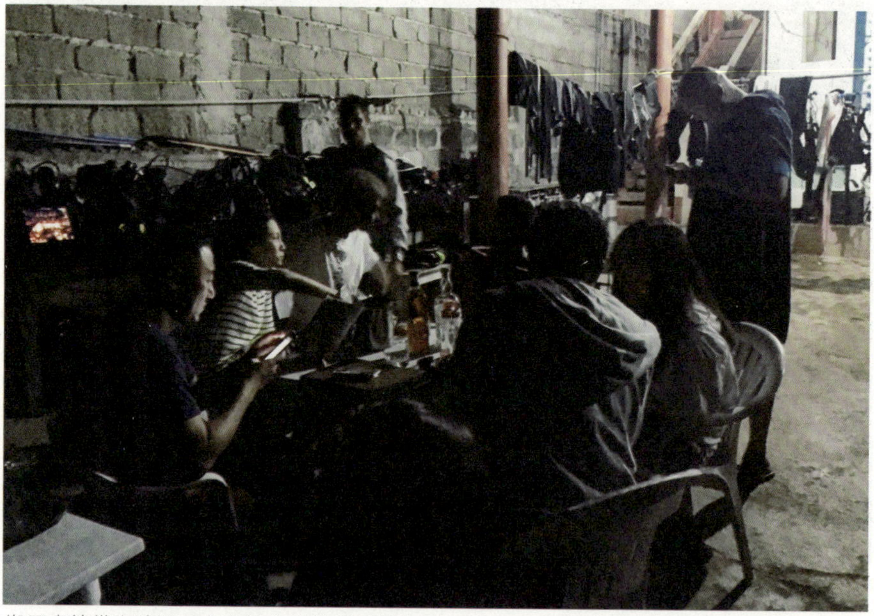

搬了桌椅带上啤酒，大家就在户外喝了起来

出浓浓的喜感。为了让拥挤在平台上的人们有个比较幸福的避难环境，度假村的扛把子、总教头乔丹甚至搬出了几套桌椅和几箱啤酒，播放着节奏感强烈的菲律宾迪斯科音乐，让疲惫不堪的众人暂时忘却了惊慌。

随着月亮渐渐升起，时间也越来越接近子夜了。有些扛不住疲倦的客人还是决定回房休息去，第一次经历地震的度假村工作人员决定把床板椅子搬到户外来休息。因为总是担心房子的安全，我是最后一批返回房间的人。我们所有人都决定这一夜开着门睡觉，而一直处在不安中的我则连行李都不敢收拾，只是把护照、现金、电筒、饮用水、应急药品、充电宝和简单的风衣塞进包里，穿着衣服迷迷糊糊睡在最靠近房门的小床上。可能因为这天实在太漫长而且折腾的关系，紧张的精神也无法打断我的睡意，时常失眠的我竟然沾床就睡。然而就在我刚感觉自己睡着的一瞬间，一连串疯狂的狗吠就响起来了，当时我一激灵吓醒了，还没来得及反应，整个小房子又一次地动山摇！而这次的感觉竟远比第一次在餐厅强烈！我一声尖叫，顾不上节制自己的手劲便对睡在身旁的暴走姐夫扇了两个耳光，并且大吼一声“快跑”！我抱着书包，确认这回暴走姐夫没有被吓傻，两个人便如离弦之箭冲往楼下的海边。在这里我们也见到了陆陆续续带着一脸睡意和惊慌前来的人们。直到狗吠声渐渐安静，又过了半小时，我们才又蹑手蹑脚回到房间，生怕大力走路房子会塌……

像这样的冲杀，在2017年4月5日凌晨的这一夜，循环往复了好几回，而我那脆弱的小心脏，整夜止不住狂跳。第二天，大家还是如常地吃早饭，苦笑看着彼此的黑眼圈，对比着昨天还满员而今天却空荡荡的餐厅，有8个客人天刚亮就包车离开了，那位经历过汶川地震的女孩，抱着旅行箱在平台坐了一宿。当然，还有几个胸怀大志的潜水员早上7点下海潜水去了，据说经历了海床黄沙飞舞，阵阵震耳轰鸣的情境。

劫后余生的我们4人在当天下午1点乘车离开了Scubabro前往马尼拉机场，全程都不发一语，既是累到了极致，也是需要些时间和空间平复自己。飞机在跑道滑行的时候，轰隆隆的声音让我和暴走姐夫都忍不住相视一眼，抓紧彼此的手。回国后我们密切关注着这次地震的信息，却发现我们所经历的那场5.6级地震不过是一个开始，3天后，一场震源深度8公里、震级5.9级的超浅源地震就发生在阿尼洛所在的马比尼镇，数个潜水度假村倒塌，包括我们所在的Scubabro也有房屋受损，受伤数人。这就是我和灾难的距离。

不知道从什么时候起，我就为自己贴上了“天不怕地不怕”的标签，坐飞机遇到强烈颠簸，最多手心冒冒大汗，我把这个归结为“生理反应”；前往一些会有暴乱的国家我也没有太在意，总感觉其实遇险是低概率事件。只是这次与地震如此正面地交了锋，我才意识到自己比想象中“怕死”多了。人在自然的威严面前，真的渺小得连蝼蚁也不如。我不敢忘记那个夜晚因为大地运动而发出的轰鸣和巨震，哪怕回家后已经几个月的今天，躺在床上还会疑心什么时候号称“安全”的广州所在的大陆板块，也给我来一场穿透灵魂的震动。朋友说我这是创伤后遗症，是神经衰弱。也没错，但尽管心里得了病，我确实也比以往更珍惜自己活着的机会了。因为当与灾难的距离太近却又有机会往回跑的时候，我没道理不把命运赐予的宽恕，捧在手心呵护备至。

旅行不幸
遇到地震
怎么办？
吓到自己哆嗦的兔子!
我的荣华富贵还没享尽!
身处3楼或以下，尽快跑！能跑到大马路上最好！跑不了的话，找房子空间狭小的区域躲好。
去往地震多发地区前，可以先访问quakes.topstcn.com查看1~2周内的地震信息，做好准备。
充电宝
passport
如果正好在海边，密切留意海水有没有大面积退潮！有的话，马上往高处跑，慎防海啸。
养成好习惯，旅行的时候带着一个方便携带的小包，把护照、现金、手电筒、充电宝等物品装好，以备不时之需。
遇事冷静积极应对，切忌慌张影响判断。
好担心兔子!
没事吧?!
别害怕!会过去的

第三章 路上看过的风景

有一种死亡我不抗拒

和张火兔差不多，我对墓地不太抵触，不过中国人的传统和基因还在血液里流动，因此我也不会对逛墓地这件事情有多热衷。2015年年底我在美国东岸进行了一次旅程，这次有点特别，因为我和墓地的交集特别多。

不少旅行家的职业生涯开始得无论早晚，都会以“去过美国”作为一个炫耀点，也许是长距离和早年签证不易所增加的难度让“去美国旅行”这件事本身显得有点不平凡吧。不怕汗颜说一句，2015年的这次旅行，是我第一次美国行。自小爱看美国电影和美剧，加上青春时代的恋爱经历，总希望能和喜欢的人在纽约时代广场来一次浪漫的跨年。鉴于要凑齐钱、时间和恋人并不容易，只能放任时光飞逝，在30岁过后的某天才得以一偿少女夙愿。

美国东岸之旅的第一个与死亡相关的地点，是世贸大楼的遗址。选择在圣诞节前一天的下午来到这里，其实也是因为我特别好奇这种普天

圣诞节马上来到，在某位死难者的名字上插着一朵白玫瑰

同庆的日子，是不是还有人会惦记着国殇的受难者。在新泽西我住的地方还能看见太阳，不知为何从世贸车站出来就已经阴天了。一出站就看见用铁丝网围着的一大圈混凝土残骸，不留心看会以为是某个未竣工的工地，在寸金寸土的曼哈顿，14年来这里一直维持原状。

出乎意料的是，下午3点的世贸大楼遗址广场，人有点多，偌大的广场在摩天大楼林立的曼哈顿像一个突兀的盆地。来此之前我并没有看太多关于遗址的攻略，因此当我循着轰鸣的水声在开阔的广场上突然发现一个巨大的回字形窟窿——曾经的世贸中心南塔地基，如今被设计改建成了一个活水流动的装置，这个装置有一个让人肃然起敬的名字——“归零地（Ground Zero）”，这个名字的原意是导弹目标或核装置爆炸点，用在这里竟让人感觉贴题得有点悲壮。世贸大楼倒塌前是世界著名的“双子塔”，因此在我所站着的南塔对面，还有另外一个一模一样的装置，它的前身是在“9·11”事件中先被飞机撞击的世贸大楼“北塔”的地基。

围绕着归零地两个巨型水池四周的金属围栏上，刻着无数名字。从名字的拼写我至少看出了当中有华裔、韩裔、日裔、阿拉伯人，当然，还有美国人。这些名字曾经是无数个鲜活的人，本应该在繁华的世界心脏造梦圆梦，如今他们只拥有一个相同的身份：“9·11”恐怖袭击遇难者。他们的名字都是被镂空刻在金属板上的，每走几步，都能看到某一个名字上插着一朵或放着一束新鲜的洁白玫瑰。世贸大楼遗址广场的北面，还有一片区域也有一些名字，仔细一看原来是著名的“91号航班”遇难者和五角大楼恐怖袭击遇难者的名字。在广场的外围有一组长长的铜质浮雕，这里讲述着当这场地狱般的人祸来袭时，纽约的警察和消防员如何英勇救援。343位为此殉职的英雄的名字和照片，以及一句“MAY WE NEVER FORGET（我们永不忘记）”，让每位路过此地的人都能时刻凭吊。

世贸大楼遗址广场上还有一处让人无法忽略的存在，那就是接近大路的边上有一棵被特意圈起来的树，这棵树不高不壮、平平无奇甚至还

这是一株劫历重生的树

有点不算好看。在围栏旁边的铭牌上，我读到了它的故事：世贸大楼双子塔相继倒塌后，这个曾经被全世界仰望的金融区瞬间成为一片焦土。在及后的几个月里，燃油、混凝土、钢材和塑料经过高温烤炙后混合的味道让这里充满着死亡的气息。然而，在无尽的瓦砾清扫工作中，人们意外发现了这棵顽强存活下来的树，这棵树在恐怖袭击第二年的春天，竟长出了嫩芽。纽约人不确定这是不是神的旨意，只知道它留给了当时那些惶恐的绝望的人们多少希望与念想。这不期然让我想到汶川地震废墟里的那只“猪坚强”，灾厄面前，总有让我们精神为之一振的吉祥物：它还活着，我也可以的。

由于平安夜在归零地看到了繁华而不喧闹的场景，一下子打开了我对美国人“死亡观”的好奇，显然面对死亡，尤其在重大节日的时候，他们是不忌讳的。于是，在好奇心的驱使下，我决定在圣诞节这一天，去绿茵公墓（Green-Wood Cemetery）看看。来美国以前就听过一句出自《纽约时报》的话，说纽约人一辈子的梦想就是“住在第五大道，走在中央公园，葬在绿茵公墓”，这三个最能彰显纽约客自身价值的标签里，生前的可以想象，只是身后又当如何？

坐着古老的纽约地铁从地下钻到地面，一下子来到了充满传奇的布鲁克林。在我最爱的香港电影《秋天的童话》中，布鲁克林是童话小说里住着恶魔和女巫的森林般的存在。然而当我从地铁站出来，走在布鲁克林不知名的街道上，我看到的俨然就是某个欧洲小镇的样子：小小的两层或三层的红砖小房子，洁净的窗户透视出窗台上的一排小小植物，小小的庭院里放着各式各样可爱的圣诞装饰，彩灯串哪怕在白天依然尽职闪动着温暖的光芒。我和暴走姐夫按照地图走了大概1公里的路，在我们穿过若干条安静的街道和一条下有铁路的小桥之后，绿荫公墓的围墙出现在面前了。

因为来之前实在无法从中文网站里搜索出多少关于绿荫公墓的资料，而我那部分分钟可能在低温中关机的手机也无法持久为我提供太多信息，当我好不容易在某个类似入口的地方逮到一个门卫的时候，我几乎兴奋得跳了起来。这是一位白人爷爷，面相挺严肃地坐在值班亭里，当知道这对奇怪的中国小夫妻在圣诞节当天下午出现在公墓却不是来扫墓，而第一个问题是“请问这里面是不是长眠了什么很了不起的人”

绿荫公墓里的家族墓地，荣誉和财富在此归于寂静

的时候，他露出相当自豪的神情。他拿出了一幅绿荫公墓的地图——公墓竟然有自己的地图！为我圈出了几个重要的区域：这里住了几位大文豪，那里是著名家族的家族墓地，这里有一位大明星……其实他说的人，对美国历史知之甚少的我真的一位都没听说过，即便如此也难掩我对这片墓地的期待。道谢过后，我们终于走进了纽约人梦寐以求的安身之所——绿荫公墓。

圣诞节的下午，天空飘着毛毛雨，是那种不打伞一小时也还可以接受的雨势。绿荫公墓的名字在这样的阴雨中特别应景，松柏类的乔木、树干上湿润的苔藓和没有因为冬天变黄变枯的草地，都在阴天下呈现出一种饱和度很高的绿意。从公墓入口往深处走其实是蜿蜒爬升的上坡路，不知不觉中我们就走到了一片高地。若不是如今的纽约已经高楼林立，这片高地据说能眺望到遥远的曼哈顿；如果不是眼下设计各异的墓

隆冬的绿荫公墓竟然还有丝丝绿意

碑提醒着此处的属性，我会以为自己身在一个葱郁苍翠的公园。据说在平日，绿荫公墓的入口处书店，可以买到长眠此处的名人生平传记；此处设有讲堂，经常会举办社会论坛和讲座；每年夏天，这里还会举行户外音乐节！

和我印象中墓园应有的整齐矩阵不同，绿荫公墓可以说是有点百花齐放。随着山坡划分的区域都是曲线形的，并没有特别强的规划感，兼之每个小区域的墓碑随着“住客”或其家人的信仰和喜好不同，高低大小形状均不拘一格，光欣赏墓碑的设计也是一件趣事。因为之前对美国人自然的死亡观有了初步了解，于是在圣诞节看到三三两两前来看望亲友的人们时，我便已经没那么惊讶了。很多时候，我只是轻轻地避开，怕打扰到他们，然后悄悄观察一下他们的表情，释然的、哀伤的、高兴的，轻轻猜想着他们之间的故事。

绿荫公墓长眠着数不尽的名门望族和鸿商富贾，从1838年公墓落成起，这里就见证着美国经济兴衰，我特别喜欢仔细欣赏公墓里的家族墓地。一片家族墓地，大的会有几百平方米，独占某一个区域，在中心处会有一个或特别高，或特别大的墓碑，或标识，这位可能是当年家族荣耀的创始人。周边呈放射状的则是一代又一代的家族继承人，每位的墓碑都有相同的族徽，墓碑上又会诉说着这位主人和周边几位的关系。我们常喜欢以东方人的群居习惯来评价西方人散落天涯式的家族互动是“家庭观念淡薄”。实则不然，对于很多西方人而言，家族的概念，其实扎根在骨子里血肉中。

话说这次到美国东岸旅行的主要目的，其实是为了一场疯狂激烈的跨年倒数，然而不知为何，自从迷恋上行走在这些宁静到心里去的地方之后，竟有点难以回到喧闹之中。以至于在圣诞节后去华盛顿看一场NBA比赛前的空当，我们花了整整一天在阿灵顿国家公墓（Arlington National Cemetery）游览。

对比起交通网络庞杂的纽约，华盛顿的地铁犹如一阵清风，红黄蓝

阿灵顿国家公墓最让人震撼的是这一片无差别的墓碑

绿线简单交汇。从严格意义上说，阿灵顿公墓不在华盛顿特区，而在弗吉尼亚州的阿灵顿郡，与林肯纪念堂隔着波多马克河遥遥相望。从我们所住的杜邦圆环使馆区乘地铁出发，20分钟内就能到达阿灵顿国家公墓站，出站步行5分钟，相当于北京八宝山级别的美国国家公墓便在眼前了。

对于阿灵顿国家公墓我是没有多少想象空间的，因为已经有太多影视作品从不同角度向我们展示过它，几乎每部有描述到军人或者公职人员为国捐躯的电影里，只要涉及国葬，我们都能看到阿灵顿国家公墓的某一角。走进阿灵顿国家公墓，大片大片的绿地毫无保留地展现在我面前。区别于此前看到的各种美国墓地——礼堂背后的墓地，包括我在新泽西住的民居旁也有一大片墓地，整齐统一的墓碑似乎在告诉所有到此吊唁的人们：美利坚合众国的军人长眠于此。不分长官下士，在这些绿地上可以看到的每一个墓碑，都是无差别的矮小和洁白。

简单来说，“住”进阿灵顿国家公墓的标准是“为国献身”——最初这里只接受战争中阵亡的士兵、在工作岗位上殉职的国家工作人员、对国家有杰出贡献的人，到现在也接受终其一生在军队服役的士兵，在国家重要行政岗位上去世的人；甚至如果通过了严格的审核批准，有的安葬者的第一代子女或者将自己的大半生都伴随军旅生活的妇女也将有资格随葬。阿灵顿国家公墓的“准入”基本不问阶级，只问贡献。

进入公墓的区域后，似乎人们都会自觉降低音量，哪怕是小小的孩童也会放慢自己的脚步，我不确定这是不是空气中的宁静和肃穆会对人有自然的感染力，这是一种很神奇的体验。如果想从这个国家公墓了解美国的某些历史和态度，我建议先去肯尼迪家族的墓地。继续得益于各类影视作品，我们能非常容易地了解到肯尼迪家族为美国的世界地位、民主进程和经济发展所做出的巨大贡献——以及伴随的巨大牺牲。约翰·肯尼迪总统几乎是美国人民心中最伟大的总统之一，而他在“二战”期间战死的哥哥小约瑟夫·肯尼迪、被刺杀于司法部长任上的大弟弟罗伯特·肯尼迪，他的太太和两个儿子，也在不灭之火陪伴下，于阿

肯尼迪家族的墓地前有不灭的长明之火

灵顿国家公墓的山腰上长眠。这片家族墓地没有专人看守，甚至远远比不上绿荫公墓上随意一个商人家族的墓地豪华精致，矮矮的无华的墓碑，仰望着天空和每一位前来看望他们的人们。

因为在肯尼迪家族墓地待得有点入神了，当发现时间离下一个整点仅剩10分钟的时候，我和暴走姐夫突然一个激灵——可能会错过无名烈士墓的换岗仪式！

战场的残酷无需赘言，烈士为国捐躯后可能会落得支离破碎无法辨认的下场，为此，在阿灵顿国家公墓特意修建了“无名烈士墓”。在公墓一个风景秀美的山冈上，一个篮球场大小的广场便是著名的阿灵顿无名烈士墓，这里分别安葬着捐躯于“一战”、“二战”、朝鲜战争和越南战争的4位无名烈士代表，不过在我们前往参观的不久前，通过现代DNA技术，其中越南战争的无名烈士代表已被确认身份，家人也把这位烈士接回家乡的家族墓地安葬了。无名烈士墓旁边有一个小型博物馆，展出的是关于为无名烈士建墓的来龙去脉和日常细节，其中特别让我感触的是在此值岗的卫兵“行头”，竟然是特别定做的！例如为了避免长时间站岗对眼睛产生伤害而设计的帽檐和墨镜，为了让墓园保持安静而特意设计的鞋底，无不透露着对军人的尊重和关怀——无论是现役的，还是已故去的。无名烈士墓是唯一有人值守的墓园，每到正点和半点，这里都会有庄严而简洁的换岗仪式：卫兵会先从墓碑前行21步，转身行注目礼21秒；再继续行进21步，转身行21秒的注目礼。和“21”有关一切皆代表军队最高礼遇，昭示着埋葬于此的人在美国人民心中的崇高地位，诚如无名烈士墓碑上那句话：“这里长眠着一位美国军人，他的名字只有上帝知道。”

在阿灵顿国家公墓，至今已下葬近30万忠骨。据说在近几年，几乎每周都有接近20场葬礼在此举行。从无名烈士墓离开，我们缓缓向山下走去。也许是我们足够幸运，也许是我们在阿灵顿停留的时间足够长，那时我们突然听到了马蹄声！毫无心理准备地抬头一瞥，几位正装士兵驾着一辆马车从我们面前的小路经过，向山下驶去，而马车的后座正安放着一个漆黑锃亮的棺柩！毫无心理准备地我怔住了，整个人像被钉在地上一样，有一种说不清、道不明的震撼渐渐在我体内涌动着。直到听到身边游客的低声讨论，我才知道原来用马车运送军人的灵柩至墓地下葬，是阿灵顿国家公墓的传统，并且也是对军人的最高规格荣誉。是的，就是这种感觉，在其为这个国家奉献一生后，这些军人绝对值得在最后这段路接受在场所有人最虔诚的注目礼。

朝着马车离开的方向，估摸着可能他们会去往的地方，我们加快脚步跟了上去。很快，我便发现在前方不到20米的地方，数门礼炮已经准备好了，一群正装军人已经就绪。随着某位长官的一声令下，第一响礼

白马会带着灵柩在阿灵顿绕场一周

炮的轰鸣伴随青烟划破了阿灵顿的宁静。随后，第二响、第三响……我竟然遇上了一场鸣响了“多”发礼炮的高规格葬礼——因为是第一次近距离听到礼炮响，我竟被吓得忘记数数了。现场观礼的游客超过50人，整个鸣响过程超过10分钟，期间，除了极其微弱的相机快门声，所有人皆保持了长时间的肃穆与安静。

这次美国东岸之行，可以说是我主观地“离死亡最近”的一次旅程，我渐渐发现自己其实也许没想象中那么“怕死”。我们的文化传统时常让“死亡”二字显得讳莫如深，记得小时候每当戏言“累死啦、饿

鸣响礼炮，向某位曾经为国家奉献的战士致敬

死啦、困死啦”的时候，妈妈总是第一时间说“呸、呸、呸，小孩子别说死”，以至于我从很小的时候开始就认定“死”是一个可能会很痛、很糟糕、很不堪的东西。之后，成长告诉我们，落叶终要归根。也许我们不应再抵触谈论甚至感知死亡。毕竟我仔细想过了，其实有一种死亡我是不抗拒的：让我带着尊严和一定程度的准备,安心奔赴那场终将到来的盛宴吧。

美签必过
小宝典
大宝典
美签必过
美签
第一次竟然是给了美签~
中华人民共和国
护照
passport
So easy!!
都说美国签证通过率低，
其实只要认真准备，
白本出签分分钟的事！
America
如实、认真填写DS-160表格
美国驻北京大使馆要求申请人填报的表)
你几乎就通过了75%！
不错填、不漏填、
前言对后语、不填虚假信息，
确保你能熟练记住
自己填过的每个答案！
定了行程再递签，
成功率更高！
USA
面试注意着装，
切忌暴露和夸张，
更不能邋遢寒酸.
低胸
邋遢
面试时注意回答得体，
对于自己的旅行目的、
行程细节、归国时间、
职业描述必须诚实谨慎，
放松心情，不卑不亢，
切忌过于紧张以至说话不流畅.
祝你顺利过签！
上上签

“海上丝绸之路”的冒险岛

在路上的时间越多，我越发现人类真是潜能无限的物种。中学年代一直觉得自己是个“运动白痴”，不料因为班上确实没人能站出来了，作为班干部的我在校运会被推去了参加长跑项目，成绩还不至于丢人；一直认为自己水性不好，却受不了朋友的鼓动，考了潜水证后竟然上瘾了，不到15个月就攒了100瓶气；分明讨厌对抗、喜欢安逸，却为了心里那点小小的梦想火种而裸辞、旅行、写字、创业，不久还迷上世界上对抗性最强的搏击运动之一：泰拳。虽然取样有点少，但从曾经对生活倦怠如我的这个例子身上，已经可以惊叹造物之奇妙了。我畏高，对任何形式的安全感都固执地迷恋着，但是凡事总有例外的。

某天，我刚从以色列回来，顶着6小时的时差和一对黑眼圈，正在办公室里看着落日，表演“灵魂出窍”。忽然被一条邀约信息惊醒了：“5天后，留尼汪（Reunion）的多元文化节开幕了，要来见证吗？”也许这就是缘分啊！昨天刚有朋友说起如果一辈子能有机会到“冒险岛”留尼

由火山岩风化水蚀而成的黑沙滩，前面的印度洋望尽便是南极了

汪走一走的话，人生便无憾了。那么，我是不是也必须完成这场“无憾之旅”？

对于绝大部分中国旅行者而言，留尼汪是个陌生至极的地方。这个由火山喷发而成的年轻小岛位于南印度洋的南回归线上，地处马达加斯加和毛里求斯之间，也是著名的“香草群岛”之一，地理位置属于非洲，然而行政上却属于欧洲，因为它并不是一个主权国家，而是法国的海外大区，所以它的全称是“法属留尼汪”，这里就是法国人的夏威夷！12月中旬，掐指一算其时正值南半球的夏天，于是我往箱子里塞了各款适合沙滩的美裙子，兴高采烈地向东四区飞去。

说到留尼汪，不得不说说它名字的由来。Reunion，法语就是“融合”的意思。在这个世界大同的名字下，其实也是深深地道出了这个小岛的精神。1649年被法国波旁王朝命名为“波旁岛”，这里只有资格作为“皇室特供咖啡产区”而存在。留尼汪的人类居住史只有350多年，其中200年是和糖的生产制作与贸易有关的。因此，在这个遗世独立的小岛上，亟须来自不同地区的劳动力共同贡献，从黑暗的奴隶时代，到1848年12月20日正式解放奴隶引进了来自各地的工人，这片小小的土地迎来了真正意义上的“大融合”。法国大革命后被正式更名的留尼汪，寄托着小岛上的居民对这片远离大陆的家园的和平向往。因此，在留尼汪加强与世界接轨的近十年，以自由与文化融合为主题的“留尼汪多元文化节”就成了他们除新年以外最盛大的节日。每年的12月20日是留尼汪为纪念解放黑奴而设的“自由节”，而在此之前开幕的“留尼汪多元文化节”，会在这天进入高潮和尾声。“留尼汪多元文化节”至今已举行至第七届，借此与世界各地的记者和博主一同体验留尼汪的风情，是我此行最重要的目的之一。

这次文化节的主会场设在了南部咸塘市的黑沙滩上。来自中国、南非、法国本土和留尼汪本地的商家、艺术家都纷纷在这里设摊展示，现场完全就是一场无国界嘉年华！哪怕在晚上，演出和派对也是从不间断的，在12月20日自由节来临的子时零点，海滩盛大的烟火表演为整个多元文化节画下一个璀璨的句号。

初到主会场的时候，我也很疑惑为什么一个留尼汪的节日会特意把“中国”和“南非”提到如此重要的地位，经过留尼汪大区议员的悉心解答，我才知道原来这一届“留尼汪多元文化节”的主题是“当中国遇上南非”，留尼汪作为两国之间的联通纽带，发挥着非常重要的桥梁作用。而中国和南非作为主宾国，也恰巧体现了“一带一路”里“海上丝绸之路”两个端点的力量。文化节的整个主会场都充斥着两国的元素，例如这次代表中国进行文化交流的是天津代表团，每天在会场里，天津市武术团的太极和武术表演成了大家最期待的节目之一。观众的热情高涨时，武术团团员们还会现场教授孩子们“中国功夫”！甚至“杨柳青

“中国功夫”成了最受欢迎的节目

年画”“泥人张”和“雕葫芦”等天津绝活，也冲出国门来到了现场。看着大家眼中的激动和狂热，小时候作文经常会用到的那句描述“胸前的红领巾仿佛更加鲜艳了”就会在我的脑海里准时浮现。至于南非的文化展示则体现在音乐类表演中，今年的文化节也是首次加入了音乐元素，因此，会场里面到处可以听到法国和非洲风格的乐器和演唱竞相争艳！

除了展示灿烂的多元文化融合，作为世界著名的“冒险岛”，留尼汪绝对是户外运动的天堂！一个小岛，面积约等于广东省的1/55，广州市的2/3，却拥有几十种不同的地形地貌：世界上最活跃的活火山之一——数月前才喷发完的富尔奈斯山，印度洋第一高峰——内日峰，世界罕见的不在雪线的三个冰斗。有山有海有瀑布有悬崖有沙滩，要什么有什么，这就是留尼汪。“上帝的试验田”——这是我对留尼汪最直接的感觉，什么都来一点，让每一位来访者都能在这个弹丸之地彻底感受自然的神奇！丰富的资源当然会孕育出特别能玩的人，也当然会吸引到特别会玩的全球勇者，所以这次的留尼汪之旅，在猝不及防的情况下，我居然被安排了一场滑翔伞体验！

井柏然和倪妮的电影《等风来》，倪妮站在博卡拉的山上仰着水灵的脸，用了半部电影的时间来等待适合滑翔伞起飞的风。这个情节让我一直以为滑翔伞是要站着等很久才能飞起来的，直到在留尼汪的这个早上……

在酒店集合出发的时候，我一度产生了往回跑的念头。我对滑翔伞这个项目唯一的认知来自上面说过的这部文艺小清新电影，看女主角一脸英勇就义的模样，我感觉这是一项相当了不起的项目。不过仅仅是这样还不足以把我吓退，反正像电影里说的有个教练会在背上带着人跑的，我再怎么菜也总有依靠。让我惊惧的是别国记者的造型：登山鞋、防风眼镜、运动服，夸张一点的还有穿冲锋衣的！我低头看看自己的长裙和拖鞋，不禁悲从中来。得到领队的三次确认“服装没有大问题”以后，在长裙里套条短裤，我把心一横便出发了。

沿着盘山公路一直转啊转，我们的车并没有像蔡依林唱的“遇见Mr. Right（对的人）”，反而爬到了海拔800米的山坡上。顺着地势往下看，

海拔800米的山坡，印度洋就在眼前

极远处是无垠的印度洋，岸边有依稀可辨的公路和城市。我真的要从这个地方往下跳吗？就依靠着“风”这种看不到摸不着的自然动力？软着腿，保持着不给祖国丢脸的微笑，我走在队伍的最后，决定先观察观察再说。我们每个人都被分派到一位教练，这位教练会全程和我们捆绑在一起，接受我“生命的托付”，从山腰降落在印度洋边的沙滩上。

因为刻意走得比较慢，我成为全团队最迟飞的人，这意味着我可以把大家的出发过程复习多遍，起码能吸取一些经验教训。来自南非的美少女博主伊伽（Iga）是我新认识的好朋友，她全副武装还挎了一个单反相机在胸前，似乎真的打算敬业到底拍下整个飞行过程了。山坡上的草地平铺了几个准备就绪的滑翔伞，来自北京的记者德哥此时也准备好了。只见教练在他的背后呼叫着“跑跑跑”的口号，跑了大概10米，风瞬间就灌满了他的伞，把他和教练往后方扯了一下的同时，他们的双脚都腾空了！他们成功起飞了！我这才意识到，这个坡面虽然陡峭，但是也足够让人们在上面奔跑而不至于随便滑下坡去的。在看到伊伽顺利腾空的时候，我听见我的教练呼唤我的名字，终于轮到我了！

我需要先把装备穿上——那是一个巨型的和我身高差不多的背包。话说这个超大的背包兼备了座椅和储物袋的功能，有些容易掉落的小物件没法交给别人寄存的话，还是可以随身带着装好的。例如我的拖鞋……教练看到我的拖鞋时不禁愣了一下，露出有点为难的样子。我的心当然也是七上八下，既有点害怕马上要面对的惊险体验，也有点担心我会不会因为着装问题而止步于此。但是这位看着应该50岁左右的教练似乎也是一位经验老到的玩家，只是示意我把鞋子脱掉收进背包里，并且很认真地告诉我因为没有了鞋子的保护，比较大的影响就是待会儿不能在沙滩降落，毕竟无法预估沙地里会不会有伤害到脚的碎石之类，我们需要稍微改变路径在草地降落。终于可以继续旅程，心头大石瞬间就落下了。

把背包背好后，教练会为我扣上一些安全绳索。然后他就开始对我

起飞是件技术活

说一些注意事项，尤其重要的是：只要教练没说可以坐下，我都必须在斜坡上保持着奔跑，只有这样才能乘风飞翔。接着他把自己固定在我的身后。站着不到10秒，教练就示意可以出发了！只听到教练不断用英语有节奏地重复“（RUN RUN RUN）跑跑跑”，我脑海中立刻出现了电影人物阿甘的形象。不敢分心，我只是执着地朝斜坡下方奔跑着，说实话踩着没过脚踝的草真的很难奔跑。一抬头，看见已经出发的伙伴们都在我头顶和前方乘风飞舞着，这个场面确实很壮观！此时又听到教练喊了一声“坐下”，我不敢迟疑，调整了一下姿势就坐在了我的背包支撑板上。就在这个瞬间，我感受到身子往后一晃，双脚就凌空而起了！

因为一下子推到峰值的速度感和成就感，我忍不住发出了一大串“哇”“哈哈哈哈”“呼啦啦”之类不太接近人类语言的声音。没有了山坡制高点的阻碍，我的视野渐渐开阔，低头除了看到自己挥动着的赤脚，还有满目的高山茶园和花圃，星星点点雅致的小木屋和庄园让眼下这片高地流露出丝丝法式风情。我们的滑翔伞用一种轻柔的速度在天空飞舞着，抬头又见伙伴们的滑翔伞，原来这个天空如此热闹。我忍不住轻轻哼起《玫瑰人生》（*La Vie En Rose*）的曲子，教练表现出非凡地惊喜，想不到中国来的客人竟然会哼法国的民谣。我告诉他这首歌在中国很多人都知道，几乎成了法国的其中一个代表了。这位老教练是法国南部人，玩滑翔伞已经25年了。每当留尼汪的旅游旺季到来的时候，教练就会来到留尼汪支援。这么聊着聊着，竟不觉印度洋广阔的海岸线已经在我面前铺开了，教练说，经常能在高空看脚下这片珊瑚礁，这里常有鲨鱼和蝠鲼出没！这时，教练提议“不如来点刺激的”，我忙不迭地应声说好。还没来得及反应，只感觉到他一拉伞绳，我整个人就转了180度，直接和海面成了平行状态！没控制住自己的尖叫，我相信此时海里有鲨鱼的话一定能听得到。又来一个180度旋转，我换了一面继续和大海保持平行，真有一种心脏直接飞出身体的感觉。就这么两下的心跳体验，教练就告诉我要准备降落，必须要听清楚口令站起身子，着陆的时候膝盖微曲保持身体弹性以接受缓冲。有惊无险，大概20秒后我便顺利着陆在海边的草地上了。

在留尼汪体验滑翔伞，有一种意想不到的法式写意和自在感，加上高山的风光和海岸线的完美融合，要对这个项目上瘾是非常顺理成章的事情。岛上有好几家滑翔伞供应商，例如我去的这家“PARAPENTE”感觉特别可靠，可能也是留尼汪旅游局推荐的缘故吧。我这次体验的项目名称叫 SURVOL DU LAGON（拉贡飞翔），全程25分钟，价格只需要75欧元！了解过滑翔伞项目的人一定知道，这样的价格放眼全球都是良心之选，可见这个小岛在极限运动方面有多少优质资源可发展和倾斜了。

教练会在接近海岸线的地方举杆自拍

诚如上文提到，留尼汪的地貌有几十种。如果一直在地面上玩，就会有一种“只缘身在此山中”的感觉。所以“上天”，是留尼汪首要的打开方式！滑翔伞的确刺激，却也只能看到局部。如果想对神奇的留尼汪有最直观的感受，直升机，绝对是老少咸宜的观景首选。岛上的南部重镇圣皮埃尔有一个小型机场，既是民航也是直升机机场。这天一早我们按时到达了候机厅，开始办理一系列登机手续。最有趣的一项是称重——因为需要平衡直升机的重量，所以机长需要知道大家的体重。越轻的人越能看到美好的景致，因为他将会被分配到副驾驶座，和车的副驾驶一样，这个位置能享有前方和侧面的双重视野，也是拍照的最佳位置！于是，在后排正中坐着的我，也认命地放弃了所有的拍照任务，乖乖做一个观景人。别以为在直升机上就不会有惊心动魄的时刻，机长会偶尔来点小特技，例如直冲向瀑布、在最后时刻忽然爬升，“失重”状态会把所有人“钉”在座位上；或者去到某个高度的时候忽然来一个急降……不过说到在留尼汪坐直升机观景最震撼的经历，必须是当飞机飞进云雾后、爬升重峦叠嶂的最高处，在冲出云层的那一刻看见落差极大的平原忽然在面前肆无忌惮地展开，远处是安静如蓝色巨镜的印度洋，这一刻的震撼让我哪怕在此刻想起也会一下子失语。

说到留尼汪，还有一个绕不过去的词——火山。提起火山，我们总是想起喷发时的凶猛灼热、通红的岩浆和震耳欲聋的声音。殊不知在留尼汪，火山竟然成了派对的主题。爱玩的留尼汪人民，甚至会在火山爆发的时候举家带着啤酒零食走近看热闹，以至上山的道路时常拥堵……更别说在不喷发的时候，来自世界各地的徒步爱好者会走进富尔奈斯，花上全程大概6小时来一场刺激的火山徒步。如果威武雄壮的富尔奈斯火山会给出反应，我想它应该会扶着额头，感叹自己真的太亲民了！从南部的咸塘市出发，驱车1小时左右就能到达富尔奈斯火山景区的入口。这一路需要爬升接近2000米的高度，而在前往火山的路上，有几处很值得停靠的观景台，俯瞰翠绿的河谷，空气纯净到让人几乎忘了“雾霾”二

留尼汪拥有多样而奇异的地貌

字怎么写！著名的红土公路，红色来自火山的岩石，如果带上航拍的工具或者站在高点，会产生“我到底还在地球吗”的疑问。当我继续穿着我的短裤和拖鞋，要下车观景拍照的时候，我的内心是挣扎的，毕竟此时户外温度随着海拔的升高已经下降到12摄氏度左右，此时无论我怎么责怪自己“战术上太轻敌”，也都为时已晚了。全心全意探索，兴许能让我忘记寒冷。

要去富尔奈斯火山徒步，首先需要进行一段盘山公路的驾驶，然后走进犹如《火星救援》片场一样的沙砾荒原。因为路况比较复杂，不熟悉的话易生危险，我还是建议到此徒步最好聘请司机和向导。由于时间关系，我这次无法花6小时来回去亲近最巨大的主火山口了，幸好这儿还有一个往返只需30分钟的迷你火山口可以让我至少打个招呼。工人附着峭壁开凿出了“之”字形的人行路，两旁芒草丛生、山花烂漫，每一步既能呼吸沁人心脾的草木芳华，也能随时停下来远眺富尔奈斯火山红褐色的壮丽奇诡的模样。我在一路上尽是看见拿着登山杖的人们，有老人也有小童，可见此处不失为亲子的好去处！并且我似乎再也不感到惊讶：大家都不约而同对我的装扮投来了诧异的目光……

作为印度洋上一个年轻的小岛，留尼汪上天有直升机、滑翔伞、超轻型飞机、跳伞，地面可以徒步、露营、溪降、自行车速降、冰斗徒步、泡温泉、在沙滩晒太阳、去高山茶园品茶……因为留尼汪是一座金字塔形插在印度洋上的小岛，人们非常容易就能在离岸不远的海域看到大量深海动物。因此水上项目也必不可少：浮潜、深潜、出海观鲸，每一项都绝对让人尖叫难忘。伊伽告诉我，当她在酒店附近的海滩边上游泳的时候，几头海豚就在她身边几米处跳过！

这就是留尼汪——“海上丝绸之路”的冒险岛，光彩夺目，生生不息。在这里面对各种极限挑战，你会发现再多的犹豫都是矫情，再多的准备都有惊喜，再多的时间都嫌不够。我总会喋喋不休地向身边的好友陈列它的精彩，生怕说少了不足以打动那个人远渡重洋见我所见。我时常

在直升机上俯瞰富尔奈斯大火山口，震撼得一时失语了

为此感恩，生活总在我迷惘倦怠的时候赐予我行走的机会和勇气，也正是这样，我才得以和这些美好相遇；也正是这些美好让我对未知带来的无限挑战反复上瘾，成就当下的自己。我想旅行的意义，便大概如此吧。

玩滑翔伞的注意事项

1.务必准时出发！
因为天气瞬息万变，
出门越早越好，
否则很可能就会下雨了，
啥都看不到。

2.可以带gopro、
手机，甚至相机上天，
不过一定要注意带上绑绳，
绝对不能轻易脱落的！
如果实在怕甩飞，
绑胶带也是不错的选择。

3.教练会咨询你
要不要来点刺激的动作，
例如疯狂翻转之类。
自己衡量啊，
问问小心脏再量力而为。

4.服装：T恤、长裤、运动鞋。
弹性面料方便活动，
长裤和运动鞋可以让你在降落的
时候减少皮肤与地面的刮擦。

千万！不要和花花一样！
穿着长裙和拖鞋就去了！
否则只能赤足降落在沙滩上，
沙石的亲吻老痛了！

我真的崩溃了

我和先生暴走姐夫每年都会有一次长途旅行计划，由于机会只有一次，在选择目的地的方法上我们都有一些固定的指标：距离不能太近——这样会减弱了两人去远方冒险的情怀，这个地方要有历史和故事——先生很爱去说得出典故、能勾起思考的地方，旅行成本不能太高——青年小夫妻总得保证回家不能只吃泡面。在2016年年初，基于工作之便我认识了一些在以色列从事旅游接待的朋友，他们日复一日给我“安利”这个神秘之地的种种惊艳，让我的向往像气球一样膨胀，直到秋天偶尔刷到了3000元出头的特价往返机票，几乎是毫不犹豫就买下来。如果不是朋友们的反复推荐，我想以色列并不会如此快速地出现在我的愿望清单里，毕竟作为一个国防森严且物产不丰富的国度，它的高消费已经击穿了我的计划底线。只是，办法总比问题多，不是吗？

我遇到的第一个问题就是签证。出发在即了，因为这一年的9月至11月我一共跑了4个国家，护照基本没有太连贯的空当用以办理签证。更不巧的是，最有可能递签的10月中旬恰恰是以色列盛大的传统节日“住棚节”，领馆基本大半个月都在放假。最煎熬的不是宣判的一刻，而是你知道自己兴许再努力一把就有可能逢凶化吉的时候。为此我做了一切的努力，在网上搜集各种资料，预判出签时间，联系了超过10个代办签证的机构，甚至做好了改签机票或者改目的地的种种准备。我和先生收拾好行李，只等待我最终选择的那家要价最高，虽不承诺出签时间但给我最多心理安慰的签证机构一声令下“出签了”，我便可立刻奔赴领馆。机票是香港出发、莫斯科中转的，我买了下午5点从广州东出发的广九直通车票，万幸，下午3点收到了出签通知，4点到达以色列领事馆拿到签证，一切有惊无险！

正因为了签证奔波了太长时间，对以色列的行程和攻略反而没有太多准备。只是无论如何，耶路撒冷一定会去，特拉维夫也是，已经有了历史文化部分在计划里，剩下的就可以在自然景观里挑选了。打开谷歌上的以色列地图，我发现狭长的版图除了地中海一侧的城市，绝大部分身处内陆，唯独最南的一点有个名叫“埃拉特（Eilat）”的城市是与红海、约旦和埃及接壤的。潜水员的嗅觉让我闻到了不寻常的气息，于是马上查了这个对于中国人而言的无名小城是不是当真有潜水服务商在营运——确实！这里竟然是以色列人在本国的潜水胜地！为了最大限度地优化行程，我又在耶路撒冷与埃拉特之间选了一个中途点“艾因博凯克（Ein Bokek）”。光听地名确实无比陌生，然而只要告诉你这就是位于死海边上的度假小镇，那就立马能形成完整的画面了。确定这16天旅程的所有站点，买了几本关于犹太文化和以色列历史的电子书带在身上边走边补习，我们正式踏上了这一趟来之不易的以色列年度征程。

子夜时分降落特拉维夫本古里安国际机场，这个以建国第一位总统命名的机场在我们初见一刻便展示了它的威严：外国人几乎都会在入境柜台被严格盘问，这种感觉和美国非常相似。然而不知是不是因为长着一张和善的中国脸，我们的入境手续却比想象中要简单得多，和边检官员只有眼神没有语言交流，盖了指纹，拿到了我们的入境纸条，全程不到30秒便被放行了。走在到达厅的路上，有一条宽度超过30米的巨大长廊，一面是通透的落地玻璃，另一面则是在不限于科技、体育、艺术、社会服务等各个领域有着卓越贡献的以色列名人的照片及生平事迹。似乎还没步出机场，以色列就毫不保留地展示着它在人类文明发展史上的独特印记，让所有客人从心底升起了油然的敬意。

因为深度探索特拉维夫是这次旅程的最后一站，所以几乎不作停留，我们买了拼车的城际小巴士票就往耶路撒冷出发了。从本古里安机场到耶路撒冷很方便，1小时左右的车程，在机场到达厅出来就能轻易找到黄色的城际小巴士，舒适度不错。深夜时分，路灯飞速往我的身后掠去，我一时有点恍惚：一天前还在为能否如期出发而焦虑不已，此刻却已身在路上。如果不是费尽心思坚持让自己走出来，我又哪能至此。趁着还有一些精力，我在车上开始和先生科普我在飞机上看到的“犹太文化史”，才说到希伯来人去了埃及，还没说到“埃及王子”的出生，便发现先生睡着了。我轻轻笑笑自己，没过多久我也睡着了。

在耶路撒冷能做的事情很多，光是古城就有犹太区、基督教区、伊斯兰教区和阿米尼亚区等多个不同历史背景的区域可以细细探索。而我们公寓所在的雅法街，更是耶路撒冷的最中心区域，市内唯一一条轻轨就在这条大街上，从百货商场到超市、从小精品店到大型菜市场应有尽有。在耶路撒冷的第一个白天正是安息日，按照犹太人的传统，午后所有的商店将全数关门，家家户户开始料理大餐、亮起灯火，接着就会举家享受整个周末的温馨时光。这个上午，比参观古城更重要的事情就是跑遍各大菜市超市，在收摊前买好未来几天的大部分食材。11月底的耶路撒冷开始展现了山城的寒冷威力，和温暖的特拉维夫相比，这里仅剩10摄氏度的气温当真杀了我们一个措手不及。幸好菜市场人潮涌动，在这里购物是一种热闹的享受。买了一些蔬菜、肉类和面包，价格和纽约曼哈顿上城的超市差不多，但因为计划全程自己动手，刨除人工费用

安息日前的集市，人山人海

的话还是可以接受的。最惊艳的是新鲜的小番茄，1公斤只需要5新谢克尔，折合人民币8元左右，实在喜出望外！

从1948年5月14日正式建国，犹太民族终于在这片古老的土地上真正建立起属于自己的家园。在飞机上读了关于以色列建国的种种艰辛，几次泪洒机舱，所以当我们正式展开对耶路撒冷古城的探索，站在代表着犹太人至高无上的第二圣殿遗址——西墙（哭墙）面前，我还是被震撼得说不出一句话来。和哭墙的初见正是安息日的傍晚，太阳的余晖洒在墙顶上，而墙根黑压压站满了正在祷告的人。由于安息日会进行传统仪式，哭墙的祈祷区域围蔽起来禁止非教徒进入。尽管暂时和墙根见不上面，我们却一点也不失望，因为在哭墙前的广场有一群军人正围成一圈唱着非常欢乐的歌儿。这群军人至少30位，每位的年龄目测不会超过20岁，女生英姿飒爽，男生有些还稚气未脱。他们都配着真的步枪，脸上洋溢着兴高采烈的笑容。除了我们这些外乡人，广场上的当地人似乎都

安息日的哭墙会有盛大的活动

习以为常，既没有围观更没有拍照。我才想起以色列是个全民义务兵役的国家，成年过后就要安排入伍，于是很多军人都是花样年华的大学在读学生。

以色列的历史离不开犹太人的“被迫害史”，三年前我在德国旅行时便深有体会。德国柏林的市中心有一个巨大的纪念碑群，名为欧洲被害犹太人纪念碑（Denkmal für die ermordeten Juden Europas），亦称为“浩劫纪念碑”。这个纪念碑群由著名的犹太裔艺术家彼得·艾森曼及布罗·哈普达设计，借此纪念在“二战”这场人间浩劫中被纳粹迫害的犹太人。2711块混凝土板在一个斜坡上以网格图形排列，那种秩序带来的混乱和压抑我至今未能忘记。对于那一段沉重伤痛的历史，德国政府已在国际舞台上做出了多番反思和道歉，甚至在本国首都建立纪念碑群和纪念馆，以此警戒全体公民以史为鉴，勿忘国耻。那么作为受害方的犹太人，在自己的土地上又会怎样呈现呢?

在阳光灿烂的某个上午，我和先生鼓起勇气走近其中一个我们最期待的地方：以色列耶路撒冷犹太人大屠杀纪念馆（Yad Vashem“Holocaust Martyrs and Heroes Remembrance Authority”）。其实纪念在“二战”中被屠杀的犹太人的纪念馆在世界不少地区都可以发现，包括柏林和上海。但耶路撒冷的这处是由以色列政府官方始建于1953年，经过1993年翻修和2005年的新馆落成后，全世界最大的犹太人大屠杀纪念馆。从雅法街可以直接乘坐有轨电车到赫茨尔山站，再换乘接驳公交或者步行15分钟就可到达。

耶路撒冷犹太人大屠杀纪念馆坐落在一片视野极其开阔的山上，能俯瞰无边青葱的景色。纪念馆园区包含一间纪念堂、一个大屠杀史博物馆、一个画廊、一间“名字堂（Hall of Names）”、一座档案馆、“毁灭社区的山谷（Valley of Destroyed Communities）”、一座犹太教堂和一个教育中心。我们走进接待大厅拿到园区的整体地图后，就跟随指引穿过一条百米长的窄桥进入三角形的大屠杀史博物馆，这座2005年落成的新博物馆就如一把利斧劈在赫茨尔山上。新博物馆由著名的犹太建筑师穆舍萨夫迪（Moshe Safdie）设计，他的另一个代表作就是特拉维夫本古里安国际机场。三角形的结构源起以色列国旗上的大卫星，而只剩一半的三角形则代表着“二战”期间被残酷屠杀的600万犹太人。整个博物馆纵深180米，刚走进纪念馆的时候就能沿着穿堂的阳光，从入口处看到位于

从大路进入博物馆，可以在这个小车站乘坐接驳大巴

走过这条栈桥，对面就是大屠杀博物馆的新馆

走进纪念馆

走廊另一端的出口。整个参观路线迂回分布在走廊的两侧。每个参观者在进门的那一刻，看到的都是接近3层楼高的巨型白墙，上面正投影着战前在欧洲各地快乐生活的人们：他们在欢度某一个传统节庆，在婚礼上跳着轻快的舞蹈，孩童们互相追逐，姑娘们盘着亮丽的发型穿着精致的服饰甜蜜地看着恋人……

我们沿着参观路线缓缓向里面的展馆走去。这儿不光通过视频呈现出战前的犹太人的生活，还有不少真实的个人物品：书信、首饰、餐具、洋娃娃甚至模拟的家庭布置，我们能从中感受到一个个真实的犹太人民鲜活的日常。随着纳粹党的壮大，种族隔离和清洗活动渐渐在以德国为中心的欧洲各国蔓延。各大报章开始散播“犹太人威胁论”，把不少人贫穷的现状都归咎为犹太人的富裕和智慧，社会矛盾越发尖锐。纳粹党开始抓捕犹太人，隔离犹太儿童，甚至还做出了一系列的“犹太人识别标准”——发色、眼距、耳朵大小……用尽各种荒谬至极的方法把犹太人“绝不放过一个”地分离出来。

在整个参观过程中，有时还能看到各种对幸存者的采访视频。印象很深刻的是在一个玻璃箱子里放着一个残破的洋娃娃，它的主人当年只是一个6岁的小女孩。小女孩自小和母亲相依为命，母亲为她亲手做了这个洋娃娃。有一天，为了躲避盖世太保的抓捕，母亲把孩子交托给并非犹太人的邻居带到乡间暂避，自己则留在家里为孩子争取逃亡时间。母亲坚持让小女孩带着洋娃娃一起逃难，因为这是她唯一可以留给孩子的礼物了。这个故事由已经60岁的“小女孩”亲口讲述，而那天之后，她再也没见过自己的母亲。

还有一个故事，有一对看起来年事已高的夫妻面对镜头逐字逐句诉说着。男孩和女孩都是集中营的幸存者，被盟军救出的时候已经处于生命垂危的状态了。不过胜在年轻，战后投入了国家的重建，健康也恢复得很快。因为有着相同的创伤背景，男孩和女孩自然地相爱并且结了婚。婚后的一天，女孩突然发现自己怀孕了。然而她做出了全然不似一个正常母亲的决定：找医生要把孩子打掉！接到医生通知匆忙赶来的男孩非常震惊与不解。此时女孩哭得歇斯底里，说因为在集中营里，但凡有孕妇和初生的婴儿，因为特别占地方又没有劳动力，她们都会被优先“处理掉”。好几次她还能彻夜听到婴儿的哭泣，第二天，产妇和婴儿就会一起消失，那死一般的寂静，让她说什么也无法安然怀孕。最终，女孩这一胎因为忧思过重没能保住。她和男孩两人互相搀扶直到晚年。

根据资料记载，自1950年，耶路撒冷犹太人大屠杀纪念馆对大概44 000位大屠杀幸存者进行证词录音工作。由于多数大屠杀幸存者年岁已高，越来越无法亲临纪念馆录音，所以取证方式逐渐改为直接拜访。控诉“二战”期间纳粹的暴行，大部分都会落点在“集中营”这个人间炼狱。臭名昭著的波兰奥斯维辛集中营死亡铁路，在这里也有它的缩影。博物馆还制作了一个巨型的集中营的剖面模型，数百位犹太人被统一送进澡堂，每人获派发一块肥皂，在澡堂里清洁自己身体。没有人知道洗澡过后，下一扇门便是逼仄的毒气室，大家鱼贯而入，锁门，投毒。确认毒气室的人已悉数死亡后，下一扇门打开，纳粹工作人员会对遗体进行分拣利用：他们的头发会被割下，有些会被制成地毯，有些则被当作枕头的填充物。剩下的部分便会如垃圾般直接被送进焚化炉，老人婴童男人女人，顷刻成了灰烬。

来到这里，我的双腿已经有点发软了，窒息感渐渐漫上了我的胸口。当屠杀升级成“国家行为”，女孩曾经珍视的青丝竟然只是某些人暖足的原材料，再顽强的生命也脆弱如蝼蚁。我身边的两位金发碧眼的女孩子早已频频拭泪，为了不让自己的情绪失去控制，我背过身去，借着看“解救集中营生还者”的部分视频缓解悲怆的情绪。然而发现，我错了。

第一个显示器上面播出的是盟军进入某个集中营时的画面：身段修长的犹太男女全身赤裸被扔在同一个房间里，每个人都干瘪得没有一丁点的脂肪。骷髅般的眼窝里嵌着失去焦点的眼睛。如果不是在灯光下，部分人还有些许反应，能用活骨头似的手轻挥两下，我几乎认为这就是

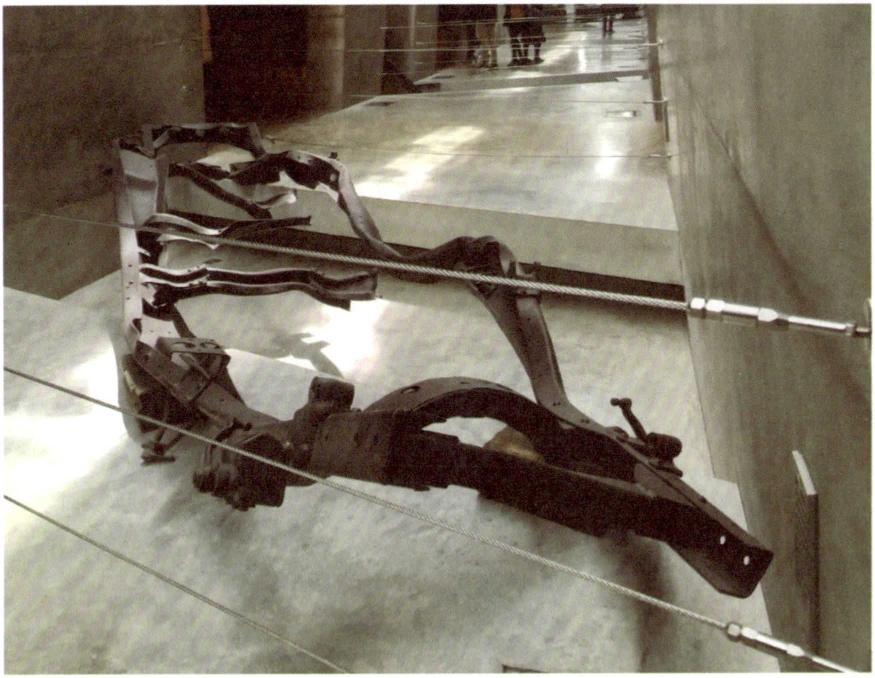

一截烧坏了的“死亡铁路”

一屋子的带皮的骸骨！这些所谓幸存者，绝大部分都没有活过被救下之后的一周。

我赶紧移开眼睛看向下一个屏幕。如果说此时已经被刚才画面震慑得近乎失控的话，接下来仅仅几秒的画面直接让我原地崩溃了。那些破碎的片段，在哪怕此刻我安坐家中回忆，依然痛彻心扉。在一块空地上，一台铲土车正在工作。一把铲起了地上一堆……尸体！在几米的运送距离上，滚下来了一具，无力地耷拉在车沿。有那么一瞬间，我的大脑是彻底空掉的！这些人，在半小时前就是那些快乐跳舞的男人女人、笑得比阳光还耀眼的老人婴孩，怎么才一会儿就像过量的垃圾般只能被毫无尊严地铲起，掩埋了事！他们都是人，有名有姓、有父亲母亲，是别人的孩子和爱人啊！我唯一能做的就是一边说对不起一边拨开身后和

这些名字和这些面孔，必不能忘

我一样在观看视频的人们。我看不清眼前的路，听不到任何其他声音，我唯一的想法就是我要赶紧逃离这个地方。我觉得自己在碎碎念一句什么话，静下心来我才意识到自己嘴里一直重复着“我恨战争！”我想这应该是我至今情绪爆发最激烈的时刻吧，躲进一个墙角，发出了低鸣的声音，直到我先生意识到我不见了，他找到我，陪着我平复了好一阵子，我的精神才渐渐回归比较正常的状态。

接下来的区域讲述战后的重建，犹太人的自强不息和接受过的来自国际社会的帮助，先生一边和我分享着他所知道的关于反战题材的影视和电玩作品，一边惊叹这个种族在经此劫难后的韧性和复原速度。最后，我们走进了一个设计成瓮形的房间里。整个墙壁延伸到弧形的顶部全是一幅幅大小各异的泛黄的照片，这是目前可靠的在“二战”中遇害的部分犹太人的照片，另外一个布局类似的房间，则密密麻麻放着一本本记录着所有可以记录的遇难者名字的名册。正午的阳光从头顶的“瓮口”照进馆内，室内的灯光柔和地洒在这些照片和名字上。整个房间安静得没有一丝声音。我更愿意相信，浩劫下的遇难者们终能在此寻获难得的阳光、温暖和宁静了。

逆着光我终于走到了这180米的博物馆的尽头，推开大门，一股清风灌进我的衣服，吹在我的脸上。把我冷得一激灵，脑海里浮现出唯一的文字便是：重获新生！来到护栏边上，眼下一片盎然的生机，赫茨尔山麓的绿意在11月末的此时依然茂盛——和平真好，因为在战争面前，根本没有赢家。我不得不佩服设计师的匠心和用心，我甚至可以想象在2005年这座新馆落成的时候，来访出席开幕典礼的四十位国家领导人和当时的联合国秘书长安南先生是何等的震撼。或许根本不需要设计师的用心，在如尖刀般的事实面前，哪怕只是如旧馆仅以图文方式呈现的展示，也足够让统一东西德的历史功臣、时任德国总理科尔先生来访时，直接跪在纪念碑前代祖国谢罪。

坐在纪念馆一片户外的花园长椅上，我拿出本子写下了这么一段话：犹太人大屠杀纪念馆。以色列，世界上唯一的犹太人国家，“大离散”后犹太人不再飘零的故土，绕不开的是“二战”这一段。错过了柏林的纪念馆，还没来得及去奥斯维辛，却在耶路撒冷直面了控诉者的一切悲歌。不断听到游客们低泣的我，在看到战后清理集中营

我真的崩溃了，忍不住出来静一会儿

户外纪念园区这里有模拟波兰奥斯维辛的死亡铁路，如果这一截车能开，将会直接掉进深渊

的画面后终于忍不住泪崩了。墙上如小山般的受难者名册预示着他们曾是鲜活的生命。逃着跑出纪念馆，能自由地大口呼吸才更理解和平的可贵。只有在自己的家，才能当自己的主人。

以色列是个神奇的国度，无论是奢华的死海边、淳朴的埃拉特还是自由开放现代化的特拉维夫，我用亲身的体验逐寸见证了它的美好。这一路上，每当我体验一种新的犹太文化与历史风情，总忍不住回想一次它所经历过的劫难。兴许因为没有忘记，才会在暴风中越挫越强。耶路撒冷犹太人大屠杀纪念馆的名字“Yad Vashem”来自于《圣经》：“我必使他们在我殿中、在我墙内、有纪念、有名号、比有儿女的更美。我必赐他们永远的名、不能剪除。”纪念的力量，莫过于此。

因为犹太教的教规非常严谨，
游览耶路撒冷非常讲究时机和规矩。

去耶路撒冷旅行前你需要知道这些!

安息日：每周五下午—周六晚上

基本这个时间所有犹太人的景点都不会开放，
犹太人商店也会暂停营业，
耶路撒冷会变成无比安静的空城，
要注意粮食储备!

哭墙建议在安息日
和非安息日各去一次，
因为安息日期间，
非教徒是不能走进哭墙区域的，
也不能拍照，
但你可以远观他们在
广场上的各类聚会和仪式；
平日就可以深入哭墙范围品味历史。

非安息日在哭墙祷告要密切
留意广场中间的隔离带，
男生从左边进，女生从右边进，
不能弄错呢!

耶路撒冷的公交系统
虽然不算太发达，
却能覆盖绝大部分景点!
有轨电车是先买票后上车，
注意别逃票，
工作人员的查票概率有点高呢!
公交车则是自备零钱上车投币。

第四章

我的旅伴

旅行是最残酷的爱情试金石

都说看一个人是否适合和自己一辈子，和他（或她）一起旅行一次就知道了。年少的时候我不太相信，毕竟那时并没有经历多少长途旅行，最多就是从广州到佛山或者深圳逛两天，互相捧着还怕对方不乐意了，哪来那么激烈的千锤百炼？直到后来办了护照，手上开始有了能支配的富余收入，灵魂也不安分起来，自然也就幻想着和心爱的人看云卷云舒、潮起潮落的情景了。至今走过的路不算少了，同行过的人也有一些，当中亲历的记忆、听来的故事，渐渐也让我信了“旅行”这块高效爱情试金石的妙用。尽管很多时候试验的结果是残酷的，倒也让双方知根知底，省得浪费了彼此的大好时光。

前文提及过我心中好旅伴的标准，纵使人无完人，但张火兔小姐也是妥妥的身居前列了。然而如果此时同行的不是闺蜜好友，而是恋人的话，我敢说整个评判标准会大大的不同。爱情从来都是一个野蛮而不公平的存在，尤其人在异地举目无亲，所谓独立自强不找人麻烦的好品

我们在纽约曼哈顿大桥旁

质将会统统自降一级，对恋人的依赖期许也会到达前所未有的高度。因此，我希望能用比较实在的、不类比天仙圣母的角度，说说我心中理想的恋人旅伴的模样——也请诸君原谅我秀一把恩爱，其实我已经找到了合适的人选，并对他进行了长久的打磨训练。

第一，无论是恋爱还是生活，找到相吻合的爱好始终是首要前提。例如暴走姐夫和我都是闷骚的人，爱看电影和美剧，那么我们的旅行免不了总和喜欢的影视作品扯上点关系。例如我们为了《古墓丽影》特意去了一趟暹粒，出发前把电影复习了一次，以增强身处吴哥窟时的代入感；选择春天去台北旅行，只为体验一把《艋舺》里逆境挣扎的阴暗感受，我们还在元宵节去龙山寺和华西街假装了一把“大哥与他的女人”；穿行在美国华盛顿特区的路上，暴走姐夫感觉自己就是凯文·史派西，而我在林肯纪念堂抬头看进去，仿佛看到了里面的林肯像变成了人猿像……正是这一点点的趣味，让我们的旅程变得目标明确，一路上

我们在以色列最南端的小城埃拉特，水温只有22摄氏度，冷得瑟瑟发抖

做任务打怪兽，趣味盎然。

小J是我的发小，和男友相恋多年并顺理成章地成了家。从前她会高频率和我抱怨与先生并没有什么共同语言，吃饭时各自埋头苦吃或者谈几句家常便终止了话题。此时肯定会有人说：这不就是再正常不过的婚恋生活吗？莫太矫情可好？——如果一件事有机会做到80分，岂能只在60分止步！于是我建议小J不妨和先生一起开发一些爱好，一些可以长久发展而且有讨论价值的爱好：电玩、漫画、运动等等，形式不限，先抛出一个可以共同完成的项目，婚姻便可以不只柴米油盐了。不久后小J考了潜水员证，死拉活拽把先生也拖进了坑。这位平日安静闷骚的青年似乎被撩发了少年狂，不光积极参加一切与潜水相关的社交活动，共同话题量与日俱增之余，和小J在家庭生活里的互动也几何级别激增。

理想的恋人旅伴，是当你看见一种美好，你会希望立刻和他分享的那一位——因为你明白，这也正是他所向往的美好。

第二，互相得知道一些对方不知道的东西，掌握一些对方不掌握的技能。

我和暴走姐夫会每年都有一次长途旅行，我们很没创意地把它称作“年度旅行”。2016年的年度旅行定在了以色列，没别的，遵循暴走姐夫“不能在朋友圈引起话题的旅行是浪费钱”的原则，我拿出摩洛哥、以色列和伊朗供他选择。鉴于对鹰嘴豆并不热衷，他毅然决然选择了以色列——谁知，还是每天吃鹰嘴豆，这是后话。出发前，我们给对方布置了任务，我负责设计行程完善后勤工作，他负责读书看报了解新月沃土的前世今生。于是，我们的学习和分享全程没有停止，从航班降落特拉维夫开始，他就正式和我展开了“故事从苏美尔人开始……”的伟大科普。安息日前穿越喧闹的周五集市，我一边采购新鲜的牛肉，一边和他说明犹太人洁食的由来；在屠杀犹太人博物馆，我边啜泣边听他说曾经沉迷过一款名为“合金弹头”的反战游戏。纯粹的吃喝玩乐固然轻松，但我更乐意享受和恋人在路上不断学习与分享的过程。要知道一旦回到生活的城市，每日重复几点一线的忙碌，我们已经鲜有重新让学习思维上线的机会了。凝听这样的耳语，对我来说比鲜花钻石更让人动情；回家以后，我愿意赦免他至少三天的家务。

第三，身体要好。

健康不光是革命的本钱，还是旅行的基础。记得有一年，我和暴走姐夫特意安排了一次美妙的异地跨年，订了奢华的餐厅和精致的酒店，一心为彼此留下这年第一个美好回忆。然而人算不如天算，前往用餐的路上刮起了阵阵寒风，穿得略显清凉的我在连续加班了大半个月之后，也许是抵抗力降到谷底的关系吧，一下子就着凉了。饭没吃到一半，阵阵偏头痛袭来。等到好不容易撑着吃完了那顿昂贵的跨年大餐，下一步已是止不住疾走，赶在药店没关门之前扫荡救急了。一颗芬必得下肚，

在死海，我的先生无论如何也要找到一张报纸，仿照小学课文所说的来一张照片

本来想着倒数看焰火的我只能虚弱地躺在酒店的2米大床上，快速见效的药力让我不光感受不到高支纱密织床品带来的美好触感，甚至什么时候从旧的一年跨进新的一年，我也是毫无头绪的。事后再怎么捶胸顿足也不管用，唯有平日加强锻炼，出发前慎之又慎才是优秀恋人旅伴最负责任的表现。

第四，既要细心，又不能偷懒。

以敏感著称的姐妹们，哪怕在熟悉环境里也希望恋人能细心体贴，更别说是在需要更多关怀的异国他乡了。人类文明发展至今，真正存活在身边圈子里的“笨人”所剩无几了，然而懒人却是一茬一茬的。男士们别着急否认，在“感知女伴需求并做出反应”这方面，得过且过、能懒则懒的人不在少数。我曾经在路上遇到过闹心的生理期，基于不愿意让别人扫兴的优秀品德，我选择忍痛硬扛，全天在路上狂奔。此时如果暴走姐夫能发现我的难受，适当提出主动休息的建议，我会长久地感恩。然而这位粗心的男士在赶路期间为我递上一个冒着轻烟的雪糕，不得不说我也只能忍痛咽下，就如咽下成长的苦楚一样。大概过了10分钟，当我吞下这个雪糕的最后一片蛋筒脆皮，我问他：“你知道我的生理期正在进行中吗？”他愣了两秒，答曰：“知道呀。”我以一脸太座娘娘的微笑回应：“那么你应该知道这个时间吃雪糕不太对吧？”他尴尬的表情告诉我，他知道，只是忘了。这正是前文中我说到的：对于恋人，我们的要求总会比较高——你不光要知道，还得时刻谨记。权利和责任从来就是硬币的两面，不是吗？

第五，如果不是主导行程的那一方，请绝对服从；如果是主导行程的那一方，请放下强权。

在众多旅行风格中，像张火兔这类全然不知今夕何时、明天在哪儿的人绝对是少数，大部分人还是会先对自己的旅程作出规划和预判的，也就是我们经常说的“做攻略”。做攻略绝对是一件辛苦事儿，构思、搜索、比对、提炼、整理，每一道工序都凝结着期待和精力。一等一的恋人旅伴能在筹备阶段提供协助，无论是资讯或者资金；能力稍有不足的恋人至少能做到在途中绝对服从——既然不曾付出过心血，那便安心好好享受。在这一点上，暴走姐夫非常值得称道。我们在以色列的每天晚上，懒惰如他都会像乖巧的孩子一般充满期待地询问“明天要去哪儿”？一旦获得答案就坚定地捧场，也会询问为什么我会希望去那个地方，哪怕我的答案是恼人的“我也不知道”或者“没有安排，就随便休息一下呗”，他也会很安静地接受。

而通常作为制订行程的主导方，我绝对不会只从自我意愿出发：我很喜欢享受此类的活动，例如按摩，做此决定前我会先咨询同行的他有何想法，越带有个人偏好的决定，越需要充分尊重对方的选择，除非你打一开始便决定分开旅行。

第六，面对冲突，理性先行。

在这个问题上，我没有太多的发言权，因为我极少和恋人在路上发生太大的冲突，就算是血热火旺的年代，如果恋人在路上对我突然发难，我最多也就是错愕之后躲起来哭一小会儿，毕竟头可断血可流气氛不能坏。我承认这样的处理会显得特别没骨气，但见识过好朋友们火山爆发式的冲突，我承认我真没信心能抵抗下去。

N是我的一位好姐妹，个性豪爽风趣；A是她的恋人，海归，见识广博但脾气火爆。根据N的描述，几乎每次和A外出旅行都会经历至少一次歇斯底里的争执，例如有一次在夏威夷自驾游，A负责驾驶，N负责拿着地图指路。A突然心血来潮，希望在旅程中多看一个地点，让N看看怎样走最便捷。当时N刚学会使用谷歌地图，好些功能都无法掌握，于是忙乱中带着怨气回应了一句："你这个要求（真难）……"话音未落，A也许是长途驾驶引致无名火起，对着N就是一顿劈头盖脸的怒骂。面对突如其来的责难，N无比委屈，开始在车里号啕大哭了起来。此时A把车在路边一停旋即下车，两人在旷野中展开了别开生面的一场骂战。据N后来的描述，那次夏威夷之旅几乎算是毁了。

优秀的恋人旅伴要学会冷处理一些显而易见会马上爆发的冲突。在彼此都不熟悉的地方发生冲突，两人不但不能成为对方的臂膀，还只能相互添堵增加危机发生的可能，我几乎可以想象当面对外来的挑战甚至挑衅的时候，A可能不仅不去化解，反而有可能激化矛盾，在路上失去理性是一件极其负面的事情，潜在险情可想而知。

加分项：拍得一堆好片，修得一手好图。

这一项的存在恰恰是为了讽刺我的恋人。作为本来颜值就不甚可口的实力派女性，还扛了表情管理失效的名号，我理应不对自己的肖像作品抱以任何期待才对。然而，当我一而再，再而三地看到不少男士，在各大社交网络中展示为自己心爱的她拍出的一辑又一辑让人惊艳的大片，我的内心竟然对暴走姐夫坚持写实的拍摄路线生出了强烈的不满。

正所谓颜值不够光线凑，身高不够角度凑，再怎么没救还有美图秀秀！我的一位兄弟小D，每次和太太出门都会不辞辛劳地从不同角度为她拍照，再让太太精选精修，保证每张在朋友圈里发布的照片都无懈可击。在“用镜头整容”这条路上，暴走姐夫离及格还隔着99次“一键美颜”。

动笔写这篇文章前，我和暴走姐夫探讨了一下关于“如果我们在路上发生激烈争吵该如何化解”的问题。我举了前面提及的“AN二人组”为例，假如在行程中我们真的争执到这个地步，该何去何从？暴走姐夫花了不到两秒就给出了答案：他们并不只是路上激烈争吵，而只是把平日激烈争吵的地点搬到路上而已。如果我们平日也不会火拼，在路上哪里打得起来？转念一想，也许旅行并没有为你试出了些什么，仅仅只是原来你一直爱错了人却不愿意承认而已。

古罗马废墟

生蚝是我们的共同喜好之一，我们在纽约中央车站的著名老店里准备大快朵颐

蜜月的其中一站在法国，枫丹白露
森林无疑是我的最爱

怎么决定自己要去哪里玩?!
嗯……
我家的猫很需要我
你愿意为这程旅行花多少钱？
预算是大前提，
数一下自己钱包里面
有多少个“0”，
然后在保证生存的
基础上盘算一下，
量力而为。
不情愿角色分配，
并对人设不满的
姐夫。
感觉角色有点反了。
哇哇哇哇!!
哇哇哇哇!!

Food

你计划停留多少天？
假期的天数是
你的行程框架，
别逼疯你的上司，
否则回来日子
可能过不下去了。

你对什么特别喜爱？
博物馆？潜水？
疯狂买买买？
无节操美食？
就是想躺着？
想想什么风光是你
最希望在这一程看到的，
然后确认自己的目的地。

relax

who

你和谁一起去？
和老人/孩子，
闺蜜/恋人等等出发，
都会直接影响你的行程规划，
别累着谁或苦闷着谁了。

你要探索还是休闲？
最近工作太累了，
想歇一下，或者
最近生活太无聊了，
想刺激一下，
都是你需要考虑的因素。

plan

她的光明，我的透明

我为无数个目的地、无数家酒店、无数个景点写过文字，却似乎从未动笔写过那个至今和我的共同旅行时间最长，近几年我们共处的时间多于我的先生和彼此的家人的头号旅伴——张火兔小姐。很多关于她的点滴，都只是存在于不同文章的旁枝末节，就像拼图一般只能依靠组合碎片来窥探她的全貌。最近我一直在整理翻看从前旅程的照片，有些已经淡去的记忆又重新浮现在脑海里。缘分是一件很奇妙的事，哪怕家人也能存在亲疏远近，何况只是一不小心便永无交集的朋友与工作伙伴。而和张火兔搭伴旅行，真是一件从没想过的事情。

那时我还在电台工作，因为不爱社交的慢热体质，我被判定为适合从事资讯节目主持和行政工作，至于像那种活力四射的娱乐类节目，王牌之选定无不是“静如处子”的、人如其名的张火兔小姐。因此在大部分情况下，我们虽然是同频道的主持人，实则工作交汇并不多，然而同为爱思考的新女性，偶尔交流情感生活也还是很投契的。直到某一天，

德国科隆附近的龙堡，下山路上我们决定疯狂一次

张火兔因为失恋请假了远走他方，回来突然像打开了一扇新生活的门，不再是那个张嘴闭嘴“有没有好男生介绍给我”的焦虑女青年，黑了两度的皮肤映衬着一张更自信的脸，心也越来越野，一言不合就说“去旅行吧”。而恰好在这个时候，刚结婚的我似乎也突然开了窍，意识到组建新家庭后的“正式独立生活”已经来临；在思考“要成为怎样的人”的过程中，我尝试把疑惑和探索寄托在旅行这一途径上。不久后，张火兔和我相继从电台裸辞，开始了各自的行走。记得有一夜，她和我分别在地球的两个角落为当时一起出发的旅伴苦恼不已，似乎她遇上了“玻璃心”，而我碰见了“小公主”。这个时候她忽然说了一句：我觉得我们可能会成为很搭的旅伴，有机会一起旅行！

我以为这样同游的机会可以很快到来，然而和所有闻到了社交网络之风，加入到新媒体大军里的职业旅行者一样，我们都忙得日夜颠倒。真正意义上以“暴走姐妹花”之名一起出发的旅程，是在我们联手成为旅行博主的半年后，坐标是越南芽庄。这是一次媒体的采风之旅，密集地体验芽庄适合推广给中国旅行者的景点、度假村、餐厅和旅游项目。其实这都不是我们第一次到芽庄了，顶着“职业旅行者”的身份，我们理所当然成为大家除了导游以外的求知对象。谈吐生动、个人魅力满分的张火兔自然会成为人群中最闪亮的发光体，而我竟不自觉生出一种安然的闲适感，在她忙于社交的同时，我完美充当着记录细节和适当补充的角色——这让我无比轻松自在。某一顿晚餐时间，我似乎察觉到张火兔有点不安，在大家如常向她抛出话题的时候，她竟然开始有意无意地把话题抛给埋头苦吃的我，虽然不解但我还是不露痕迹接了“包袱”。回到酒店，我就这个奇怪的现象向她提出了疑问，她有点为难地说了一个小故事：原来曾经她和一个女性好朋友一起出游，这个女孩子平常也是女汉子一般的存在。途上不免会结识一些新的异性朋友，当那些异性“不落俗套”地对张火兔表现出更高的攀谈意向，这位好朋友竟然当即展示出浓浓的不满，表示不能接受“风头都被你抢去了”！至此，我终于明白了她此举的因由。鉴于我也属于藏不住话的那一种，所以我也当场明白地向她表示：我真的不会介意！每个人在旅途中都有自己独特的舒适状态，可能恰巧我们的舒适状态是互补的，因此，还真不可能存在这种争风吃醋的情况。自此之后，她有她的光明，我有我的透明。

因为这么一个小插曲，我开始总结好旅伴的通用标准：我想首先是需要承认每个旅行者哪怕身处异国他乡，也依然是独立的个体，有着独立的喜好与需求。而旅行本就是个性的事情，就算在同一个主题乐园都有各自喜欢和不喜欢玩的游戏，何况一起走在路上？能够求同存异，不会盲目粘人，遇到兴趣不一的时候，轻松约定时间下个地方会合，这样就不会辜负彼此了。说到这里，我特别喜欢分享那一年和张火兔在德国的卡塞尔和海德堡的经历。

在卡塞尔的沙发主人古斯塔夫家里度过了3天美好时光，这时我要开始筹谋下一个目的地了。我想到了汉堡，不知从哪儿来的执拗，我希望

我们都爱以“酒鬼”自居

去汉堡港看一眼北海的样子。这时我便对张火兔说出了我的想法。不过，她拒绝了，原因是两年前因为艺术交流的缘故，她在汉堡几乎停留了一个月，对比熟悉的汉堡，她宁可在卡塞尔多待几天。当时我几乎毫无一丝半点的失落与焦虑，尽管那时的我其实尚未在欧洲独自旅行过——想到这样的尝试可能马上就要开始了，反而有点小期待！于是瞬间开始寻找汉堡的沙发主人和城际拼车，一切就绪后，和张火兔约定在4天后的傍晚6点，在柏林地标勃兰登堡门下再见，就翩然出发了。

不知是否朋友之间也有“小别胜新婚”之说，我只知道再见之时，我们竟真像半辈子没见的故友，拉着手一直聊彼此这几天的际遇，这种感受真是只有曾经“分开旅行”又能再次无缝并肩的旅伴才能体会的。之后我和我的先生会合，当去到海德堡后，张火兔住进沙发主人的家，我和先生住在短租公寓里，只要时间允许，张火兔也会穿过小小的海德堡城，来到我们的住所吃个午餐聊聊天，美其名曰“蹭一下家庭温暖”。

除了保持独立，我认为配得上“好旅伴”之名还需要一些“硬”技能。哪怕跟着旅行团出发，社交技能还是保障旅行品质和心情的硬指标，何况是什么麻烦都只能一力承担的自由行。一次美妙的自由行其实是所有旅行技能的总和，不需要旅行者本身是专家，但是一点语言、一点勇敢、一点勤快、一点淡定、一点常识、一点社交能力，少点盲目、少点依赖同伴、少点慌张，这些都是一位“好旅伴”的有效标签。其实我并没有太严苛，因为以上说的这些，张火兔全部都办得到。那一年德国国庆日，我们从巴伐利亚的维尔茨堡到班贝格，就发生一件我们至今

我们在德国科隆的童话城堡——龙堡的山脚下

谈起也会既后怕又大笑不止的事情。

买了巴伐利亚火车通票，意味着我们可以在24小时内不限次数在巴伐利亚州乘坐非高铁的火车和所有公共交通，这对于揣着一点钱却要泡在德国一个月的我们俩而言绝对是福音，并且会不惜一切把它利用到极致。从维尔茨堡到班贝格的火车每小时一班，因为贪恋路上风光错过了18点那趟车的我们俩，只能硬生生在火车站等到夕阳西下，在接近晚上9点的时分来到班贝格。咨询过沙发主人法兰克爷爷，国庆节这天几乎所有能到他家的公交都会停运，从火车站打车到他家不过8欧元左右，这对于出租车费用贵上天的欧洲而言根本不算钱。但我们不死心，本着要把巴伐利亚通票的“羊毛”薅光的心态，我们在公交站足足站了15分钟，幸运等来了一辆车。一上车，张火兔便拿着地址和不懂英语的公交司机比划了一轮，司机一会儿摇头一会儿点头，最后还是让我们上车坐下了。然而坐了还不到10分钟，公交车驶进了一个类似公交总站的地方，全体乘客包括我们在内，都被通知“总站到了，要下车了”。司机见我们一脸问号的样子，示意我们跟着他，然后就把我们带到了另外一辆公交车。本着“有大哥跟大哥”的精神，我们也就非常老实地坐上了这辆马上发车的夜班公交。

手机可以联网，通过迅速变化的谷歌地图和对窗外的观察，在车开了接近30分钟后，我发现这辆公交车一直在样子长得差不多的街区里打转。这个时候我告诉张火兔我的观察结果。她的一脸紧张让我瞬间也有些慌了神。我分析8欧元能跑到的地方，没道理30分钟还到不了，“哪怕这时我愿意拿出80欧元，能不能打到车还是个谜”，她说。一时间，我们俩都产生了一种压抑的情绪。然而就在这时，公交车司机把车一停，告诉我们，到了！大喜过望，我们搬着行李便下了车，但是下车的这一瞬间，我们都愣住了！在我们面前矗立着一栋庄严的教堂，周围俨然是一个居民区的样子，四周都是1~3层不等的小公寓楼，或明或暗地闪烁着灯光。此时是晚上10点30分，极目所见一个人也没有。一下子找不着

张火兔穿着藏族服装在慕尼黑

德国慕尼黑啤酒节的会场上，
张火兔决定表演高速喝啤酒

北，谷歌地图对法兰克爷爷家的定位也透露着惊悚，因为显示着我们现在离爷爷的家还有28分钟车程！“那边有人”，张火兔的声音让我一下子精神了。她指着教堂旁边一条暗巷，不仔细看还真看不到那里闪动着极其微弱的几点光芒，我知道，那是燃着的香烟的亮光。我们迅速交换了一个眼神：接近深夜时分在这里三五成群抽烟聚集的人，会有多大概率是良民？

张火兔这时用一种特别镇定的语气对我说：“你在这里看着行李，我去问路，有什么异动你就跑，知道吗？”我重重地点点头，心里涌动着复杂的情愫。她往前走了几步，突然又折返，把背包卸下来交给我，然后就大步流星朝暗巷走去了。这个时候我几乎大气不敢出，脑子里闪过了一百个可能发生的事情。我把她的旅行箱从人行道上拉到我的脚边，把她的背包缠在箱子上，比画了一下逃跑的最佳拉箱姿态，寻找了逃生的最佳线路后，眼睛便一眨不眨地盯着她的动态了。

只见她拿着手机走向那群黑暗中的人，借着手机屏幕的灯光我看到他们正在交涉。我还注意到张火兔并没有把自己陷进深巷里太多，反而是不着痕迹地把那些人往灯光下带。这时我也看清楚了，那里有五六位年轻人，远看面貌和动态也就是二十来岁的样子。他们看着手机交谈了两三分钟，这时只见张火兔突然朝我的方向走过来，我不由得吓了一跳，但细看她的神态十分轻松，我在思考，“警报”是不是可以解除了？

接下来剧情更是惊喜。跟着张火兔从暗巷里出来的是一名男青年和一名漂亮的女青年，张火兔把头一偏，笑着说：“这对恋人知道爷爷家在哪，这就带我们去！”说时迟那时快，一辆奔驰车停在我们面前，这时刚刚那名男青年下车帮我们把行李都搬进了车尾箱，示意我们上车。第一次在这种毫无预兆的情况下坐上陌生人的车，心里说没有慌张那是骗人的，我甚至还在评估要是有什么异动，跳车的时候选择断腿还是断手。车也就行驶了三四分钟吧，我还没有对断肢的事情做出判断，男青年就停车告诉我们目的地到了！还带着些怀疑，下车一看面前房子的门牌号赫然和爷爷家的完美对上以后，我用一种带着愧疚得近乎要哭出来的颤音向这对热心的德国情侣道谢了三次。原来谷歌地图也有判断失误的时候！终于，我们都没有被抢、被卖，我的手和腿都还在。能有这么跌宕起伏的经历，除了德国好心人的帮助，我想大部分还是因为我的旅伴是“多功能外交小能手”张火兔吧。

其实张火兔以“最优秀旅伴”的姿态出现在我的旅行生涯里，还有很多闪闪发光的优点。不过与其说是优点，不如说是契合点。旅伴没有“好坏”之说，旅伴就像齿轮，彼此能“咬合”才至关重要。旅程中最幸福的事情，莫过于你们一起在莫奈花园说得出每个角度都有过哪一幅画，深潜升水第一时间欢呼是为了刚才看到的翻车鱼那傻气的表情，被街头艺人的歌声感动得流泪的时候看向旅伴，发现她比你哭得更凶。旅行价值观统一的旅伴，是这一程最值得回味的一抹亮色。我和张火兔可以为了不伤害珊瑚，整个潜水旅程坚持不涂防晒霜，晒伤了痛得嗷嗷叫

在皇家马德里主场的贵宾休息室里喝得微醺，整场比赛看得云里雾里的

胡夫金字塔前再次起跳

还为对方撕走掉出来的皮；或者趁朋友们在学习潜水技巧的时候在旁装模作样实则偷师，然后再一起躲在暗角泡在水里偷偷练习。

大部分时间张火兔都是属于“又懒又乖”的旅行者，自带“盲游属性”的她从不做攻略，独自出发就会经常发生诸如已经在去往某小镇路上了却还没找住地的状况。她时常挂在嘴边的话是“最坏的结果就是用钱解决嘛”，不过和惯于“以精算成本为乐”的我搭伴出发，她就可以享有全方位的轻松，也能释放自己享受我安排好的旅程。和不少被吐槽的旅伴不一样，她绝对不会出现那种既没有贡献又要挑刺的行为，只要是被安排好的，她都会尽心享受，还毫不吝啬赞美和感谢。在制订行程阶段如果恰巧她的脑子愿意为此转动，并且有新的想法和异议的话，提出修改建议或分开旅行，她会给你最懂事的决定。

假设你和旅伴一起出发，你爱路边摊、她爱米其林，你爱青年旅馆、她爱奢华精选，你爱包车、她爱公车，无论谁说一句“互相迁就”吧，其实都是互相委屈。所以类似的消费观也很重要。还有一种情况，试想想你的旅伴每步行300米就喊累要休息、温度超过30摄氏度就无法在室外停留、下雨必须躲着、太阳一烤就要头晕无法出门，你的旅程一定只能从A点到B点直接打车，并且全程室内舒适完成的，这可能会让你错过很多你所重视的风景和体验。这就是所谓的“小公主旅伴”。当然，两位小公主结伴出门则另当别论。所以如果你不是小公主，请慎选入伙的旅伴。

好男友常有，而好旅伴却不常有。找对旅伴有时比“去哪儿玩”更重要，因为她可能会直接影响你这一趟的心情、行程和质量。万幸，在这条看似热闹的孤独路上，和我同行的是之于我万中无一的最佳旅伴，我想这才是真正的“且行且珍惜”吧。

女生出门在外遇到坏人该怎么办？

意识比技巧重要！
谈判比硬拼可行！
花花
课堂

当歹徒对你动了歪念，无论锻炼得多强壮的女孩，在面对有一定体魄的男性的时候都有落下风的危险。这个时候，必须记住：及早防范，比练成金刚芭比更有效；遇险时巧用谈判技巧，攻心为上，远比硬拼可行。这些重点要记下来：

1.避免独自走夜路；
不能避免的时候，
千万不要戴耳机、打电话，
保持对周围环境的警惕；
注意不时回望，
也让歹徒知道你有防范。

又一个傻妞！
危险

啊！！
救命！

2.遇到袭击，
马上尖叫吸引外界注意，
利用简单防身术挣脱；
如不能挣脱，被拉扯时，
立刻坐在地上，
减慢被拉走的时间，
增加获救的机会。

3.遇险时，
如果能有与歹徒对话的时间，
在保持视野清晰、
气息稳定的情况下，
假装哭泣，
降低歹徒对你的防备；
逮准时机，
使用适当的防身术迅速出击，
攻其不备。
呜呜呜呜……
看我等下不踢死你！
4.如遇到路人过路或围观，
千万别只喊救命，
而是指着其中某个人
（有救援能力的年轻男性或女性），
向其求助，减低因推诿责任
而发生的见死不救的情况。
抢劫我？
大……大哥！
呃……不……
大……大姐大
……小弟刚
出来混……

你与旅行的距离
就是差了一点勇气

这就是我们从“朝九晚六”的小白领到“赤手空拳”走天下的职业旅行者的启蒙故事，这就是我们“满世界找自己”的觉醒地图。

记得刚有“暴走姐妹花”的第一个春节，除夕的一大早我们还在为当天的公众号推送稿件披头散发地找着资料。按下“群发”键后，我们互道除夕快乐，竟不约而同感叹到：原来只要做着自己真心喜欢的事情，再累也甘之如饴。

有一次接受某电视台栏目的采访，当被问及“30岁才从零开始一个全新的事业，会太迟吗？”我们俩看了一眼彼此，其实答案已经了然于胸：确实是有点迟了，可以的话，我们但愿18岁那年就开始探索这个蓝色星球。其实一点也不迟，无比庆幸我们在30岁的这一年终于知道自己想要的生活是什么，并且不带犹豫勇敢践行，毕竟有很多人，兴许只能怀抱一辈子的迷惘与遗憾。

女性，尤其中国的女性生来承担很多“天职”，似乎有一个时间表在默默规范着我们在什么时候做什么才是“对的”。然而，却从没有人告诉我们，什么时候应该“做自己”，“为自己而活”说得太轻松，实现起来太困难，那是因为逆普世价值观的潮流而上本就是一件劳心耗力的事情。难道我们真的要等到某天觉得自己能力退化、不思进取，觉得毫不起眼、甚至不配被爱的时候，才能在看似温暖安全的摇篮里挣扎着惊醒吗？

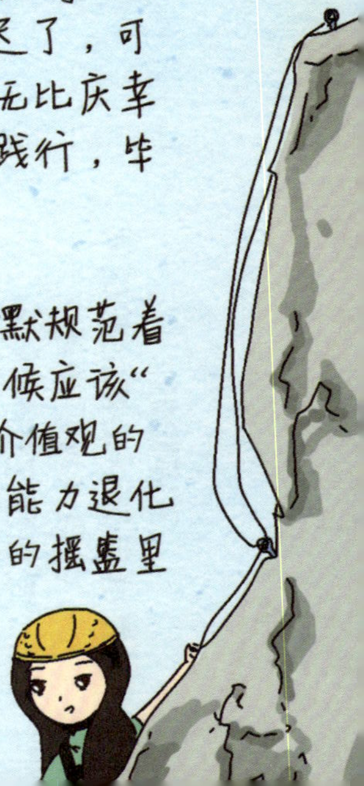

旅行从来就不是一件困难事，它不圣洁也不艰深，不因目的地的远近、花费的多少、停留时间的长短而被划分成三六九等。旅行，简单得可能仅仅只是一阵休憩、一杯咖啡、一次沙滩上落日下的奔跑，一刻牵着手靠着肩的发呆。从我们决定成为“暴走姐妹花”开始，我们坚持的使命就是要告诉所有尚在犹豫的女孩们，那些你认为阻碍自己出发的语言难关、身体条件、文化修为、签证障碍、家庭羁绊、恋人因素、经济问题等都不是牵制你裹足不前的原因。

其实你与旅行的距离，就是差了一点勇气而已。
其实你与自己想要的生活的距离，就是差了一点勇气而已；
其实我们之间，就是差了一点勇气而已。

我们在书里书外，用亲身经历为你佐证了一个真理：既然决定出发了，那么最困难的一刻便已经结束。我们正在路上了，你呢？

——暴走姐妹花

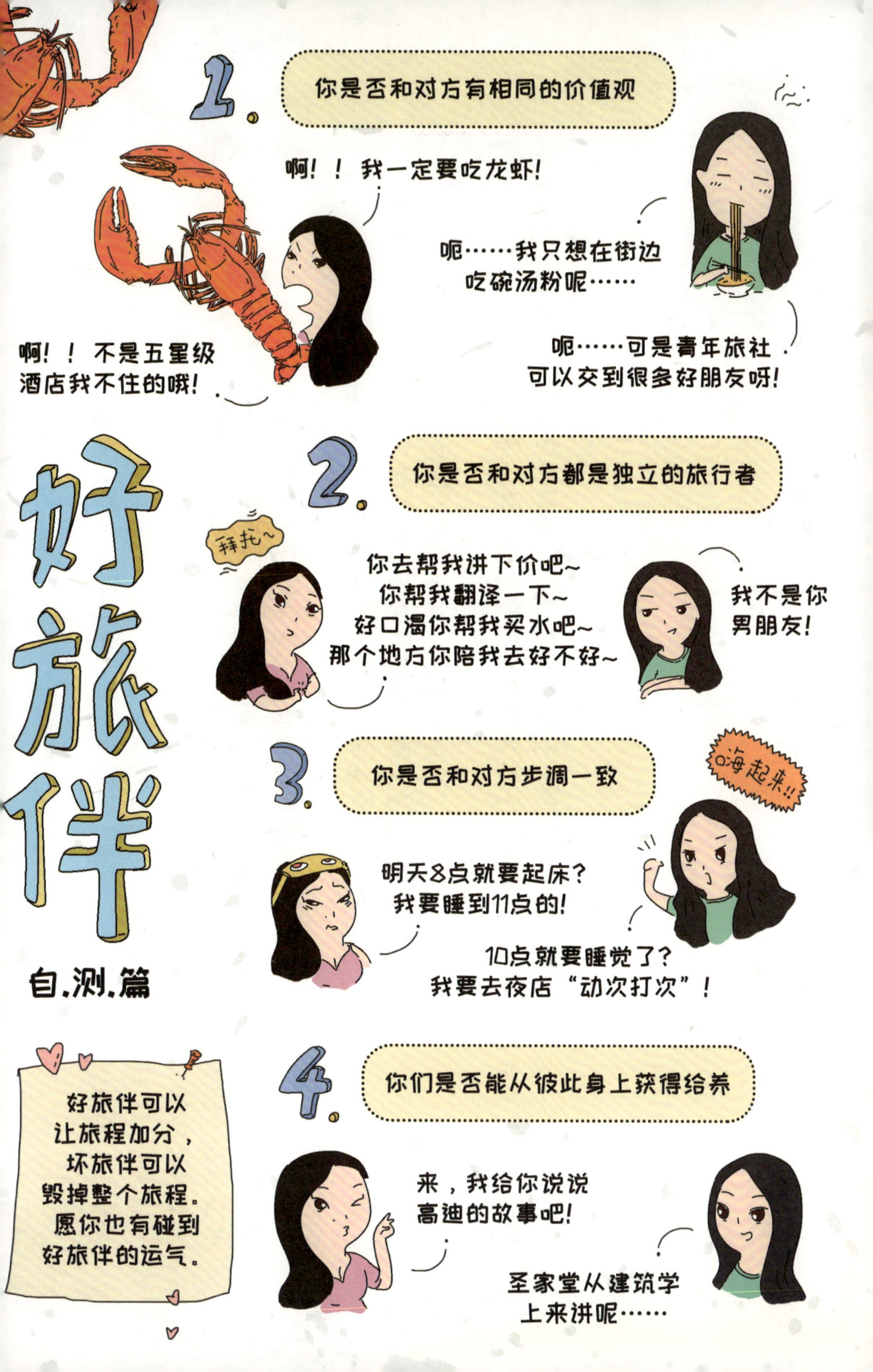

好旅伴
自.测.篇
1. 你是否和对方有相同的价值观
啊！！我一定要吃龙虾！
呃……我只想在街边
吃碗汤粉呢……
啊！！不是五星级
酒店我不住的哦！
呃……可是青年旅社
可以交到很多好朋友呀！
2. 你是否和对方都是独立的旅行者
拜托~
你去帮我讲下价吧~
你帮我翻译一下~
好口渴你帮我买水吧~
那个地方你陪我去好不好~
我不是你
男朋友！
3. 你是否和对方步调一致
嗨起来!!
明天8点就要起床？
我要睡到11点的！
10点就要睡觉了？
我要去夜店“动次打次”！
4. 你们是否能从彼此身上获得给养
来，我给你说说
高迪的故事吧！
圣家堂从建筑学
上来讲呢……
好旅伴可以
让旅程加分，
坏旅伴可以
毁掉整个旅程。
愿你也有碰到
好旅伴的运气。

暴走姐妹花

满世界，找自己

庞倩怡　张瑾 ◎ 著

赖晓敏 ◎ 手绘

SPM 南方出版传媒

全国优秀出版社
全国百佳图书出版单位
广东教育出版社

·广 州·

图书在版编目（CIP）数据

满世界，找自己 / 庞倩怡，张瑾著．—广州：广东教育出版社，2017.9
（暴走姐妹花）
ISBN 978-7-5548-1895-4

Ⅰ．①满…　Ⅱ．①庞…　②张…　Ⅲ．①散文集—中国—当代　Ⅳ．①I267

中国版本图书馆CIP数据核字（2017）第175932号

责任编辑：黄　智　陈定天　周思念
责任技编：佟长缨　刘莉敏
装帧设计：友间文化
插画手绘：赖晓敏

MAN SHIJIE,ZHAO ZIJI
满世界，找自己

广东教育出版社出版发行
（广州市环市东路472号12-15楼）
邮政编码：510075
网址：http://www.gjs.cn
广东新华发行集团股份有限公司经销
广东信源彩色印务有限公司印刷
（广州市番禺区南村镇南村村东兴工业园）
787毫米×1092毫米　16开本　23印张　460千字
2017年9月第1版　2017年9月第1次印刷
ISBN 978-7-5548-1895-4
定价：49.80元
质量监督电话：020-87613102　邮箱：gjs-quality@gdpg.com.cn
购书咨询电话：020-87615809

剩女的自白

我是张瑾，可能是性格太烈的关系，人们都叫我“张火兔”。

我是张瑾，我的搭档叫庞倩怡，不过大家都爱叫她“人妻”。

到了适婚年龄而未婚，大家喜欢把这种女人称作“剩女”。找一份稳定的工作，最好不用加班；每周能找出三个晚上来个普拉提课程，顺道学习广东煲汤的精髓，以便婚后节气变换时，为老公端上时令靓汤；每天接婚介所电话，听着销售“打鸡血”般的洗脑“女人过了28岁就开始贬值，你都过30了，再不抓紧就要白菜价了！”于是，一周相亲八九次，勉强找个没那么讨厌还算看得下去的男朋友，一边在朋友圈骂着限购令，又一边通宵排队在城乡结合部买个小户型，三个月后在一家气派酒店的宴会厅摆上99桌流水席，等主持人的一声令下说一句“我愿意”，做一场秀——这是一位30岁的“剩女”亟须完成的首要任务，也是普世价值下，属于她的圆满结局。

我是张瑾，我是“剩女”，也是“逆女”。

人人都有自己顿悟的方式，释迦牟尼在菩提树下苦想七七四十九天悟道，而我，选择了“行走”。2013年5月到8月我在欧洲待了三个月，其间与德国、法国、智利的艺术家过了一个月大篷车的生活后，又独自流浪了两个月。我想，朝九晚五的打卡上班生活我已回不去了，我见过太多风景，我见过在路上的人们怎么追逐自己的人生，他们的每一秒都不虚度；这些，都让我再也无法回到捉襟见肘的拘囿中，做一个循规蹈矩的“奴隶”。

行走，则一定要继续。即便是我这样高驰而不顾的人，在放弃已有的一切还是会经历纠结，但是有一天，在广州早高峰缺氧的地铁上，突然想到辞职这件事，我竟然在缺氧的车厢里旁若无人地大声笑了起来，在那个时候，我就知道，这绝对是个忠于内心的正确决定。我直接走向老板办公室，递上辞呈。晚上回家，知道我辞职的母亲开始碎碎念表示不解和担忧，我只顾埋头吃饭，突然，我抬头，说："想到辞职这件事，我在地铁上都笑出声了。"从此，母亲仍然会时不时神情隐忧，但坚持对此事只字不提。原来，我们常常摆出嫌恶表情，口气恶劣说的"你们不懂"，他们却是懂的。

对于行走这件人生妙事，我有一种强烈的"传道授业解惑"的责任感。在这样的时机下，我遇到"抛家弃夫"只顾看世界的"叛逆人妻"，我们一拍即合，于是"暴走姐妹花"应运而生了。我们也一直为鼓励更多人勇敢上路而不懈努力，希望有了我们，你们——我亲爱的花粉们，可以有出发的动力和足够的安全感。

在嘈杂的都市中，碌碌地活着，我们内心的每一次欲言又止，被戾气狠狠地堵回去。每一次行走，是你和自己的独处时光，是你和内心微小部分的不期而遇。

你会慢慢拼凑出更好的自己。

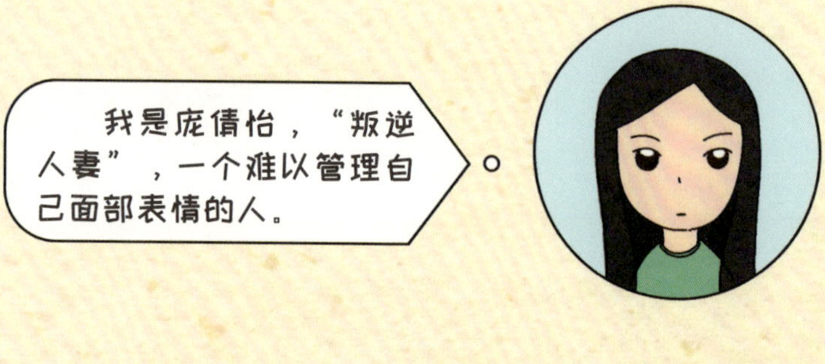

我是庞倩怡，"叛逆人妻"，一个难以管理自己面部表情的人。

行走，让你发现那些“必需品”其实并没那么重要。

目　录
Contents

第一章　路上遇见的人

第二章　路上奇妙的体验

第三章　路上看过的风景

第四章　我的旅伴

第一章 路上遇见的人

到格拉纳达做嬉皮士

“你要去格拉纳达？”“是的！”“只去格拉纳达？”“是的！”“待20多天？”“是的！”西班牙的格拉纳达，对于国人来说，的确不是一个典型的旅游胜地。等同于你好不容易绕了半个地球来了中国，不去上海，也不去北京，去了个没什么名气的地方。难怪签证官大人也要生疑：“为什么呢？”为什么？西班牙安达卢西亚地区的格拉纳达（Granada），被称作“石榴城”。从公元前11世纪至1492年，塔尔特苏人、腓尼基人、希腊人、迦太基人、西哥特人、阿拉伯人都在此留下了自己的历史痕迹。这些可贵的残留交替更迭，重合交融，如同饱满石榴中迫不及待溢出的红宝石般的籽，丰富多汁。康有为曾在19世纪游览此地，并称之为“欧洲之导师”。在格拉纳达，有句谚语：世上最不幸之人，莫过于生于格拉纳达的盲人。他无法看到美轮美奂的建筑、野性的自然景观、让人瞠目的弗拉明戈！这些理由够充分了吧？我拿到了我的西班牙签证。

清晨6点，跳下过夜巴士，我来到了沉睡的格拉纳达，第一站，便来到依山而建的阿尔拜辛区。天微光，即便如此，也可看出此区和格拉纳达城区大相径庭！城区是一片基督教控制下的标准欧罗巴景象，而沿着鹅卵石布道的蜿蜒小路数十分钟走入阿尔拜辛疆界，阿拉伯和吉卜赛人的世界欢迎你！格拉纳达是摩尔人最后的堡垒，政府在收复失地之后，也仁慈地保留了阿尔拜辛逶迤狭窄的中世纪街道，这里，成了西班牙本土阿拉伯文化遗留的瑰宝。

吉卜赛人，天生的流浪者，一直被认为是社会不稳定因素，于是，政府在阿拉伯区中为吉卜赛人拓宽权限，比如提供免费住房和免费教育的机会。这样，吉卜赛人也聚集于此，与同是外族的阿拉伯人亲密无间，两种灿烂文化产生惊人的化学反应。这样的艺术火花又让全欧洲甚至全世界的艺术家如同闻到迷香的蜂一般蜂拥而至。统治者的初衷是让这里成为解决政府心病的难民集中营，而如今，这里竟成了现世乌托邦。

阿尔拜辛的清晨，宛如仙境

热情的西班牙人在家门口就开始派对

西班牙人把他们拥有小院子的家称为卡门（Carmen），这个词对我们来说，多意味着那个奔放、美丽、热爱自由的吉卜赛女郎。其实她还有一个美丽的解释——上帝的小花园。她看起来像中国的四合院，在阿拉伯文化中，深闺春意忌讳外人探看，卡门高墙耸立，几栋连在一起的建筑，一般三四层楼高，中间围着个院子，便是自家玩乐的小天地。每个卡门都有个正经八百的名字，我们住的地方是阿尔拜辛的明星，叫“三个星星之家”，屋主有三个如花似玉的女儿，灿若星辰，于是广而告之。从1230年前后原始院落的修建，到19世纪最后一次大规模的修葺，这样的广告一打就是近800年。

“三个星星之家”其实是“安置房”。13世纪，在伊比利亚半岛上，基督教王国收复失地的“光复”行动进行得如火如荼，北部基督教区的人们在依靠与摩尔人签订的停战协议忍辱负重了数百年后，对于已有的政权和土地不再满足，对于摩尔帝国越来越高压的宗教统治忍无可忍，他们对异教徒展开激烈讨伐。安达卢西亚地区塞维利亚阿拉伯统治失守，当地的阿拉伯诸侯王挈妇将雏慌忙逃窜，投靠“摩尔人最后的堡垒”格拉纳达的诸侯王。格拉纳达的诸侯王接收了他们，并修建了四五栋相连接的卡门供塞维利亚王全家居住。“三个星星之家”就是其中的一栋。

而这个小家的闻名，除了颜值，更有文人。19世纪西班牙浪漫主义文学风口浪尖的人物安东尼奥（Antonio Joaquin Afan de Ribera）曾在此居住。“美国文学之父”——华盛顿·欧文（Washington Irving）是19世

纪美国最负盛名的著名作家，他在格拉纳达就任外交官的时候，常常来此造访安东尼奥，听传说，聊历史，写就了三本关于格拉纳达的著作。“石榴城”之所以闻名于世，他，功不可没。

“三个星星之家”很有摩尔人风格

在地中海的阳光中，“三个星星之家”，这个年代久远的“美人故居”“名人故居”“震惊世界文化事件发生地”并未倚老卖老地高高挂起。在这里，你看不见卖票的亭子，没有金属牌大书特书这所房子的与众不同，在那羊肠的小巷转角，你也看不到指示牌，那块介绍诗人的牌子小得十分谦虚，高得几乎看不见上面的字，于是，只要一个不小心，一个转弯，就错过了。也许，这遍街的房子动辄数百年历史，诗人故居？拜托，在西班牙，人人都是诗人，有何稀奇，于是，“三个星星之家”低调地藏匿了。

如今，这栋著名建筑和其他非著名的建筑一样，被嬉皮士占据。崇尚东方文化的他们在墙上挂上阿拉伯针织毯，摆设着奇特的乐器。在“三个星星之家”，我住二楼。某日，为了问路，我冒失地跑到三楼敲

门，长着络腮胡的西班牙男子开门，一只手上还拿着锅铲。他是那么的高，高到我只能仰头看他，五官精致得如同雕刻家精心的作品，这不是三毛的“荷西”吗？我们安静对视，整个世界好像只剩我们两个。不知道过了多久，他猛然跺脚：“糟糕，我的火炉上还有东西在煮着。你要不要进来？我今天刚从联合国难民署辞职，请了朋友来庆祝。”为什么不？我耸了耸肩。他叫哈维尔（Javier）。

朋友们陆续来了，这栋800年的老屋生机勃勃，老旧门铃欢愉作响，哈维尔跑上跑下。朋友们拿着自己新出的诗集和画册，握着啤酒，背着乐器，小小的房间里，火炉呼呼作响，年轻人交换着自己的作品，大声地争论，畅快地弹琴唱歌。哈维尔塞给我一本西班牙语书，红色的书皮，有个中国人最熟悉的伟人侧面，他问：“你认识他吗？他实在是太酷了！”他对我眨眼灿烂一笑，这时，窗外的阳光顿失颜色。

阿尔拜辛全是艺术家，几乎都彼此认识。对于演出或者派对信息的非官方获取，我总结出两种渠道：一是下午3点过后，去艺术家云集的维尔托·德·卡洛斯广场（Huerto del Carlos），这个地方以前是菜园，现在是聚众团练场。整个阿尔拜辛有一半的艺术家会在天气明媚的下午在这里精进技艺。连续来两天，尝试和陌生人交谈，你就可以轻易交到朋友，马上会有人邀请你晚上看演出跑派对。又或者是，等入夜，你常常可以看到大迁徙的场面，窄窄的鹅卵石路上，年轻人三个一群五个一伙地同方向行进，那必定是某个酒吧有艺术家们的对战，某个地方有很正的弗拉明戈表演，或者谁家院子里有欢乐局，这时，你只要随口问一句，就一定会被邀请。

如果要看弗拉明戈的表演，来格拉纳达绝对是来对了地方，这里是弗拉明戈正宗老家。说起弗拉明戈，大多数人会想到西班牙女郎火热的舞蹈，其实弗拉明戈有血有肉有灵魂，三位一体，缺一不可。血是吉他，弗拉明戈吉他有丰富的和弦演绎，拍打面板的微妙节奏；肉是歌者，他们用沙哑厚重受尽伤害的嗓音唱着失去、唱着怀念、唱着遥远的

故乡；灵魂便是舞者，男女皆可，多数职业舞者都是童子功，但却很少看到年轻的舞者。一个有天分的舞者，从会走路的时候就开始学习弗拉明戈，也要苦练20多年才有机会站在桌面大小的木板上，强弱交织地踩踏出各种节奏，获得看客的掌声。围观的人们好像是受过多日的集体培训一样，他们整齐地用手掌、用脚敲打出复杂的节奏，看到精彩之处，大声地喊出“噢嘞（Olé）”，以示欣赏。西班牙人的节奏感真是让人惊异！当你问到他们是如何拍出这么音律十足的复杂节奏的时候，他们会热情地告诉你“节奏融在我们的血液里，这可是学不来的！”确实如此。

在格拉纳达，一条安达鲁狗（El Chien Andalou）的表演不容错过，这个弗拉明戈酒吧名字来自西班牙著名画家达利参与剧本创作的一部电影，酒吧坐落于阿尔拜辛区的山脚，只需6欧元买一杯饮料，就可以享受演出。在一个美好的夜晚，我在头发上随意地别了一朵红如血的大花，穿着吉卜赛工匠亲手做的小牛皮凉鞋，和西班牙姐夫及姐妹们早早下山，挑了个靠前的好位置——弗拉明戈是一个低头欣赏的艺术，举起柔若无骨翻转的手，气势十足，骄傲架起的臂膀，那在眉头久久无法散开的悲怆，脚！脚上那细碎而繁复的步伐，是当仁不让的重中之重，坐在后面被层层人墙挡住了脚步，则失去了观赏的精华。

演出时间快要到来，一众端着啤酒的男士款款入场，气宇轩昂地在舞台上站定。他们是吉他手及歌者，一位长鬈发瘦削苍白的男子，长得如同吸血鬼剧组饰演伯爵的电影演员走错了片场，他拿起吉他，坐下前，手指着我说了一句话，瞬间，岩洞酒馆中的目光如同探照灯一般，齐刷刷地聚集在我身上。懂西班牙语的姐姐惊喜又骄傲地看着我，压低声音说：“妹妹，他喜欢你！他说你有一双弗拉明戈的美丽眼睛，是弗拉明戈的艳丽花朵，他要把歌曲送给你。”西班牙男人的告白，总是这样直接而又不期而至。

弗拉明戈吉他响起，旁边的黑衣男子们卷起袖子，手脚并用地拍出复杂节奏，观众从开场前的热烈告白中回过神来，被拉进了节奏和深

歌交织出来的美妙旋涡当中，大声地“噢嘞（Olé）”不绝于耳。在我看来，弗拉明戈的舞者不能太瘦，瘦胳膊瘦腿无法承载起丰沛至此的感情，也无法将心中的悲怆、怨念、未得到及已失去的，如同急于脱身的重担，狠狠地跺进地里。这里的舞者实在太棒，将看客的情绪如同螺旋般地慢慢吊起，起承转合间走进高潮，只见裙裾摆动越发迅速，如同着了魔发了疯，脚下的步伐快得已经快看不见，木板在踩踏中发出极不寻常的快速的节奏，却又声声清晰，毫不黏着。突然间，如同黑夜闪过炸雷，在一个强音中，猛地用一个跺脚骤停戛然而止，停在一个高傲得不能再高傲的姿态上，让已经张大了嘴的我们忘了怎么去喝彩。

而这一切，总伴随着一双眼睛在我身上围绕，“伯爵”的弗拉明戈吉他弹得出神入化，在格拉纳达学习弗拉明戈的姐姐悄声开始了背景科普：“他是这边学校的弗拉明戈吉他的大师呢，上课的时候不苟言笑，今天算是看到了他的另一面。”

表演结束，大家喝酒的喝酒，聊天的聊天，各有各的乐子。在我们刚刚起身准备离开的时候，“伯爵”进来了：“你长得太美了，周五一定过来听我演奏好吗？说是我邀请的就好了，我会把位置给你留好。”末了，也不征求同意，他突然歪头靠近我，我极有技巧地一转头，我的脸颊靠近嘴角的地方，收获了一枚湿热的吻。

除了在格拉纳达一定要看的弗拉明戈外，我还参加过非洲朋友的夜间派对，在吉卜赛人群居的圣山（Sacromonte）。吉卜赛人在长期流浪的过程中，学会了适应并利用自然，凿山而居，形成了格拉纳达独特的“洞屋（Cueva）”胜景。夜里打着电筒爬上山，非洲兄弟早已在他们的洞屋前燃起火堆。他们打着手鼓，围成圈，闭着眼睛，整齐的念白像极了某种咒语，一步又一步转圈，无穷无尽。火塘边，是看起来已经被催眠的嬉皮士们。非洲兄弟递给我一杯热饮，我一喝，又呛又辣，奇怪至极的味道：“这是什么啊？”“我们那边特产的咖啡！”我深信，我亲历了某种神奇的部落仪式。

我在吉卜赛人群居的洞屋外面

快到中午12点，是西班牙人的早餐时间，闲散的他们总是自动地把时间调慢几个时区。邻居们把早餐端上“三个星星之家”露台。面对阳光，稍微远一点，是著名的阿尔汗布拉宫，走近她的人儿，会被她的强大气势逼迫得步步倒退，感受到来自建筑的宗教震慑；远看，她亲和许多。目光所及的最远处，是覆盖着积雪的内华达山，在地中海的阳光下，闪耀着金色的圣光，那是伊比利亚半岛的制高点。美洲大陆那著名的同名山脉名称亦是源于这里——在1518年，发现她的西班牙探险队由于思乡心切，给了她一个来自家乡的名字。

邻居们抿着咖啡，忧心忡忡地讨论着山顶的白雪一年少过一年，不识愁滋味的西班牙人也为全球变暖而皱起眉头来。哈维尔大声地放着西班牙诗歌，整个“三个星星之家”笼罩在沙哑的女中音中。哈维尔戴着毛线帽在院子里打扫昨夜狂欢的遗迹，我端着咖啡，站在露台的边缘，看着他，听着诗，不用听懂，就知道一定是关于那逝去的、握不住的爱情，难怪都说西班牙语是用来谈情说爱的。哈维尔好像感觉到有人看他，抬起头来对我眨眼灿烂一笑。时间可以停在格拉纳达的这一刻就好了，我对自己说。

对面是终年积雪的

内华达山脉

Sierra Nevada

位于历史名城Granada的内华达山脉Sierra Nevada是欧洲最南端的滑雪场，而它也是西班牙最负盛名的滑雪胜地。它有着全欧洲最阳光普照的滑雪度假村，在美好的晴天还能远眺地中海。在Granada汽车站可以直接买车票到这个滑雪场。

这里的设施已经非常完善，热爱滑雪的人们完全能在这里买到各种装备，当然也提供租赁服务，还有很多宾馆可供过夜。Sierra Nevada拥有105公里的坡道，度假村不但适合家庭式的旅行，对于初学者，中阶者和能力参差不齐的组合来说，也是非常理想的滑雪基地。

tapas

tapas是小点心

无限量!

特别推荐在车站附近的一个tapas bar，这家的老板非常善良，只要买一杯酒，老板会无限量地提供小点心，记住，是无限量!

生命的旅程，没有来的，都是去的

对于旅行的意义，我和人妻经常用这样一句话阐述：“遇见最美的风景和最可爱的人。”世界辽阔至此，总有一些让人落泪顿悟的美景，让人觉得，自己经历的小坑小坎，对比起壮美的自然来说，实在算不上什么，心情也随之畅快起来。

更重要的，则是旅途上遇见的人，那些风景，在地球上伫立了成千万年、上亿年，也将会继续安静地站在那里。我去的时候，和你去的时候，看到的也许是同一个圣家堂、同一片加拿大的红叶，甚至连空气的湿度都格外相似。然而，我们的际遇，却因为和我们擦肩而过的人而不同，他们如同飘浮在真空中的尘埃粒子，我们与之相会、碰撞，方向多多少少会因此而改变，由此，即便在同样的时空，我和你的，我们的旅行，开始有了亿万种可能。

某位音乐人的作品《布鲁塞尔的浮木》，专辑和随笔，记录了他在

躺倒在枫叶里（摄影：陈鸣华）

欧洲的流浪经历。一个普通话都说不好、歌喉也说不上优美的老男人，安静地说着话，唱着歌。

听完这张专辑去欧洲，寂寞时，知道曾经也有人和我一样孤独，曾经也有人和我一样漫步在“异乡午夜的大街”，他也曾在米兰北方的马盆撒机场（Airport Malpensa）飞回故乡；我也会像他一样四处看看会不会碰到“有着晚娘面孔的胖女人海关”，飞过阿尔卑斯山上空的时候，会跟身边人说，你看，像不像“撒着糖粉末的法国牛角面包”？甚至，想要东施效颦地也杜撰一个远方的朋友，取一个“法风”的名字，给他写一封信。

专辑中有一首叫作《丽罗》（*Lilo*）的歌曲，故事发生于这个音乐人在德国的一个小店。音乐人答应给店主爷爷上周刚刚去世的妻子丽罗写一首歌，换一杯啤酒。爷爷艰难地写下对亡妻的话，又艰难地翻译成英文，音乐人弹唱完，爷爷摇摇头说，和他想的有点不一样，有点太伤感了。

歌曲描述的场景到此就停止了，我却一直好奇，爷爷到底为亡妻写了什么呢？我在书里找到了答案——

丽罗，我答应你，我不再哭了，空旷的床，失落得难以形容，想烧了你留下来的东西，因为，到处都是你的味道。或者，我想烧了我自己，因为，那里面有你的味道。Lilo，我就回来，Lilo，我就要来了……

她是亡妻，他永不忘妻。

在我流浪欧洲三个月前夕，那个潮湿的四月回南天，我反复听着整张专辑，在昏黄的台灯下，窝在广州的床上，看着他的文字，其中特别喜爱这样一句：我们就像一块块漂浮的浮木，彼此看得见，却无法在激流中紧紧相拥。只有在偶尔的碰触时，磨砺出闪亮的泪光和欢笑。

这不就是旅行中遇见的人的真实写照吗？旅途中千百万人和你擦肩而过，有几个为你停留下来，你们交换了故事，分享了人生，紧紧地拥抱，狠狠地告别，从此也许再也见不到，偶尔，含泪或含笑，回想起交汇瞬间的微光。或者，幸运如我，还可以写下来和你们分享。

那个时候，我听着音乐人沙哑的声音唱着“Voyage，Voyage，生命的旅程，没有来的，都是去的，生命的旅程，真的是有趣啊……”不知不觉竟把枕头哭成广州四月的回南天。

10月末，冬未始，加拿大的魁北克城在我和人妻到来的瞬间，下起了2016年的初雪。我们穿着来自亚热带的人字拖和阔腿裤，坐在晚班的士上，看着风卷雪花，舞得狂浪，我问司机：“这算是暴风雪吗？”司机说：“这不过是再普通不过的小意思。”我惊叹：“你们是怎么活下来的？”司机摇着头笑了笑，心里估计在默想，你们这些南方人。

我们住进了带着壁炉的大屋，屋主告诉我，我们老屋对面的教堂，是间书店。

书店啊？我们趴在下雪的窗前，看着对面孤独的教堂，塔高得不成比例，旁边的树造型诡异，很符合万圣节的光景，里面应该有暗黑系的魔法师架起燃烧瓶在做研究。

教堂书店外观

我们早出晚归，出门后，回家前，总会在刺骨的寒风中往对街望一眼——但对街总是大门紧闭，直到要离开童话镇魁北克城的前一天，天气放晴，我们发现——书店开了！

我们开心地笑出声来，一路小跑地穿过马路，音响大声地放着复古爵士，我踩着鼓点，扭动着身体，假装自己是超级模特，人妻对我翻出了十级白眼。

戴一顶红帽子、留白胡子的爷爷坐在门口，架势十足地把守着大门。而我，真是被这个书店、黑胶唱片店、复古店三合一的地方震惊了！进门的地方，有二手的音响，正在播放的这张碟，音质清亮。

面对远处，原本圣坛应该在的位置，一眼可以看到底，中间和所有教堂一样，像摩西劈开的红海，留出了主路，不一样的是，旁边供信徒坐着听弥撒、跪下来祷告的长凳变成了长桌，上面用简单的纸箱装着不简单的人类音乐史。其中，不乏响亮的名字，又何尝不是很多人的信仰呢？突然觉得，他们在教堂中，简直是深得其所。旁边，是高高的书柜，各个领域、各个语种的书都有。

我是一个爱聊天的人，这个地方太赞了，我忍不住要问上几句："你是这间店的主人吗？""我猜是吧。"爷爷带着点小自豪和骄傲。"你居然租了一座教堂来做书店，这个想法太赞了！""不是租，我买了这座教堂。"

我问："这座教堂多大年纪了？"他说2020年的时候，就要过百岁生日了。我抬头打量，真是座老教堂啊！爷爷突然瞪大了眼睛，老？100岁可是年轻得很呢！你要知道，魁北克城是加拿大历史最悠久的城市，我们可是有加拿大第一座医院和监狱的呢！

我在魁北克城的几天，这里的人给我最大的印象就是，他们以自己的城市为荣，讲起来眼睛都发光。走在路上，拿起相机，就会有当地人上前来，告诉你这座城市你还没有发现的景致。

确实，魁北克城是北美历史最悠久的城市之一，有墨西哥以北的美

戴红帽子、留白胡子的老爷爷把守着书店大门

教堂放满了黑胶唱片

洲地区唯一的城墙，如今，你可以在城墙上闲庭信步，远眺那奔腾的圣劳伦斯河及对面的李维斯（Levis）小城。

魁北克城让你身在北美，却又有一种可以假装在法国的感觉。法国殖民的历史让浪漫腔调融入了城市的血脉，音韵美妙的法语不时响起，马车嗒嗒在身边悠然而过，坐在法式餐厅吃一顿完整的法餐，价格也是相当亲民。这座城市精致得如同艺术品，和北美已知的粗犷豪迈随意没有太大关系。

“这里的书和唱片可真多啊！”我忍不住惊叹起来。爷爷

美丽的城堡酒店让人仿若置身童话中

说大概有6万张唱片和4万册图书吧。看到我张大了嘴，爷爷马上说其实远远不止，后面还有好多在箱子里面没有整理出来呢！

人妻是黑胶控，枪花、黑白电影、原声，开心地翻起来了。爷爷说，有东西给我们看。他拄着拐杖，艰难地站起来，颤巍巍地走进小房间，拿出来一个信封，拿出了一张黑白照片。

“这是谁？”“约翰·列侬。”“这个呢？”“洋子。”“那这个呢？”他指着列侬旁边穿着皮衣的男子。“嗯……”“你们正在和他说话。”我们俩瞬间尖叫起来了。原来数年前，披头士来过加拿大，在那段时间，爷爷就是他们的制作人。当他们录制现场演奏版本的《给和平一个机会》（*Give Peace a Chance*）的时候，列侬给了爷爷一个鼓，“麦克（Michel），你坐在洋子旁边打鼓吧”。

爷爷说到这些，整个人都在发光，仿佛那是他一生最荣耀的时刻。《时代周刊》也曾刊登过爷爷的故事，图片把他定格在洋子身边打鼓的时候。他对我们伸出拳头，那个有着和平反战标志的戒指，是多年以后，列侬已逝，洋子故地重游，又见到故人时特别送给他的。他是如此珍爱，天天戴着，以便有些好奇的年轻人突然和他攀谈起来时，可以对

老照片上列侬旁边身穿皮衣的男子就是爷爷

洋子送的戒指，爷爷天天戴着

着他们伸出拳头。

披头士已经不仅仅是乐队和艺人一样的存在，他们是一代人的精神寄托。在欧洲旅行，披头士是无法绕过的主题，在德国汉堡，他们发迹表演的小酒吧，每天都堆满了前来朝圣的粉丝，即使是不营业的白天，歌迷们也堵在门口踮脚张望，期盼窥见披头士的青葱岁月。

在布拉格老桥脚下，有家叫“约翰·列侬”的小酒馆，不远处是约翰·列侬涂鸦墙。

1980年12月8日，这是令全世界披头士乐迷刻骨铭心的日子。在纽约达科塔大厦门前，约翰·列侬连中五枪，倒在了血泊之中。当晚，布拉格的披头士迷怀着悲痛，聚集在老桥下面，一位歌迷在墙上率先写下了披头士“Imagine”的歌词，列侬的画像被挂在墙上，仿佛在呼吁着：四海皆兄弟，没有宗教纷争，没有国家间的仇恨，世界大同。从此，庄严艺术的查理大桥下的墙壁，变成了披头士迷的画布，变成了年轻人的乌托邦，他们放下武器，拿起画笔在上面用色彩抵抗战争——随处可以见到“要爱，不要战争（MAKE LOVE，DON'T MAKE WAR）”的标志，礼赞音乐——写下“音乐是世界的良药”的句子，号召推翻壁垒，表达自己的政治理想。在这些涂鸦中，没有“我爱你你不爱我”的小情小爱，每颗挥笔的年轻心脏中，都装着大大世界。

反观现在，并不比披头士的年代和平多少，难民离乡背井，逃离战火纷乱的家，在完全陌生的地方重新扎根，那泪眼日日夜夜眺望的远方，是再也回不去的故乡；热战发生的地方，记者在燃烧弹中跪地，看着无力挽救的孩童尸体放声大哭，那种绝望，隔着屏幕，光是看着背影也让人动容；恐怖分子开着车，闯进圣诞市场，撞向国庆庆祝的人潮，或者扛着枪在演唱会现场扫射……再看看现在的流行乐的歌词，无不在盛赞着爱人的美貌，唱着我无法不想你，周六让我们干点火热的事情，着眼的只有两腿之间的位置，狭小得可怕。再也没有哪个艺人如同披头士一般，让和平成为叛逆年轻人的统一信仰，觉得反战是一件很酷的事情。

“你或许说我是痴人说梦，也许有一天，你也会加入我们……”

爷爷很开心，来自中国的我们也知道披头士。爷爷说他没有去过中国，但是日本他去过几次，他后来买了一个摔跤选手，日本很喜欢摔跤，很多人都想打倒他。我说，你真是活成了一个传奇啊。他突然凌厉起来了，对我挥了挥手：“大家都是这样说，你可千万别这么说。”

爷爷的店夏天每天都会开放，冬天则会选日子，今天正好有街坊要买原教堂拆下来的椅子，所以不同寻常地开了。他说，夏天你们一定要回来，每年7月初，魁北克城迎来最热闹的时候，一年一度的夏季音乐节

爷爷超级可爱

将持续两周，来演出的都是些大明星，有麦当娜、斯汀（Sting）等等。其中一个舞台就在后面的平原，花几十元加币买张通票，就可以天天演出看不停。

“你会去看吗？毕竟你是音乐人。”（我非常注意用了“are”，避开了“were”）爷爷摇摇头，笑了笑：“我呀，已经老得不能去和年轻人挤了，并且，我可是占据了得天独厚的好位置呢！”他呀，就坐在他的教堂门口，拄着拐杖听着这些后起之秀接受万众崇拜，跟着音乐，慢慢地打着节拍，听着这些巨星用刚学的法语大叫：“我爱魁北克城！”听着年轻人尖叫，然后笑笑。

我们在店里的时间，客人不断，每个人都挂着一副“终于开门了”的表情。一位女士用20元加币（约100元人民币）拿走一盏复古吊灯。还有一位女士，之前路过买了碟，没有带钱，今天好不容易等到书店开门，专门送钱过来，并感激地对爷爷连声用法语说着感谢，这样的信任，多么的难得。

还有一个爷爷顶着大肚子在挑黑胶唱片，红帽子爷爷大声地用法语和他打招呼，然后告诉我们，他可是之前加拿大一支著名乐队的主唱呢！我提出想要听他们的专辑，他努力地找了很久，没有找到，显得有点失落。

人妻选了几张黑胶唱片，还有一大本摇滚巨星名录，爷爷象征性地收下20元加币，把剩下的钱还了回来。他说，到了这个年纪，赚钱已经

不重要了，还有什么比快乐更重要的呢？

虽然行动不便，爷爷仍然会在圣诞节的时候扮演圣诞老人，给孩子们带来欢乐，冬天的冰钓当然也不能少，对了，还有听他儿子的乐队表演，“他的乐队是玩重金属摇滚的，他是工程师，乐队是兴趣爱好，不过也小有名气了”。当然，还有开着他最爱的老爷车，由着性子大声放着自己喜欢的音乐，在教堂里面守着书店。

我们的道别好像一直都无法结束，他说：“夏天你们要回来啊，找不到地方可以住我家。”他说：“你们要给我发邮件啊，我不常打开邮箱，你们回到中国是什么时候？我把日期记下来，记着收你们的邮件。”

虽说旅途上的每次道别大多都只是“别”，再见不易，可是我们就这样不断地说着“再见”，仿佛我们真的会再见似的。而和老人家的告别，更是容易唏嘘，不知道何时才能真的再见呢？你一定要健康快乐地等我们回去哦！

我亲爱的Michel Longtin爷爷。

魁北克

加拿大的魁北克城，
是一座法式风味十足的城市，
也是北美唯一一座保存了城墙的城市。
不想做攻略的“懒人”们，
一定要去12 RUE SAINTE-ANNE 的游客中心看看。
魁北克游客中心本身就在一栋高颜值的建于1805年的老建筑里面。

游客中心提供各种景点、餐厅、SPA，
在当地游览的单张介绍，
还可以直接询问工作人员有关问题，
对于不开车的朋友，
工作人员还可以协助寻找拼车
前往必须要自驾抵达的目的地！
游客中心中还有可用银联卡直接取现的ATM机，
还提供传真、打印、复印、
拨打当地电话等免费服务。

花花推荐大家参加魁北克城的美食导览、
古城之旅及晚上的闹鬼之旅！实在是太有趣！
这些行程可以在游客中心直接报名。

喜爱海洋生物的朋友，
还可以从魁北克城
驱车至几小时开外车程的Tadoussac，
这里位于圣劳伦斯河和萨格奈河的交汇点，
是世界上为数不多的最佳鲸鱼观测点！

时间的偏心

午后太阳正好，知了聒噪得很。我们走在骑楼下，地板是花纹精致的方形小地砖，紧闭的彩色玻璃窗反射着光，悉心保护着家长里短；两边的店铺挂着中文大招牌，还有些招牌躲在开得灿烂的三角梅里，羞涩地露一个小脸。机车骑士们呼啸而过，路过的老人家就算隔着马路也要大声提醒：“小心相机和包啊！抱好一点。”

“啊！”人妻长长地舒了一口气，“好像回到了小时候外公用单车推我上幼儿园的广州。”我们并没有坐上时光机，我们只是到了马来西亚的槟城（Penang）的一个区域——乔治镇（George Town）。

槟城的英文Penang，其实就是槟榔，早年这里有很多槟榔树，因此而得名，其中的乔治镇更是在2008年被联合国教科文组织列为世界文化遗产。

在这里，每个拐角都会翻动“老广”记忆。这里是遗落在海外、属

槟城还有这样的老式绸庄

于中国南方的传统。我没有见过20世纪80年代的广州，我对广州的第一印象，来自我的父亲和母亲，他们在年轻时候和广州的唯一交集是广州火车站附近的流花宾馆。当时的广州已经是时尚中心，彼时还年轻的父母也在这里觅得花纹洋气的的确良布料，做成衬衫，抖擞了许久。但是我认识的广州，和这里确实不一样——变得最快的是亚运前，便民的大广场修起，造型独特的建筑成为照片中最棒的后景，只是，老广州的画面，在脑海中又模糊了一些。我突然有点心疼人妻，寻回童年回忆，要办签证，还要经历数小时飞行。

槟城实在有太多美食了！这里是个多民族混居的城市，文化冲击的汁水滴入食物，成为最好的调料。中国福建、潮汕，马来西亚本地以及印度的美食随处可见，因此，“吃什么”成为大问题，不是因为美食匮乏，而是因为选择太多！

一定要吃碗“叻沙”啊

在槟城，一定要试试“叻沙”！在美国CNN评选的世界50大美食中，槟城的叻沙就榜上有名，不需要刻意寻找，排长队的店面，就算看起来环境简洁到简陋，也绝对有好出品。用鲜虾、鱼肉、辣椒、香茅、叻沙花、柠檬酸、椰汁一起熬煮，红红火火、热热闹闹在大锅中沸腾，上面的鱼丸早已吸饱了汁水，胖胖的漂浮着。早已排成长队的碗里，是河粉和青菜，为了保持弹牙爽口，这两样都不下锅，厨师爽手地用大勺将汤底舀入碗中再倒出，如是几下，终于倒上汤水，一碗香浓的叻沙出锅了。

又或者，随便踱步到一家无名食肆，点个最简单的炒时蔬，蒜蓉和自家熬制的猪油，让青菜呈现出温润的反光，让我一个肉食动物也停不了口。回国之后午夜梦回，念叨的竟还是那口闪烁着油脂光芒的碧玉。

旅行是需要点运气的，我们的运气从来都不错，让我们有很多别样的体验。一日，在乔治镇闲逛，突然一位机车大叔开过，就像英国人见面总是聊天气一样，槟城的人见面时总是让你注意财物（但我没有觉得槟城有任何不安全），大叔给我们的开场白也如是。我客气地道谢，大叔说：“你们有去民俗博物馆吗？我在那里工作，想去看看吗？我可以带你们逛逛。”人妻还在爱心爆棚地为路边的野猫伤怀的时候，我已经一个健步跨上大叔摩托的后座绝尘而去，滚滚烟尘中给人妻一句话：“你在这儿等着，大叔送完我就过来接你。”留下目瞪口呆的人妻。

在这一程中，不能说没有担忧——万一大叔把我拐卖了怎么办？万一

他把人妻拐卖了怎么办？只能相信世上还是好人多了。大叔放下我，又骑着车出门，十几分钟过后，人妻安全到了，我才放下心来。

博物馆大门紧闭，大门上标示的营业时间已过，大叔推开大门，说："来吧，姑娘们！"博物馆里面已经没有游客，里面所有的工作人员争相围着两个中国姑娘，领我们参观，抓我们合照，争相告诉我们，1787年，槟城如何由英国莱特海军上校发现，旧时的槟城人民是用什么工具劳动，产出怎样的粮食和香料；中国人、印度人是如何漂洋过海地来了，民族大融合开始。槟城的历史画卷，在空旷的、难得没游客的博物馆中巨细靡遗地展开，我们得到了国宾般的特殊待遇。我对着人妻挤了挤眼睛，说："享受下难得的东方公主款待吧。"

不光是有关于槟城往事的博物馆，这里还有张弼士先生的老宅——蓝屋。张老先生可是一个了不起的大人物，他1916年去世时，英国及荷兰殖民地政府都为他降了半旗。

张弼士老先生是广东人，1841年出生在广东大埔，后家道中落，独自远赴重洋在印度尼西亚雅加达帮工，一砖一瓦地搭建起自己的商业帝国。有传闻张家家底有8000万两白银，而当时清政府年收入也不过7000万两而已，张家真是富可敌国。他担任过清政府新加坡总领事，第一个在海外开办海外银行，还带着自己创办的至今仍受到大众欢迎的张裕葡萄酒横扫美国旧金山举行的巴拿马国际商品赛会，获奖无数。1912年8月，孙中山先生参观葡萄酿酒公司时，题赠"品重醴泉"四个大字。

我们的蓝色大屋之旅在梁大哥的带领下开始。梁大哥一口漂亮英文，妙趣横生地讲解这栋东南亚保存得最好，也是规模最大的宅邸的前世今生。蓝色大宅建于1897年，花了7年的时间，这座苏周王朝风格的建筑才建成。大宅通体都是漂亮的蓝色，这可不是普通的涂料，而是用青柠汁和Indigo花混合调制而成，这样的染色方法由英国殖民者从印度引进，当时风靡一时，不仅美观，且有实际功用——蓝色适合槟城的热带天气，能吸收湿气并冷却房屋；再者，虽然如果用白色就不用如此大费

蓝屋大门上有孙中山先生的题字

周章，但在中国人的传统中，白色多与死亡有关，因此色彩明艳的蓝色获得槟城人的青睐。

蓝色大屋可谓精致到细节，虽说是中国式建筑，里面又有哥特式百叶窗，无论是什么形状，英国著名瓷都斯托克的彩釉瓷砖总能天衣无缝地拼出完美的正方形，铁器全部由英国著名工厂铸造，窗户则追上了法国新艺术派的潮流。

墙上的招贴画讲述了家族的故事，梁大哥的声情并茂更是为它增光添彩：1898年，张弼士从新加坡乘船去香港，打算搭乘德国轮船。出人意料的是，德国邮轮的头等舱不卖给华人！张弼士先生怒不可遏，也悟出：民族不强大，国民就会处处受欺负！不久，张弼士就创办了“裕昌”和“广福”两个远洋轮船公司，航线和德国公司完全重合。不仅如此，在服务设施保持高水准的同时，票价减半。德国公司顿时没了生

意，损失惨重，只得低声下气求和。张先生此举迫使德国轮船取消了歧视华人的规定。听完这个故事，我们都笑着拍起手来：有担当、爱国的有钱人，任性起来简直不一般！

导览结束过后，我决定要盛赞梁大哥一番，于是和他攀谈起来。“你讲得真好，英文很好听，是天天都会来带导览吗？”我问道。“没有，今天正好休息，就过来看看，和游客交谈，看到他们爱槟城是件很幸福的事情。”“那你平时的工作是什么？”“我是槟城保护委员会的秘书长，我们的工作就是保护槟城，保育传统文化。这栋蓝色大宅就是我们接手后慢慢修复的，才重现了往日的荣光。”我们的旅游运气爆发，再次遇到奇人。

梁大哥的漂亮英文得益于他在澳洲留学的经历。大学毕业之后，他找到一份好工作，顺利地留在澳大利亚，一切都按照设想的一样进展着。“那你怎么回来了呢？”我问。他给了我一个完全没有想到的答案：“因为光大大楼。”光大大楼（Menara Komtar）对于我们旅行者来说，简直就是地标一样的存在。要乘坐通往乔治镇的巴士，也得先找到这栋232米高的65层建筑。这栋现代化建筑怎么就成为梁先生改变人生规划的触发点了呢？

“那时候，亚洲四小龙经济腾飞，槟城政府也有意效仿——把城市改造成现代大都市，他们的目标从修建高楼开始，民居被拆毁，老街被占据。摩天大楼世界各处都有，但这不是槟城该有的样子！我们出生的地方在消失，那些熟悉的路名，叻沙的路边摊，我都不知道下次回国的时候还认不认识这个——我称为故乡的地方。”梁大哥有点激动。“我们不能看着故乡被毁，不光是我，留学或者定居美国的、新西兰的、欧洲的，一大批槟城儿女违背父母意愿，跟随自己的内心，回到故土，我们组成了保护委员会，开始向联合国提案，把槟城老城区整个设为世界文化遗产，因为文化遗产受到法律保护，这样就没有人能对我们的家园动手了。准备材料的过程既漫长又复杂，同时还要扛住政府的压力。

老街绘画艺术

递交上去，失败了，从头再来。最后，我们成功了！现在，政府看到发展旅游业其实也是一条绿色致富道路，世界游客过来，可不是为了看大楼，如果老城区消失，游客也会流失，大拆大建停止了。”这也难怪，光大大楼是这里唯一的高楼，高得如此不合群，如此突兀。“那是槟城的伤疤，你不觉得很odd（奇怪）吗？”梁大哥这样评价光大大楼。

梁大哥和他的“战友”们，对一座城市有信仰，并愿意为之放弃自己的部分人生，将自己的生命和故乡的命脉相连。“你们在做一件非常非常伟大的事情，我可以抱一下你吗？”我抑制不住眼里的泪水。梁大哥害羞地说：“还是握手吧。”我伸出手来，中途又改变了主意，一下子抱住梁大哥。他礼貌地拍拍我：“一起加油！”

第二天，梁大哥带我们参观了PAPA娘惹钉珠鞋店。“娘惹”是指在马来西亚土生的华人，钉珠手艺是富家女待字闺中便要学习的，出嫁那天要送钉珠鞋给老公及公婆，钉珠手艺决定了第一印象分。一片15 mm × 15 mm大小的图案就需要用100颗珠子拼成，那些色彩繁复的小珠子一不小心就会溜走，年长的娘惹艺人却气定神闲，完全不需要版样，对什么颜色放哪里成竹在胸、飞针走线，小珠子在她们手上听话得很。

槟城保护委员会不仅保住了建筑，更落力保育技艺，他们在槟城组织了几条和传统手艺相关的旅游线路，并将娘惹钉珠、木刻、藤编老艺人从深居中请出，付给他们不错的酬劳，请他们在店里展示这些传统手艺，并组织学习班。“虽然大多数游客还是玩票性质，更注重体验感

暴走姐妹花与娘惹钉珠老艺人

受，但是万一真有人经过一次这样的行程，愿意投身老工艺，把手艺传承下去了呢？”梁大哥说。是啊，没有传播，何来传承呢？

我大二的时候，受到沈从文的“蛊惑”，翘课去了湘西凤凰旅行。我住的民宿老板娘梅子是当地戏剧团的角儿。有一天，她突然提出：“晚上要带日本导演去看当地钵锣戏，一起吗？”我愉快地答应了。演戏的、演奏的，清一水的老人家，也许有外国友人来看他们表演，百年难遇，拉的唱的跳的弹的，爷爷奶奶们可是铆足了劲儿。演罢，日本导演激动得声音都颤抖，她说：“你们太美了！你们看起来像是18岁的小姑娘。我希望你们永远演下去。”奶奶们害羞地低头窃笑。旁边的小孩儿尽量地靠近我们，总在我们转头的时候尖叫着散开，我好不容易抓住了一个，问：“你觉得好听吗？”“不好听，听不懂。”娃泥鳅一样从我指缝中尖叫着溜走。梅子看着我说：“年轻人都不学，等这帮老人家走了啊……”她没有说下去。我在广场上大声哭了起来。

在乔治镇，经过一个老式理发店，我端起相机，店员看了，客气地向我摆摆手，他们不想被打搅。时间，对谁都无情，却对槟城偏心，UNESCO（联合国教科文组织）的章，将她封印。从此，什么岁月变迁，斗转星移，沧海桑田，都无法改变她的面貌。时间，能不能对其他地方，其他人，也多一点偏心？

孙中山

在槟城可以找到黄花岗和孙中山?!

位于打铜仔街120号的“裕荣庄”，是著名的同盟会总机关阅书报社的所在地，孙中山在此组织了数次秘密会议，广州起义，就是始于这间屋子召开的“庇能会议”。黄花岗七十二烈士当中，有3位来自槟城。

太复杂了
建议现场
看工艺!

钉珠

可以学习娘惹钉珠工艺及购买钉珠单品的店—PAPA，位于打石街，欢迎对文化有兴趣的小伙伴们前来支持。

槟城还可以找到以潮剧布袋戏为主角的潮艺馆、马来西亚传统蜡染画廊、相机博物馆等有趣有情怀的地方，足见槟城人民对文化保育的决心。

槟城的5路RAPID SHUTTLE公交是免费的旅游穿梭巴士，在不少著名景点附近可以自由上下。住宿方面推荐Jalan Muntri，或者Love Lane爱情巷附近，交通便利，房价便宜，并且住在老房子中，可以感受纯正南洋风味。

啊~骑太快了!
虽然我只是一幅
画，但我感受
到了风!!!

卢克，带着爱

布拉格是不少文青的心头好，虽然不是我目的地排行榜单的第一名，但也要承认，她着实乖巧得让人喜爱。

这里有座14世纪最具艺术性、工艺最高超的大桥，横跨在奔腾的伏尔塔瓦河上，这座曾被称为石头桥的坚固家伙，由捷克皇帝查尔斯四世下令修建，因此又被叫作“查理大桥”。数百年间，查理大桥连通着布拉格老城和皇宫，即便期间数遇洪水，也屡次经过休整闪亮回归，这可能得益于查尔斯四世的“神力”。查尔斯四世是一个笃信玄学的人，他在大桥竣工之前和占星术士折腾了一夜，终于在1357年7月9日的5点31分，郑重其事地放下了石桥的第一块石头，这串“开幕”数字很玄妙地成为一组奇数回文：1—3—5—7—7—9—5—3—1。同时亦有传闻说在黏合石块的灰浆中放入了蛋黄，使之更有黏性，也更加坚固，后来科学家对灰浆进行了化验，证明确有其事。

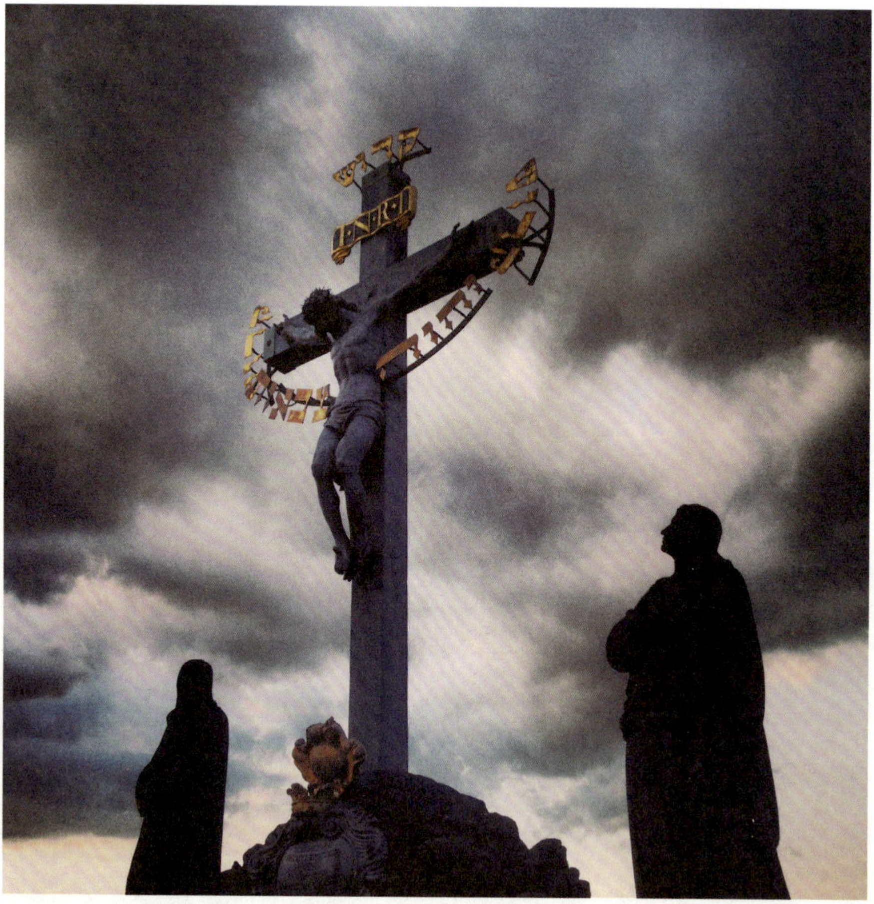

查理大桥上的雕像

如果你去过永恒之城——罗马的圣天使堡，你会发现查理大桥和圣天使桥很像，坚固的石桥成为博物馆的走廊，两边有30座天主教圣徒及保护神的雕像。据说捷克著名作家卡夫卡热爱着查理大桥，把这里作为他的缪斯，常常在此流连，甚至数数石子儿也开怀，他啊，可以把这30尊雕像的故事如数家珍般娓娓道来。其中从桥的右边数过来的第8尊圣约翰雕像，是查理大桥的守护者，传说他就是在大桥上被扔下的，那个地方，如今是一个被游客摸得锃亮的金色十字架。

著名的布拉格天文钟

布拉格广场没有许愿池，这让很多蔡依林和周杰伦的歌迷，特别是听了那首歌才萌生来布拉格的愿望的年轻人有点失望，但比许愿池有趣得多的是布拉格广场的天文钟。这尊建于1410年的自鸣钟，至今对时准确。只要看到钟楼下人潮开始聚集，不用看表，便知整点将至，慢慢踱步到钟下，时辰一到，耶稣的十二门徒依次出现，死神鸣钟，提醒每一秒都是你在生命中最年轻的时间。

我在布拉格的沙发客主人，是一个帅气的小哥，他母亲是一位著名政客，著名到他直截了当告诉我，他的名字和姓都是假的，否则一下便知他是谁；著名到他一人住在一栋200平方米的豪宅里，用两个房间接待世界各地的沙发客；著名到他的房间里面有一张他和拳王阿里的合照，他说，不过是让母亲稍微安排了一下。这位“高干子弟”一早起来给我们做他最拿手的煎饼，晚上和我们彻夜聊天。他说：“瑾，这边有个盲人博物馆，你一定要去看看。”言毕，马上帮我打了电话预约了时间和导游。

一个闷热的下午，我按照地址寻上门。这个盲人博物馆和布拉格广场、天文钟、大皇宫这些著名景点比起来门可罗雀，除了我，竟没有别的客人，在我报了预约姓名过后，工作人员问：“准备好了吗？”“好了……”我回答得有点犹豫，实在不太清楚需要准备什么。“你的参观时间有一个小时。”工作人员把我领进一个门，我刚一进去，她立马将两扇厚重大门一关。

我坠入了完全的黑暗中！我只是需要时间适应，我告诉自己。然而，无论我多么努力地睁大双眼，除了无穷无尽的黑，没有别的颜色。我无助地站在那里，孤独感像潮水一般将我从脚淹没到头。

突然，一个温柔男声传来。在捷克，他的英文说得相当漂亮，像是撕破黑暗的微光：“你好，瑾。我是卢克（Luk），你今天特殊旅程的导游。”“Hi，卢克，你好。”我的声音一定听起来轻松了很多。“他们有告诉你吗？我是全盲的。”听罢，我眼泪立马流了下来，在一个陌

看一次夕阳就知道为什么布拉格是金色之城

生人面前承认自己的缺陷，这是多么难以启齿的事。“我觉得，我们两人当中，你才是那个看得见的。”我答道。卢克爽朗地笑了起来：“好吧，我们开始吧，在接下来的时间里，你将会体验到盲人的日常生活。我离你大概只有三步的距离，你可以走过来吗？我保证这里没有阶梯，没有老鼠和蟑螂，哈哈哈哈。”这个玩笑并没有让我好过多少。我踌躇着，不安全感让我的双腿如灌满了铅一般。“我做不到！”我几乎尖叫起来了！“好，那你可以尝试往你的右边伸手，摸到墙壁了吗？”嗯，

为了客人的安全，墙壁做了很好的设置，软软的。“顺着墙壁往前面走，我就在前面。”我顺着声音方向，双手扶着墙壁，举步维艰地寸寸挪步，“好，我在你旁边了。”我马上伸手紧紧抓住声音源头的手臂。指甲掐进他的肉里！“每一个刚刚失去视觉的人，内心都是恐惧的，也会在很长一段时间里无法行动，你算适应得不错。”卢克的鼓励听起来很轻松，我却初步感受了盲人的生活——怎么那么难！

卢克领着我开始往前走，他拉着我的手，触碰到了软软的坐垫、沙发，又触到了圆形的表盘，然而直到卢克把听筒放在我手里，我才知那是一部老式电话。“我们在哪里？”他很会引导，“家里？”“对了，我们在客厅，你要不要尝试拨一下你的电话？”我开始努力回忆数字在拨盘上的位置，按照我的号码一个一个地顺着数，笨拙地转，然而数了这个，忘了那个，一团乱，“我办不到！我连这么简单的事情都办不到！”我开始沮丧了。“哈哈哈！没事，一开始都会很难，熟悉过后就顺其自然了。盲人也要学会用部分来认知整体，尤其是当那部分很有辨识度的时候。你要不要试试？”卢克把我引到沙发旁边，我用手触摸起来，冰凉的触感，“雕塑？”“对了，是哪一个雕塑？非常有名的，你一定知道。”他继续鼓励。我从来不知道，视觉完好的人手指触觉是如此的不敏感，除了知道是人的雕塑，对于细节，我的指尖完全无法反馈信息。“她没有手。”谢天谢地，多谢提醒。“断臂维纳斯。”“对了，看，你已经相当厉害了！”他的声音很欢愉。“我们出门逛逛吧！”卢克发出邀约。对我来说，在自家客厅已经这么难了，外面的世界可怎么应付啊？

出了家里客厅门，汽笛声声，汽车呼啸而过，带来一阵阵风，我害怕后缩。卢克感受到我的恐惧，说：“你可以挽着我，感受一下要怎么样帮一个盲人带路，每一个步骤都要给清楚的指示，今后你有机会帮助他们的时候，就会有很多经验。”他说的盲人，此刻，是我。看不见红灯，等到来往声音停止了，卢克说：“绿灯了。”他用手臂夹了一

下我的手，这是开始前进的信号，每一个拐弯他都会动作很大地往左或者往右拉一下，示意我方向；上楼梯时，他先语言提醒，等到马上要抬脚之前，把我手臂往上稍微拉拉。“我们过了一座桥，现在来到了森林里面。”果然，听到鸟鸣闻到草香。“这里有猎人的家，想进来看看吗？”“当然！”他把我引到墙边，墙上全是猎物或者动物皮毛，我一个一个地摸，漫无目的地猜，无论对错，卢克都大加鼓励，我还学习用嗅觉来辨别不同的食材。我进步了很多，至少不再惧怕了。

“来吧，漂亮的女士，我们一起去酒吧找点乐子。”卢克把日程安排得丰富极了。我笑道：“你怎么知道我漂亮，你又没看过我。”“我用耳朵看！酒还是咖啡？”“咖啡！”“Wow，来自中国的乖乖女！”浪漫爵士响起，咖啡馥郁，卢克突然说：“想跳舞吗？”在只有我们两人的黑暗酒吧，一边聊天，一边努力不踩到脚地跳起舞来。原来卢克并不是天生失明，在他7岁前他是一个欢乐调皮的男孩，一次事故让他失去了一只眼睛，11岁时，另一只眼睛视力突然恶化，变成了全盲。我一直在想，对于视力来说，到底是已失去，还是未得到更让人难过呢？在他准备对生活自暴自弃的时候，他遇到了一位好老师，他决定好好学习英文，虽然当时不知道路该往哪儿走，但是总好过在家哀叹命运的不公。现在，他专门接待国际游客，带给他们“感同身受”的全盲体验。

“你的头发什么颜色？”“黑色。”“眼睛呢？”“黑色。”“我从来没有见过黑头发黑眼睛的人，我能摸摸你的脸吗？”我突然又难过了起来，对我们稀松平常的事情，对他来说却无异于新世界，在他目尚能视的年代，布拉格应该鲜少东方面孔的，如今，他只能靠想象来感受亚洲人这完全不同的人种。卢克的手很节制地划过我脸上的轮廓。“你长得真的和我见过的女孩子不一样。”他说。

黑暗旅程结束，卢克送我到门口，这是他第一次站在阳光下，也是我第一次看到他的样子，说实话，我有点惊慌，他的眼睛是两个空洞，也许因为看不见时常摔倒，门牙少了几颗，但他仍然礼貌而温柔地对我

黑色眼睛、黑色头发，我是卢克没见过的东方人

说：“我的导览到这里结束了，旁边的展厅还有盲人名人及绘画展览，也有我们在生活中常用的工具，你可以自行参观。”我向他道谢，走进了旁边的展厅。

正在闲逛之时，突然听到一串急促的呼叫，来自卢克，好像鼓足了勇气，马上要做，否则这股好不容易鼓起的勇气就会消失一般：“瑾！瑾！你在哪里？”听到我回答，他笑着，灵巧地晃过桌椅，向我走来，露出缺了几颗门牙的牙齿，在我身边摸索着坐下，说：“我觉得，你还是需要导游讲解的。”他仔细给我介绍了盲人在日常生活中用的漏斗、量杯——都有摸得到的刻度，抓起我的手，告诉我盲人可以在手上写字，不同的区域和按压的力量代表不同字母，他还熟练地操作打字机，打了一段盲文送给我。“你打了什么？”“卢克，带着爱（Luk with Love）。”

卢克让我在他的本子上给他留一句话，我写下了顾城的诗句：“黑夜给了我黑色的眼睛，我却用它寻找光明。”我认为，这不仅能意为从混沌中寻找秩序，也是送给盲人最好的句子。当我翻译给他听时，他的

表情简直可以用动容来形容。他摩挲着我的笔记，好像下了很大的决心，快速地问出口：“瑾，你有男朋友吗？”我一定是个异常拙劣的撒谎者，支支吾吾编就了一个男朋友在美国上班的故事，假到我自己都不信。听罢，卢克好像自尊心受到了极大的伤害，他突然站起，凳子在他身后轰然倒地，他几乎连道别的礼貌都不想遵守，摸索着，在被游客弄乱的桌椅中跌跌撞撞，艰难前进。“需要我扶你进去吗？需要我帮助你吗？”任凭我在他身后怎么喊，他异常坚定地走开，头也没回，只留下了桌上那个盲文打出来的纸条，旁边还有他歪歪扭扭的签名——Luk。直至今日，回想起我拙劣的谎言，我仍然无法原谅自己，我当时到底在害怕什么呢？

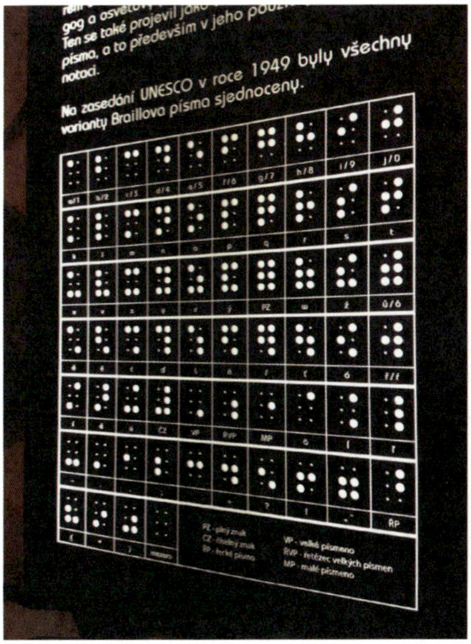

盲人的“字母表”

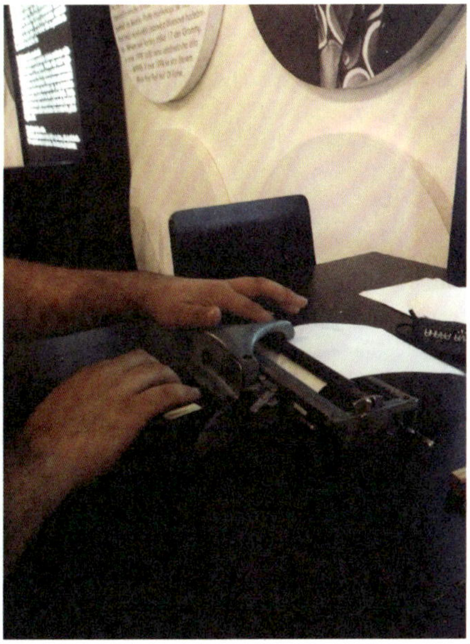

卢克正在使用盲人打字机

布拉格有免费导游，
早上会在天文钟附近集合，
然后带着大家游览，
他们会举着伞作为标志。

最后按照喜好
给导游一些小费就行。

Tips

建议英文好的花粉可以选择这种地道的旅行方式。

GAFAS DE SOL
SUN GLASSES

第二章 路上奇妙的体验

前进，向沙漠更深处

花粉多奇人。Swing从亚洲走到非洲，回国后送了我和人妻各一张埃及纸莎草画作为手信，我如获至宝，立马裱进相框，摆在客厅最显眼的位置。那不经修饰的毛边如同拿破仑对士兵们的怒吼：颤抖吧！4000年的历史正在和你对视！

埃及，怕是从小心口的一颗朱砂痣。小学的时候，每个班都有图书角。某日，一个特别好心特别善良特别应该有好报的同学，在图书角放进了一套《尼罗河女儿》，从此，我知道了上埃及、下埃及，知道了法老王，知道了穿越（因为这本漫画讲的是一个学考古的白人女孩儿溺在尼罗河，穿越到古埃及，被帝王热爱的故事），知道了如何在上课时候躲避老师的搜索偷偷在课桌下面翻漫画，知道了即便藏得再好也逃不过粉笔的完美抛物线。从此，看的纪录片，多是讲述金字塔未解之谜，埃及是一个人生目标。如今，我终于可以顶着我的粗眼线，自如地走在北非异域风情的集市，闻闻香料，如同回到故乡。法老陵墓壁画上那些

拉美西斯二世的宠妃奈菲尔塔利，死后小鸟依人地靠在他脚边

同样有着粗眼线的埃及女人，看起来有那么一点点的像我。

中国和埃及两大文明古国，他们聊着过去几千年的沧桑巨变，看着后辈成长，也用经过岁月洗礼的眼睛，翘首以待未来。清晨，我从开罗乘上埃及航空内陆段开往卢克索的飞机，目睹了日出盛况，只见太阳神阿蒙周而复始地从地平线上爬起，尼罗河在天上映射出另外一条河，他坐着华丽的船，缓缓驶过，消失在地平线的那一头，经过气温骤降的黑夜，第二天准时冒头，从不让信仰他的埃及人民失望。从生到死再到重生，日复一日地给予埃及人复活的信念，以至于他们认为，只要保留好肉身，灵魂便能寻到归路。于是，木乃伊应运而生了。其实“木乃伊”这三个字，不宗教、不浪漫、不圣洁，它源于希腊语中的“沥青”，因为成型的木乃伊总是呈现出沥青的色泽。

从开罗到卢克索，我得以从空中俯瞰尼罗河。埃及，是尼罗河的慷慨馈赠，在这个一年只有三到四次，每次不到五分钟降水的国度，尼罗河竟能高驰不顾地从南往北，润泽上、下埃及，流进地中海。几大支流的入海口，形成中通外直，不蔓不枝的莲花般的圣洁形状。这窄窄的一条玉带，为无垠沙漠，神迹一般地带来两岸绿洲，为寂寞黄土增添生命

《尼罗河上的惨案》拍摄地，卢克索卡纳克神庙

色彩。就这样，千万年地从南往北，沉默不语，成为埃及的宝贵命脉和不朽脊梁，协助埃及创造了人类史上最让人瞠目结舌的无限荣光。

在埃及卢克索，我入住之后，洗澡驱赶早班机的疲乏，然后在阳台上正对尼罗河晒头发，阳光尚有午后的余温，阿蒙神正缓缓结束一天的旅程。我是凡人，站在东岸，神住西岸，经过短暂的绿洲，便是一望无际的黄色沙土，那座山包过后，就是帝王和王后归宿之地——著名的帝王谷和王后谷。生和死、人和神之间，只隔着尼罗河。

左边的推拉门有了动静，邻居走到阳台，我们点了点头，算是打了招呼。双方的目光焦点，是落日，这个当仁不让的主角。“这样绚烂的落日，每天都能看到，每天！你说，是不是美好得太过分？”隔着阳台，邻居开始说话了。“如此静谧，时间好像停在古代。千百年来，大家都这样在同一个时间，同一个地点望着落日。”彼时，一艘古式三角帆船在我们前面划过，在夕阳下，是镀着金边的黑色影子。

“派克，德国。”“瑾，中国。”我们仍然整齐划一地注视着同一个方向交谈，目光却没有交集，但这样的不礼貌在这样的良辰美景下却显得特别应当。“我准备明年在卢克索开个摄影展，今天和政府人见面，他们会帮我找场地。”他说。我说：“摄影是个很好的爱好。”“是让你很穷的爱好。”“我们中国人说，单反穷三代。”他哈哈笑起来了。“那边，”他指着不远的远方，“就是国王和王后公主们安眠的地方，就在夕阳背景的前面。”我点了点头：“颜色太让人震撼了，天空，是众神的调色盘。”我感慨起来也还蛮琼瑶的。他隔着阳台，递给我他的名片，给我一页一页地看了他的摄影集，发现我们在同一个十月的同一天晚上，都在柏林勃兰登堡门下看灯光表演，他在拍照，我也许就站在旁边。

然后我们聊到了之后的行程，我是要进撒哈拉沙漠的，而他呢，要去另外一个非洲小国看女儿，“她啊，在那里当英文老师，刚去两个月，已学会当地语言。据说明年又要去另一个国家支教。”言语中，尽是父亲的自豪。

我们的一切交会，都隔着阳台，他不准备过来，我也没有想着过去，也不打算在酒店大堂聚首喝一杯。太阳完全下山，尼罗河上阳光洒下的碎银消失，只剩下天空层层叠叠的颜色，提醒着数分钟前的震撼光景。

我和派克礼貌作别，快步跑到酒店的游泳池旁，离尼罗河如此近。突然，像约定好、调定闹钟一样，两岸响起肃穆的声音，穆斯林的晚祷告开始了。

人岸和神岸，在此刻，步调如此统一。

埃及还有一个名字让人心心念念，那便是“撒哈拉”。这个世界上最大的沙漠，面积竟然超过美国本土，也从西边深入埃及，占领大片领土。中国人和撒哈拉情深，缘起于三毛。这个浪漫主义的女人，

尼罗河落日壮美

用她的妙笔，在干涸的沙漠中生出娇艳的花来。狂风肆虐，漫漫黄沙，这个被科学家定义成为世界上最不适合生物生存的地方，变成滋生爱情的土壤。

2017年5月，坐在德国慕尼黑一个啤酒花园，慕尼黑旅游局官方导游Judy和我说到下一站希望去加纳利群岛看看。“三毛？”这两个字从我唇间蹦出，“去吧，那边保持得很好，和三毛书里写的一样，没怎么变。”她立马抬起袖子，给我看她手臂上因为激动而竖起的汗毛。她说：“三毛伴随着我们成长，像是挚友，理应去看看。”这位1964年出生的台湾女生——是的，我必须称她为女生，留着童花头，穿着牛仔裤和T-shirt的她，瘦瘦小小，举手投足间还有少女味——定居德国20余年，“三毛为我们打开了一个大世界，我想如果不是她，我是不会有勇

气为爱走天涯，来德国定居的。”末了，她提起在撒哈拉的时候，三毛“悬壶济世”，邻居牙齿磕掉，这个鬼马的女人居然用指甲油把牙补好了。说得那么精彩逼真，手舞足蹈，就像在分享闺蜜昨天发生的趣事一样。

然而真正来到埃及的撒哈拉，可不能靠三毛。在这里，要跟着“贝都因人”。埃及的贝都因人分成两个支系，一支从西边利比亚迁徙而来，另一支人数较少的来自沙特阿拉伯国家，驻守东沙漠。贝都因人跟着绿洲迁徙，这些绿洲远离尼罗河，是因为地下水形成。这个地下水辈分真是老，几千年前的雨水，渗入沙土岩石，流向低处，形成绿洲，挖开地表几米，便可寻得珍贵水源。

对古贝都因人来说，骆驼是财富的象征，他们的生产和生活，都离不开这个庞然大物。骆驼一身都是宝：驼乳可解渴，驼肉可以充饥，驼皮可以做衣服，驼毛可以做帐篷，驼粪可以做燃料。他们甚至相信，如果身体有不适，喝骆驼尿便能治愈。贝都因人虽常年迁徙，却非常重视教育，他们的清真寺有两个功能：一是做礼拜堂；二是做学校。清真寺中的阿訇负责教部落读书认字。相比教育上的开明，贝都因人的婚姻还是相当传统的，女生多数裹着面纱，一到年纪，母亲便开始张罗婚事，新婚的小两口要在婚后才能看到彼此的容貌。

我们的贝都因朋友

贝都因人的绿洲点缀在沙漠中。绵延几个小时的黄沙过后，终于看到了树，看到了集市和商店，但所谓的集市，也不过比沙漠多了一点人气而已。司机把

我们引入家中，主客一起盘腿而坐，大餐来了！烤鸡正是火候，不用客气，直接上手，鸡汤煮得浓郁得很，用阿拉伯大饼沾着当地特有的酱料，口感相当不错！席间还要空出手驱赶企图分一杯羹的苍蝇，只见贝都因人的孩子已经练就了苍蝇在脸上安营扎寨都不为所动的淡定与优雅，让人赞叹不已。

进入沙漠，你立马会知道贝都因人的作用！广袤的撒哈拉没有参照物，没了东南西北，他们用白色的石块圈出一条路，总算是有迹可循。可是我们调皮的司机老是“出轨”，直插进浩渺沙漠，可是总会在某个上坡过后，又回到主路上去，我们就开心地欢呼一番，乐此不疲。说不清楚为什么，沙漠就不欺负他们。

突然，车停稳了。在我们面前，一整座山头上，全是半透明的晶

水晶山

体！这些晶体一簇一簇，在夕阳的映照下发出金光，实在是大自然奇特的造化。原来数万年前，一颗火烫的陨石撞击了这座山头，高温及高压导致沙石瞬间变成晶体，看起来就像一座冰糖山。贝都因人如保护神一样站在旁边，如果有人往包里偷塞“水晶”，会立即被喝止。也对，如果到此一游的世界游客都带一块回家，那水晶山将很快不复存了。

再往前走，是白沙漠，如果说诺兰要再次拍摄外星题材，或者大刘的《三体》要拍摄环境严苛的“三体世界”的话，来此取景绝对没错。沙漠中白色怪石异军突起，形象各异，极具戏剧张力，你大可以开放你的想象力，为他们取个让人听了立即心领神会的名字。在薄薄的黄沙下，是白色的岩石，看起来像覆盖在撒哈拉的初雪，又或者是某个粗心的厨师失手将盐倒在黄沙里，用脚碰碰，才发现是坚硬的岩石。这里曾经是地中海海底，因为地壳变动，海水退去，海底世界呈现，撒哈拉的沙贴心地为她蒙上了薄薄一层遮羞布。太阳落下，天气渐凉，风凛冽起来，看我裹紧了外套，我们的贝都因兄弟拿出小玻璃杯，倒上一半砂糖，再用热茶加满，递到我手上。因为怕甜，我很是推却了一番，他很坚持，一直重复“你会病”，我硬着头皮喝下，从喉咙到身体，立马暖和起来了！

沙漠的夜晚，冷得惊人，贝都因兄弟消失一阵，归来时变出一捆木柴，燃起大火，驱赶寒冷。架上铁架，鸡腿开烧！车灯也加入了照明的行列，我们这个宇宙大客厅的顶灯，就是高悬的孤月一轮。本以为今夜就要围炉夜话而过，没想到贝都因人迅速地用几块布，几根竹竿搭起了我们在撒哈拉的餐厅，铺上厚厚的手工地毯，摆上矮矮长桌，不仅挡了风，坐在其中，真有君王的感觉。突然想到，贝都因人很爱诗歌，部落如果拥有一个诗人，是最了不得的事情。果然无论自然环境多么的恶劣，生活也要有诗意。

晚饭过后，贝都因人终于可以歇歇了，我们一起抽起了苹果味的

白色沙漠最著名的“小鸡炖蘑菇”

阿拉伯水烟，他们把番薯放在火堆里，头顶是撒哈拉的冬季星空，夜深了，火堆熄灭，红薯熟了……

钻进单人帐篷，晚安撒哈拉。

第二天早上6点，起来拉开帐篷的拉链，贝都因兄弟已经对着圣城麦加的方向开始了一天的第一次朝拜。帐篷外，有无数小动物的脚印，听贝都因人说，昨晚狐狸来过。

夜宿撒哈拉，一定不能错过撒哈拉的日出。我们的前面是绿洲的边缘，太阳还没露脸，一层薄雾由远及近，如潮水一般，浸过清晨的灌木，又不没顶，只有树的一半高，齐腰为她们穿了透明纱裙。

有了这样独特的前景，代表着重生的太阳从不爽约，照常升起。

中国国内的银行无法换埃镑，
建议大家换好美元，
抵达埃及之后选一家
汇率合适的兑换店换钱!
同样，你也可以在有银联标志的
ATM上用银行卡直接取现。

攻略中说得没错，
埃及人真的很爱清凉油，
出发前可以买几个带在身边。
但是记住，只给帮助过你的人，
或者你觉得善良的人，
对于那些路过看到中国人就伸手索要的人，
直接掉头走掉就好，
你对他并不亏欠。

购物时请仔细清点
找回来的钱币，
确认无误后再离开。
进入一些场所或者使用某些
设施时请再三确认价钱，
以免被骗。

遇到摊贩兜售
如果完全不想购买，
请直接拒绝，
不用好面子的说“一会回来买”
“再看看”之类的话。
否则，摊贩会一直粘着你!
金字塔等著名景点旁边
售卖的纪念品多数质量不高，
请谨慎购买!

北京、广州和上海
都有埃及航空
直飞开罗的航班噢!
方便极了!

你看今夜月光那么美

我颓然坐在德国汉堡排练场的墙根。阿加西看到，径直走过来，绅士地欠腰向我伸出手：“女王赏脸和我一起散个步吗？”阿加西是我们剧组的副导演，矮矮胖胖，除了协助排练，还会照顾大家的生活，是个很好的人。我把手伸向他，接受了邀请。

所谓的散步，也不过是绕着排练场外围大概地走走。我抒发了不满之情，我自从被任命做了女主角——一个孤傲专横的皇后之后，就被定了型，只能仰着鼻子扮清高，看着一起的小伙伴们可以不断地尝试，找到自己擅长又符合整个剧情发展的人物性格，还可以即兴发挥，让人好生羡慕。

你知道吗？和我玩得最好的豆子，扮演一个内急到不行永远在找洗手间的人，每每出现，都会引起观众狂笑，那个戏剧张力，让人羡慕极了。

“我觉得角色限制了我的发挥。”我还在生气。阿加西说话了：“我的皇后啊，一个好演员，就是要拥有把无聊变成有趣的能力，任何

一个微小动作，带上情绪就会不一样，你知道吗？之前在汉堡有个表演，我做的所有表演就是在舞台上拉衣服拉链，两个小时。”

好演员？两周之前，我连演员都不是。

2013年的夏天，是南法（法国南部）最美好的日子。蔚蓝海岸上的马赛是那一年的欧洲文化首都。马赛，因为背山面海，无急流险滩，在公元前600年由希腊的福西亚人建立伊始，便是繁忙的贸易港。在法国大革命时期，马赛也没有偏安一隅，1792年，马赛派出500名志愿军一路高歌挺进巴黎，这首歌后来成为法国国歌，国歌不叫《法兰西之歌》，也和巴黎无关，而叫《马赛曲》，让这座城市的名字响彻各大国际场合。

这座法国最古老的城市，和“民国第一渣男”徐志摩还有点关系。当年徐志摩来欧洲留学，发妻张幼仪为爱走天涯，千里寻夫君，就是从马赛港入欧。勉强来接远道而来的发妻的徐志摩连久别重逢的戏码都不肯演，黑色大衣白围巾，脸上写满不情愿，在一群踮脚翘首以盼的接船群众中，如同一座顽固不化的冰川。看了张幼仪的照片，找不到一点徐志摩口中的“土包子”的模样，看了她的文字，更感觉这是一个心思细腻懂事的女人，然而我觉得，她输就输在了“懂事”二字，爱情的百转千回，抓心挠肺，要的是“搞事情”，要的是棋逢对手，最不缺的就是你的“懂事”。

没了负心汉徐志摩的马赛老港，是恋人热爱的浪漫模样：清晨的鱼市场，渔民们兜售刚刚打捞上来的鱼虾；老港里停满了游艇，旁边一溜儿装修别致的餐厅、酒吧、冰淇淋店，love birds（情侣）在这里耳鬓厮磨，连腥咸无趣的马赛鱼汤都能吃出万千风味。我突然觉得此时此刻身边没有爱人实在太可惜，略微嫌弃地转过去给我在电视台时的搭档、生活中的好朋友豆子说了句：“怎么又是你！”他对我突如其来的“嫌弃”完全不在意，回了句：“幸好还有你。”是呵，单身的我们虽然无

缘和爱人徜徉南法的海边，但在这珍贵的美丽时刻，至少还有朋友与你分享。数年过后，身边的爱人也许换了模样，而朋友还是老面孔，坐着聊聊那些年我们一起看过的世界，一起挥霍过的青春时光，这何尝不是一种幸福呢？

这座城市在这一年的5月要举办一个盛大的艺术节，将她的港口文化传播给世人，于是，邀请了旧时，甚至直至现在同为重要港口的德国汉堡、中国广州的艺术家，来一次“行为艺术表演”，我和豆子占了六位中国艺术家的两大席位。

三国艺术家互不认识，要在短时间内迅速熟络，启动创造动能，并将一个完整的作品全方位展现，说实话，绝非易事。何况艺术创作灵感这档事儿，就像交通不太有序的城市公车，要不就左等右等都不来，要不就一下来好几辆，太难拿捏，只有试，不断地试，在碰撞中找惊喜。

在三国艺术家中，德国的六位全是著名戏剧学校毕业，在本国的剧场甚至好莱坞都有过作品，其中几个女生在德国年轻演员图鉴中还名列前茅。而我和豆子，如若硬要往“艺术家”的大树上靠，也只勉强算是语言艺术家，对于表演，算是十窍通了九窍，我们两个“滥竽”要和德国“金城武”、德国“章子怡”一起飙戏。

抵达马赛的第二天，完全没有调时差一说，中、法、德三国艺术家进行了简单自我介绍后，排练开始了！“滥竽”组合慌神了！好歹经过几次艺术节的我像过来人一样地小声告诉豆子，把一件无聊的事情重复做，让它变得有意义，就是艺术。这就是我对艺术救急的肤浅理解。

导演汤姆是汉堡一个著名剧场的总负责人，长着一张严峻脸，给出题目，要求我们迅速反应，即兴发挥，他则观察，挑选他觉得合适的片段，用在作品中。第一天有一个题目是——弄点声音出来（make some sounds），十五六个小伙伴堆在一起，叽叽喳喳发出各式声响，我突然如有神助地说了句：“你今日饮咗未啊？”（粤语：你今天喝

中、法、德三国艺术家合照（前排中间为张火兔）

了吗？）如此重复了几次，有意思的是，在一片没有意义的声场中，这句的加入显得特别有节奏感和音韵美。汤姆叫停了大家，问："这句是什么意思？"在得知是粤语区从小听来的一个饮品广告后，他觉得有趣极了。那是我第一次被汤姆注意到。我也意识到，我必须动脑子，和别人不一样。

排练题目实在太有趣，比如，用身体语言演一种颜色，用任何一种你完全不懂的语言说一个故事，还要让大家懂。用自己的语言说一个笑话，还要让大家笑。表演一个最能代表你性格的小片段，等等。虽说没有学过表演，但是习惯被注视的"滥竽"二人组马上进入了角色，小聪明让我们每次的表现都相当出彩，最后也顺理成章地被委以重任，在最后的戏剧成品中担任了重要角色。

每年的5月9日，是庆祝欧洲和平统一的纪念日，我们的首秀，就在这天第一次面世！欧洲日，全欧洲一片欢愉，马赛庆祝场地人头攒动，来自各国的艺术家各施其才，诗歌朗诵、吹拉弹唱无所不能。我们"三国联军"卖力表演，疯狂演出完毕后，无数观众上前和我们交流，

三国艺术家在涂鸦

音乐家经过

法国小娃娃们艰难地用英文表达他们对演出的喜爱，还让我们在手上签名。在他们纤细的胳膊上，我毫不犹豫地写上我的中文名字，写上了中国！这也许是他们离那个遥远神秘的东方国度最近的一次吧，而作为一个中国人，能参与几千公里外的欧盟庆典，这又是多么稀缺而珍贵的经历啊！

然而，精彩的部分还没有开始。浪漫的法国人，凭空在地中海旁广阔的漫漫黄沙上，用港口最常见的集装箱，建起了一座城池——法国马赛17区。“开城”仪式开始了，乐队在卡车上演奏着接下来的两周都会听到的主题音乐，一个特别女王范儿的吉卜赛奶奶在车上唱着歌。南美的艺术家穿着古装，推着装满古钟的推车，兜兜转转，眼神迷茫而焦灼。来到17区门口，他们和失散的亲人爱人久别重逢，数十米开外就

娃娃也爱艺术

狂奔，跳起，激烈地拥抱，仿佛要把对方掐入自己的身体，不分你我。他们为发现这片未知土地激动落泪——他们要留下来，开始新的人生。这种混沌中寻找秩序，失去后最终得到，流浪后心甘情愿的安定，相信能击中很多人的内心。艺术就是这样神奇，和语言人种完全无关，只需要几个动作，几个表情，我和豆子早已热泪盈眶，互相说着，我们何德何能可以参加到如此盛事呢？

代表生命时光的钟被起重机准确地放在两个竖着的集装箱上，形成了一个完整的大门，这是17区的家门，也象征着艺术节的开幕，流离失所的吉卜赛人找到“乌托邦”。我们一起手牵手，形成了几层浪潮，一步一步地，神圣而感恩地进入未知应许之地，杂耍艺人为每个集装箱来了一段独特的“开光”，这里有图腾般用集装箱垒起来的机器人，有理发店、裁缝店、电台、酒馆、邮局、书店。所有的店都是真的，普通又不平凡，你可以淘到珍贵的复古书，给远方的爱人寄去一份挂念，用一个特殊的邮戳。这里有原始的激情、希望和自由，爱与性……

每天，在这里都有主题即兴表演，简单的主题词汇，比如——爱情、沙滩、难民，给了艺术家们广阔的想象空间，你可以看到和自己影子谈恋爱的人，帮各国情侣写中文情书的人。清晨，我们带领各国艺术家面对着蔚蓝大海冥想及打太极，推手之间，环抱的是地中海的风。

夜晚的17区

闭幕式当天，所有艺术家都收到了一个主题词汇——死亡！在17区的中央，摆上了遥遥相望的两个木台，如同西部片中可以看到的场景，艺术家甚至观众纷纷站上去，长时间对峙，一直到实在站不下去，再换上别人。晚上7点，太阳还不舍得落下，突然，正在对峙的两个人之间，有人拔枪射击，另一人应声倒下。

这个枪声是我们表演开始的信号，所有的艺术家不管身在何处，集体开始了对“死亡”的诠释，有人开始呼天抢地、惊慌地在人群中奔走，绝望地呼喊：“有人死了，是你的亲人或者朋友吗？”吉卜赛人搜索17区内所有的时钟，堆在沙滩中间。巧手的豆子用卫生纸还有不知哪里找来的棍子，给我辫子上绑上白绸，做了灵幡。

沙滩中间的时钟起火燃烧，所有人慢慢聚拢，围着火堆慢慢地转圈，异常肃穆，不少人嘤嘤哭泣起来。最后的火光燃尽，艺术节主题音乐用悲伤的调调再次响起，艺术家们手牵手，形成了几层浪潮，一步一步地，面对着17区，倒退着，这片熟悉的应许之地离我们越来越远。地中海在前方召唤，变成每日夕阳最天然的画板；日光，在恋人中间；远方是光明与指引的灯塔，再见了，我们的乌托邦——17区。

艺术家们手牵手地离开17区

以这个艺术契机作为起点，我和豆子在欧洲各自流浪了整整三个月，思念了，便找座城市，把臂同游两三天，再挥手告别。在这三个月的末尾，我们回归原点，在马赛聚首。多年之后，仍然记得那个夏日的某个夜晚，即将回归亲爱的东8区之前，我和豆子在依云水瓶中灌满了白葡萄酒，躺在蔚蓝海岸边。夜幕慢慢垂下，我们互相给对方朗诵余秋雨《行者无疆》中的文章，挑选我们去过的地方，读着读着，种种画面浮上心头，屡屡热泪盈眶，声音嗫嚅，读不下去，掩卷长叹一声，小酌一口，方能再次启动。

南法的石滩，躺起来并不舒服，但是在那个夜晚，我说：“你看今夜月光这么美。”他说：“是的。”

尼斯

据点

玩遍蔚蓝海岸，
可以把尼斯作为据点。
从尼斯，可以花费个一两欧，
轻松乘坐巴士前往
摩纳、摩纳哥、埃兹、
圣保罗德旺斯等地，
沿途欣赏蔚蓝海岸沿线美景，
也是大大享受！

出发前最好用手机拍下
列车往返发车时间，
安排好折返时间，
否则遇到班次不多的节假日，
错过一趟就要等很久咯！

有厚度的海绵垫
贪恋阳光与沙滩的花粉们请注意，
蔚蓝海岸很少有沙滩，多数是石滩，
当地人都会带上有厚度的海绵垫去海边躺，
否则舒适度会大打折扣！
潜水袜
要下海的朋友也最好提前
预备潜水袜或者潜水靴，
刮伤脚就不好了。
如果在国内没有准备，
这里街边小店有售，
脚小的女生直接买儿童款，
价钱是成年款式的一半！相当划算！
潜水靴

普罗旺斯的7月

老天未免也太不公平了吧！

我在法国普罗旺斯晃了两周，这句话时不时就会随着惊叹，再咬牙切齿地从舌尖牙缝中蹦出。这里啊，真是美得不像话！她像极了上帝眼中的苹果，掌中眩光的明珠，他偏心地给了她蔚蓝海岸的浪，阿尔卑斯山的雪，薰衣草田的紫，向日葵里的凡·高，后印象的塞尚。更用她的绝世风华，吸引毕加索画下他的印象，尼采也从阴冷的德国故乡出走，在坐拥山头，俯视大海的埃兹（Eze）小镇如玉的石板路上低头徘徊，眼观三角梅点缀的春光，耳听地中海拍岸，完成了《查拉图特拉如是说》。

这颠覆了我和人妻“论天气及周边环境和哲学家的联系”的结论。某年深秋，在德国大学城卡塞尔，植物正在由绿变成橙黄深红，树叶飘零，空气清冷，我们踩在落叶铺就的大道上，听着脚下沙沙作响，我说：“德国真的是一个可以让人少说话多思考的地方，难怪有这么多哲

学家。”

在大众的观感中，德国以北，越北的人越冷漠，越严肃。反之，南欧的西班牙、意大利、葡萄牙人就热闹得简直可以称为吵闹了！德国的冬天严寒、百木萧瑟，不待在家中火炉边思考人生，好像确实也没什么好干。

就像天气好了，大家都忙着跑出门踏春一样，在大自然馈赠特别慷慨的地方，多出感情浓烈，礼赞生命及色彩的艺术家、浪漫主义诗人，而哲学家确实少见。

但是，在普罗旺斯的尼采是一个例外，他既坐拥了盛世美景，又能不乱心智，心无旁骛地和内心对话。

普罗旺斯不是一座城市，而是北至阿尔卑斯山脉，南遇蔚蓝海岸

蔚蓝海岸边的教堂

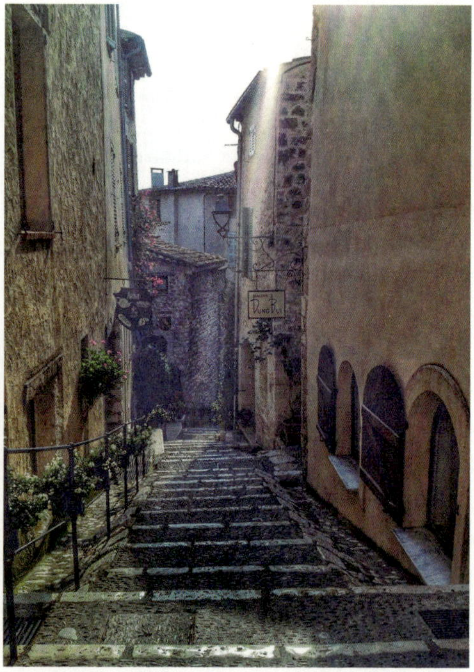

南法小镇的街道别有风情

的大片地区。靠谱一点说，全称是普罗旺斯—阿尔卑斯—蔚蓝海岸。我把尼斯作为据点，每天花个一两欧元，沿着海岸，把美妙的小城玩了个遍。

这条线上不乏名城，电影城戛纳、凡·高小镇阿尔勒、戏剧小镇阿维尼翁。法国深谙用文化产业带动城市国际声誉之道。戛纳的电影宫，摆在世界上任何一座城市，都不算宏伟壮观，然而每一年的5月，从好莱坞到宝莱坞，全世界的电影工作者、大荧幕上的璀璨明星、怀揣着电影梦期待被星探发现的少男少女，世界的目光，都会聚集于此。那几天，戛纳的街头，秀色可餐，本身就已是电影片场。

每到7月，整个蔚蓝海岸生机盎然，5月电影大事件过后沉寂的戛纳又活了过来。每周的某个夜晚，都会从世界各地空降著名DJ，在难能可贵的沙滩上（蔚蓝海岸很多地方都只有石滩）开一场万人电音派对。

我和小伙伴们租了车，从尼斯开往戛纳。年轻人的派对，出发时业已开始，逼仄的电动车一点都没有影响舒适度，反而让大家肩肘相连地迅速热络起来，电台里面，舞曲预热。美国来的艾米丽（Emily）拿出一瓶橙汁，喝一口，果汁中夹杂着烈酒，让毫无心理准备的我险些呛到。艾米丽看到我的窘态放声大笑，她说："这是个派对！一定要醉！你知道吗？果汁中加烈酒，这在美国叫'diver screw'（一种果汁混合烈酒的饮品，后劲很足），逢喝必倒！"

到了戛纳电音派对现场，不能带任何饮料入场的规定让我们不得不协助艾米丽提前结束"diver screw"的历史使命。晚上7点，派对正式开始，上万人聚集在海滩上，举起双手，扭动身体，纵情尖叫，肆意挥发荷尔蒙。4欧元一杯的酒精，为激情的夜晚火上浇油。

参加派对，行头太重要了，四处可见奇装异服。同行的意大利朋友穿了一件音控LED T恤，随着音浪闪烁，几乎有旁人立马掏钱抢衣，几乎要当场把衣服扒下来。而除了舞台上，亦有牛人另辟"战场"，在观

众席中旋转跳跃，舞艺不输专业舞者，立马围观者甚众。

而我呢？在涌动的人海中挤出来，脱掉裙子，跳进了大海，在地中海中夜泳起来。安静的海，波光上有月光的碎银，也有舞台的灯红酒绿。我仰头漂在海上，耳中的音浪好像蒙了一层牛皮纸，不真切起来。我想，没有这些个活动加持，戛纳一定会失色很多吧。像巴黎这样的大城市，已经太得宠，多一场少一场演出，办或不办颁奖典礼，她都骄傲地站立着，埃菲尔铁塔仍然会在万众仰视中，晚晚亮灯勃起，而对一个海边小城，这些大事件让文化软实力增强，将她的名字，跨过地中海，吹向了世界。

同样也是7月，戏剧节正在阿维尼翁进行得如火如荼，如同盛开的拉万达花。如果说除了电影节，戛纳本身的优势就是在石滩遍布的蔚蓝海岸，总算是有一片难能可贵的沙滩，阿维尼翁本身就是个有历史底蕴有故事的可爱小城。

戛纳成名很晚，19世纪，去意大利度假的英国勋爵布鲁厄姆被霍乱阻挡了前进脚步，无意中发现了这个小渔村，勋爵醉心于这里的自然环境，修建宅邸，戛纳——走进了世界视野。

而阿维尼翁就不一样，躺在雷纳河左岸，在古语中意为“河边之城”或者“疾风之城”。13世纪末，罗马政教各派别之间的激烈斗争直接威胁到教皇的安全。在法王腓力四世的支持和安排下，1309年，教皇克雷芒五世决定从罗马迁居到阿维尼翁。一直到1377年，这里经历了7任教皇，成为教徒们前来朝圣的教都。

阿维尼翁的名字，不光在宗教界受到万人膜拜，在艺术界也象征着伟大的时代到来。1907年，毕加索的新作《阿维尼翁的少女》问世，女人的身体不再圆润，线条柔和，而是有棱有角，几乎是由几何图形和色块构成。这幅画绝非视觉感官的忠实临摹，而是从内涵入手的重新解构，甫一出头便受到千夫所指，艺术评论界都认为毕加索简直是疯了，

说小一点，这无异于对艺术生命的自杀行为，往大了说简直是对文艺复兴以来的绘画金科玉律的背离！这个黑眼睛的西班牙人无疑是绘画界的革命者，这幅画作，标志了法国立体主义新局面的到来。

这里也是薰衣草的种植地，临街的店铺中，满是薰衣草相关制品，

精油、香皂，整座城池都浸润在紫色小花的香氛当中。我和当地人聊天：“现在还有薰衣草田看吗？”“已经没有了，都已经收割了。”“花开败了吗？”“没有，正在最好的时候呢！”“啊！那你们为什么要收割？多少人是冲着薰衣草田来的啊！”当地人笑了：“薰衣草长得

蔚蓝海岸美景

好看只是附加值而已，她们成长，并不是为了成为美好照片的背景，在她们最好的时候收割，做出来的东西才上乘呢！”即便阿维尼翁已经是热门旅游地，当地人仍然没有被利益遮眼，他们的轨迹并不会因为游客的喜爱而有任何的改变。这一点，让我对这座古城肃然起敬！

阿维尼翁也有很多建筑上的奇迹，14世纪修建的城墙仍然傲然挺立，将整座古城抱入怀中。传说中，牧羊人少年受到神谕，独自搬动巨石而奠基的贝内泽桥，曾经长度为900米，拥有20个桥拱，堪称欧洲建筑奇迹，现在被岁月折磨到只剩4个拱孔，却仍是游人前来膜拜的景点，更不用说占地1.5万平方米的哥特式建筑——教皇宫。

然而，所有的这些，在7月，都会心甘情愿地退后一步，低眉顺眼地成为戏剧节的宏大布景。

阿维尼翁戏剧节由法国导演让·维拉尔（Jean Vilar）在1947年创办。当时他受邀在教皇宫的院子里表演他大获成功的戏剧——托马斯·斯特尔那斯·艾略特（T.S Eliot）的《教堂谋杀案》，对于这个难能可贵的机会，维拉尔居然任性地拒绝了，原因是“教皇宫对他的戏剧实在太空太大太没型没款了”。但同时，他推荐了三个名不见经传的戏。同年9月，场景搭建起来，这些“遗珠”终于掸开灰尘，走进大家的视野。

现在的阿维尼翁戏剧节，年年有大腕领头，年轻艺术家百花齐放，各种语言，或者只有音乐语言，身体语言的表演任君选择。总之，你总会找到你懂的表达方式。工作人员骄傲地告诉我，一个月内可有几千场表演呢！

有趣的是，我从来没有见过哪个艺术节的艺术家们如此事必躬亲地走上大街招徕客人，各出奇招。你只需聪明一点，择一交通要道，点瓶冰啤，坐在临街的位置上，简直如同嘉年华一般，每个剧团经过，都会来段广告，或只是主演穿着戏服派传单，隆重一点的大家来个群口相

阿维尼翁教皇宫一景

参加阿维尼翁戏剧节的艺术家们走上大街招徕顾客

声，或者干脆把经典画面演一段，甚至上道具直接杂耍，然后热情地邀约——咱们表演的时候见！

我从一个中古世纪打扮的白胡子老者手上恭敬地接过节目单，看到雨果的名字，如同见到朋友般地欢呼了一声。老者觉得路遇知音，激动得用法语讲了起来，不需明白一言一语，你也可以明白他是多么满意他们的作品，同时，他是多么希望你也认可。

阿维尼翁热辣的下午，错过了薰衣草的浪漫花季，我流着汗，在烈日下眯着眼，大笑着，尖叫着。想起两个月前我也做着和他们同样的事，于是像过来人般地鼓着掌，双手毕恭毕敬地接过每一张凝聚心血的小纸片，忙不迭地道谢，尽量和他们多聊几句。虽然我知道，他们不只需要这些，但是我也知道，他们需要这些。

花花，去法国旅行要带多少欧元现金比较好呢？
200欧吧！
啊？！还不够包包的一个拉链呢！
CASH

花花坚决反对旅行时带大量现金，
如果遗失或者遇到不法分子，损失惨重！
大家不要忘记了，这个世界上还有银行啊！
在法国，银联卡可以在里昂信贷、
花旗银行、法国农业银行、法国储蓄银行
及任何有银联标志的ATM上取现。

拿钱来！

Bank
Master
Visa

法国很多店面、餐厅，
都可以用信用卡，
Master或者Visa信用卡带上
直接刷卡超级方便！

注意，单银联通道的信用卡目前在南法大部分商家还刷不了噢！

我看到71%的世界了

安迪（Andie）是我见过最酷的女生，皮肤小麦色，手臂有小老鼠，好多文身，最精彩的在右肩肩胛骨上，有一只墨西哥图腾状的蝠鲼，又叫魔鬼鱼（Manta Ray），翅膀翘起，停在优雅游弋的瞬间。

当然，我觉得她酷不是因为她的文身，而是因为她是水底摄影师，拍得一手好水底照片。这个平时话不多的酷妞，讲起她热爱的海底世界和海洋生物，眉飞色舞，语调升高，语速变快，很有感染力，这种多巴胺的飙升，足证对于海洋她绝对是真爱。

拥有大心脏的旅行者，多多少少是爱分享的。“暴走姐妹花和她们的朋友”系列分享会，常和众花粉见面，主讲人或是我俩，或是有精彩旅行经历的花粉，也有我们身边的牛人朋友。我们的第一次潜水分享会邀请了安迪，一群潜水小白、持证潜水员挤爆了会场，不分你我地坐在地毯上，有刚上小学的花粉居然可以在每一张幻灯片出现的时候准确

安迪在摄影

地大声叫出生物的名字，引得我们这些“老人家”啧啧称赞。印象最深的，是安迪幻灯片的第一页，赫然写着“地球表面71%是海洋”。我当下就沸腾了——我要看到这71%的新世界！急不可耐！

考初级潜水证（Open Water），几乎是高考毕业过后最艰苦的时光，全天泡在泳池，练习一个又一个的动作——把吐掉的二级头重新塞回嘴里，面镜排水，把面镜整个摘掉再戴回去。这可和我想象中的潜水员有点不一样，照片中、视频里的潜水员在水中自由自在，没见到谁一言不合摘个面镜，吐个二级头的。原来，我还是把潜水想得太简单，潜水关乎生命，在水底，任何事情都可能发生，二级头可能被同伴踢掉，面镜进水更是家常便饭，水流大的时候，面镜甚至有可能被吹走，所以，未雨绸缪，初步练习就得知道如何应对，万一真有意外发生，才能

临危不惧，救自己一命。

回望我们的考证经历，总结出两点。首先，找一个说中文的教练很重要，除非你的英文可以让你知道氮气、减压病、中性浮力等专业词汇，否则一知半解，基础不牢固，说到底还是害了自己。另外，一定要找有责任心的好教练，这会直接影响你对潜水这件事情的热爱，也会让你有牢固的理论知识和面对困难时的经验教育，这些，也可以救你一命。我和人妻的进阶潜水员（AOW）教练，每每想起还会咬牙切齿地恨。那个不负责任的“90后”小孩，居然因为要过生日派对，想要临时取消夜潜考试，被我严词拒绝。夜潜时，当时还是小白的我气瓶一空就控制不住上升，我永远记得我向他伸出手，希望他拉住我，而他就这样冷眼看着我漂上水面，我在夜晚的海面飘了十几分钟，而他还在水底玩耍，迟迟不肯上来。后来我和认识的其他所有教练讲到这一幕时，他们都出离愤怒了。潜水界，因为这些败类，搅起污泥。这位责任心都没有的教练，除了一心想要卖装备，根本不会想着教技巧，他经常挂在嘴边的一句话就是“教这么多干吗？又用不上”。我和人妻，潦草地毕了业。

我们潜水知识的获得，是在菲律宾阿尼洛（Anilao）一家著名潜店“偷听”来的。潜店老板是菲律宾技潜界的教父级人物，现在的驻店教练是少东家，会中文。第一次带花粉去考牌，我和人妻在旁假扮看书玩手机，实则偷

潜入海底见到的小丑鱼

张火兔拍摄的海兔

师。没有对比就没有伤害，而我们遭受的是暴击。这家潜店从开放水域潜水员开始就对Trim（身体流线型）、踢法、中性浮力有近乎苛刻的要求。

潜店最热闹的是练功的时候。小伙伴们在长桌上趴好，一声"起"，一用力身体形成反弓，双手用力伸向前，膝盖抬起，大小腿、脚腕，形成漂亮的直角。师父慢慢踱步视察，纠正姿势。再用手抓住脚掌，练习大小蛙踢、大小倒踢、直升机踢（水中用来转向），形成肌肉记忆。这样的训练通常成效显著。一下水，小伙伴们大腿小腿、小腿和蛙鞋整整齐齐，形成漂漂亮亮的两个直角，像联合舰队一般。

不太愉悦的考证经历确实影响兴趣的建立。潜水是一门身体控制的艺术，方法不得当，在水里完全无法控制自己，更不要提欣赏美丽的71%的世界。这时候如果没有安迪，我也许早就放弃了，她说："潜水就是一个熟能生巧的过程，我考开放水域潜水员的时候，连跪都跪不住呢！"原来现在可以稳稳悬浮在离水底10厘米一动不动的大神也有过去，我又有了信心。

我和人妻确定了，我们俩考了假的潜水证！

另外，你还需要有个好潜伴，潜水要严格遵守牵绊制度，你的"巴蒂"（buddy）最好和你水平相当，谨慎保守，在水下可以关心照顾彼此。人妻是个很好的潜伴，特别是在开放潜水员考试的时候，如果身边没有潜伴的陪伴和鼓励，很难熬过去。某一次测试，我们安然度过了摘

眼神很不耐烦的章鱼哥

面镜的环节，我和人妻在水下击掌庆祝，她一时兴起，竟跳起舞来，我扑哧一声笑出来，险些呛水身亡。即便分开潜水时，如果遇到什么危险或者看到什么好东西，我们都会想着立马和彼此分享，也会一起埋头计划下一次的潜水行程。

在不断地练习下，我和人妻技艺突飞猛进，更是迷上了这项运动。热爱潜水的原因很多，一个美国朋友是急诊室值班护士，看过太多生死离别，她潜水时，最爱听呼吸声，气泡咕噜咕噜，安静得整个世界只剩下自己，暂时从血肉模糊的现实世界中抽离开来。人妻热爱那种“一切尽在控制中”的感觉，我呢，爱上了水底生物，那些颜色绮丽的鱼类，成千上万种稀奇的海兔，造型独特的虾蟹，温顺的鲨鱼，都是我的新朋友。

最爱的还是夜潜，夜晚的海，格外鲜活，船推开波浪驶向外海，翻滚的浪潮带起密密麻麻的蓝色亮片，配合着迷夜，闪着幽幽蓝光。海洋生物也有它们的时刻表，夜幕降临，它们开始出动了，平日里低调躲在死珊瑚中的麒麟鱼寻觅意中人，看对眼，爱情升华，它们身体紧紧依偎，从死珊瑚中冉冉升起。海蛇、海鳗从洞中游出觅食，如同丝带一般；鱿鱼三五好友一起，打扮一新，开始闲逛，手电筒光一照，迪斯科光球一般炫彩，像去参加锐舞派对的少女；寄居蟹背着重重的壳开始串门；章鱼来了兴致，偷偷地将手伸向女伴，两人因为兴奋通体变白，交配完毕后，各自游开，真正拿得起放得下。这时将手上电筒短暂关闭，

表情很懵的青蛙鱼

珊瑚闪着蓝色荧光，要不是咬着二级头，我真是想要“哇”出声来，大自然真是奇妙。

潜到一定的时候，潜水员就开始想要船宿。船宿像是潜水员对潜水这门爱好的极致修行，没有杂念，把工作、KPI（关键绩效指标法）抛在一边，吃睡潜在船上，过几天没有手机信号，只有潜水相伴的单纯日子。

5月，泰国斯米兰群岛闭岛前，我们迎来人生第一次船宿。斯米兰有9大岛屿，是泰国海洋保护公园，一开岛就会迎来大批游客和潜客，即便如此，把旅游业作为支柱产业的泰国政府还是只允许这里开半年，另外半年坚决闭岛，让自然休养生息。凭这宁愿牺牲利益也要保护环境的意识，泰国政府就让人不得不肃然起敬。

你好，我是比鼻屎还要小的绵羊海兔

斯米兰海域相对简单，是第一次船宿的最佳选择。我们船的负责人叫伊斯密尔（Ismael），是个来自西班牙马德里的小哥儿。“啊！我去过马德里！很多次。海鲜饭好好吃！”我们的聊天是这样开始的。“还有橘子！我去过这么多国家，西班牙的橘子世界第一！”小哥儿对自己的国家很骄傲。

因为“Ismael”发音的关系，我们都叫他“一字马”。他是一个快乐的活宝，永远充满生机，手机全是萨萨舞（Salsa）的音乐，插着音响，我们好像瞬间从安达曼海转到加勒比海，兴致来了，他还会拉着你，前后恰恰恰地来一段。

每天一次的起床号，是一字马全天的首秀。他站在船舱中间，双手在嘴边拱出人造喇叭，认真模仿起床号的喇叭声，时不时气息不够的走音，让人大笑着开启一天的潜水生活。

一字马还是个好奇宝宝，因为经常有中国潜水员上船，他掌握了很多中国词汇，一有时间就学习手语——为了在水下也能聊天。一听我们从广州来，起了心要学广州话，“各个国家有各个国家的国歌”这个粤语绕口令，学习得乐此不疲，像是一只焦灼的母鸡，引发我们阵阵哄笑。

说到潜水，是他最认真的时候，每一次潜水简报都一丝不苟。斯米兰潜水精华，莫过于看魔鬼鱼。超级环保，热爱动物的一字马带领我们

斯米兰沙滩

特别有仪式感地指天发誓，绝不触摸、绝不追逐魔鬼鱼。他还自创了一段Manta Dance（蝠鲼舞），据说有奇效，跳后遇见魔鬼鱼的概率大增。

我们下船那天，正好是一字马33岁生日，安迪把西班牙语的生日快乐写在纸片上，大家挨个艰难地用他的母语给他送上祝福。船头大合照的时候，我们合唱了一首粤语的生日歌，恭祝一字马福寿与天齐，他认真用手机录下了，唱完后他对着镜头得意地说："我有粤语生日歌祝福噢！"

因为一字马，我们的第一次船宿过得既愉快又迅速，下船和船工们挥手告别时，我的眼泪险些兜不住。坐上回普吉镇的车，一字马突然钻上面包车，语气有一点责怪："瑾！你怎么没和我拥抱就走了！"我们热烈地拥抱，热烈地告别，大家都说着："下一季开岛的时候再见噢！"我们都深信，不用一年，我们又可以再见，在船头吹着海风看星星聊心事，在水里看满海的软珊瑚、大海扇、鱼群疯狂捕食。

几天后，我在德国突然收到安迪的短信："一字马离开我们了，

好突然。”这个欢乐的大男孩几天前还在和我们开玩笑、过生日，和朋友吃火锅，弹吉他唱歌，几天后却被邻居发现倒在公寓的洗手间，满地是血。

震惊、愤怒、难过，为什么是他？我哭得不能自已，翻阅他的脸书（Facebook），这个男孩给很多人带来欢乐，交过很多朋友，去过很多地方，拍过很多好照片，他不长的一生，没白活！

朋友，是不无论相处时间长短的。我们和一字马，缘浅但情深，也很感恩，他允许我们，在他生命的最后几天，走进他的世界，和他过了最后一个生日，相信，我们也让他的最后一段时光，过得挺快乐吧。

夏威夷人相信，人死后会变成魔鬼鱼，保护他们的亲人和朋友。一字马，下次我们再回到斯米兰，在水里跳你教我们的蝠鲼舞，你会来看我们的吧？勾勾手，说定了！一定要来喔！

R.I.P（安息吧），一字马，我们都想念你。明年清明，有小伙伴会回去看你，船头一支烟，一瓶酒。

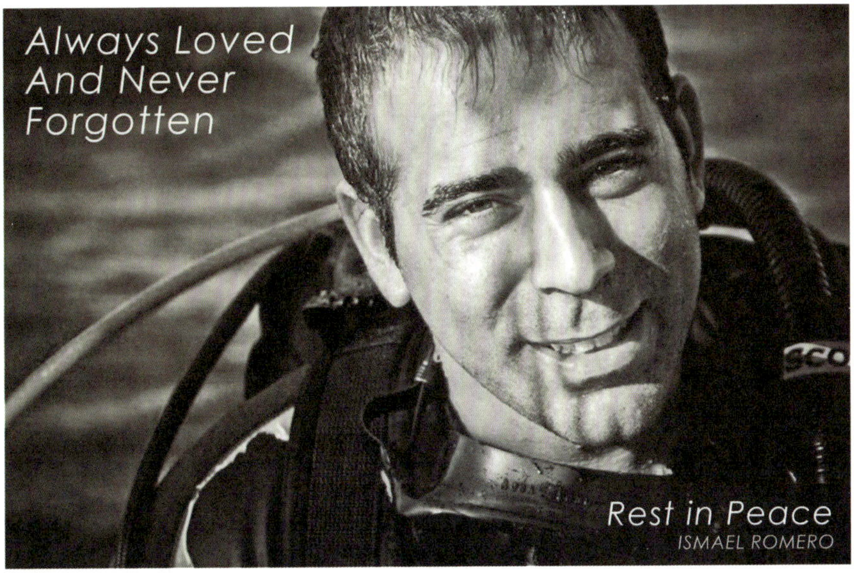
Always Loved
And Never
Forgotten
Rest in Peace
ISMAEL ROMERO

安息吧，一字马

请拒绝吃鱼翅
鱼翅不仅没有营养，还有大量有害物质，失去鱼鳍的鲨鱼，只能慢慢沉到海底等死。
请拒绝吃蝠鲼鳃
蝠鲼鳃并没有科学证明的药用功能，蝠鲼是滤食性动物，它的鳃就像空调滤网，积累了水银等对人体有害的重金属。
请拒绝去海洋馆
海洋动物本可日行百里，它们不属于狭窄的玻璃缸，不应该为了取悦人类而顶球、拍手、跃起！别打着科学的名义，打着爱它们的名义，伤害它们。
爱海洋，爱海洋生物，和我们一起成为保护海洋的潜水员吧！

第三章 路上看过的风景

孤悬在天涯

你也许和我一样惊异，西班牙有长达700年的时间处于摩尔人的统治下。公元711年4月30日，阿拉伯上将塔里克·伊本·齐亚德从北非经直布罗陀海峡入侵基督教的西班牙，仅仅用了三年时间，占领了西班牙大部分的地区，除了北部偏远的省份——这得益于绵延而险峻的山地。在这样的历史氛围下，西班牙南部成为重中之重，甚至有人说，没有去过南部，你就等于没有到过西班牙。这里是东西方文化热情碰撞的前沿，这里见证了摩尔人统治下的西班牙如何形成世界瞩目的文明，这里经历了血与火的洗礼与政权的交接。正如寒暖流交汇势必造就丰富多彩的鱼类，这两种迥异的文化风格交融，在西班牙南部引发了延续数个世纪的艺术和文化大爆炸。提到格拉纳达就不能略过的阿尔罕布拉宫，无疑是大爆炸中产生的一颗璀璨明珠。

阿尔汗布拉宫是摩尔人统治时期的城堡，始建于13世纪阿赫马尔王及其继承人统治期间，被称为宫殿建筑的奇迹。其实不光是建筑本身，

这座宫殿在历史上也意义非凡。摩尔人的最后一个国王实在抵不过西班牙军队的反攻，从阿尔罕布拉的一个小门遁走天涯，标志着摩尔人对西班牙长达700年的统治宣告结束。

阿尔汗布拉这个名字意为红宫，据说始建时，外墙火红如血。经过岁月的洗礼，历史的变迁，墙壁老成且识趣地低调了，只是，那数百年未变的夕阳，仍然会准时准点地为这精巧奢华的堡垒镀上金红色，“红宫”名副其实，并未说谎。也有可能，红，根本隐喻着鲜血。据说，这个气势恢宏的宫殿群是由关在黑死牢里的基督教死囚修建，而也是在这个惊人建筑中，至少有九位国王被残忍谋杀。你现在站的每一块大理石地砖，都有可能因为鲜血的飞溅而曾经呈现出死亡的红。

阿尔汗布拉宫可以算是西班牙最热门景点之一了。这里游人如织，所以对进出时间都有严格要求，一要提前订票，或者勤劳地起个大早，排个长龙，为自己抢一张当天下午的门票。这个西班牙宫殿能世界闻名，要感谢一个美国人。一日，这个美国人来到格拉纳达造访当时著名

极其复杂和震撼的屋顶

夕阳映照时还能看到当年“红宫”的影子

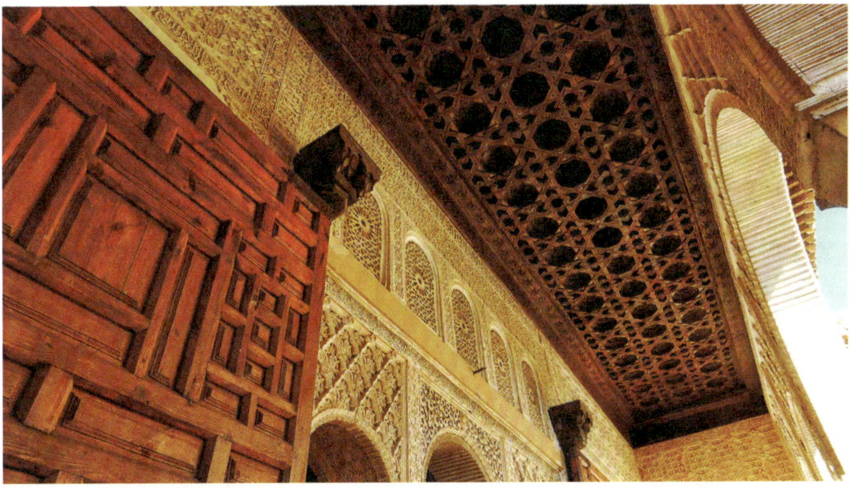

阿尔汗布拉宫毫无留白的装饰

的浪漫主义诗人安东尼奥（Antonio Joaquin Afan de Ribera），他想要听格拉纳达的故事。诗人立马召集了远近的文化人、作家、土生土长的老人家，用饱含着对故乡的热爱的语调，向一个外国人描述西班牙险峻而悲凉的荒山原野，南国情调的优雅园林，风土人情，西班牙民间和历史

上有关摩尔人的神话和传说，还有这个著名的摩尔人留下的建筑——阿尔汗布拉宫殿。

后来，这位美国人写就三本巨著，其中一本就是《阿尔汗布拉》（*Tales of the Alhambra*）。这个美国人，就是19世纪美国最负盛名的作家，被称为美国文学之父的华盛顿·欧文（Washington Irving）。他的著作震动了欧洲及美国乃至全世界，让更多的人知道了这个西班牙南部小城。无数的旅游者、朝圣者跨国而来、跨海而来了，跨过几个时区，跨过半个世界，跨过几个世纪，就为了亲眼看看书里那些美妙。如果不是这个美国人，格拉纳达的名胜恐怕在相当长的一段时间里都只能和夜猫、蝙蝠、老鼠、流浪汉为伍了。现在，他成为一座雕像，安静地看着这座瑰丽的建筑。

我清晨排队买了票，下午2点才能一睹芳容。在偌大的宫殿走着走

也许几个世纪以来，只有现在我面对的阳光没有变过

着，遇见一个旅行团，便一起走了一段，可是团友对外来人员并不欢迎，气氛有些尴尬。当地领队感受到这微妙气氛，把我叫到身边，问：会英文吗？会的话直接跟我走吧。领队是出生在西班牙的阿拉伯人，对着团友严肃古板，只是照本宣科简短地背背导游词，但看着我，就轻松了很多，各种正史野史都滔滔不绝地来了。

在这座城堡里，随处可见水渠、汩汩的喷泉以及占了内廷80%面积的池塘，连浴室也超乎寻常的大。可见，从沙漠地区一路金戈铁马杀将过来的统治者，受过干旱的苦，恨不得全身浸入这曾贵如黄金的液体中啊。

领队表情神秘地说："苏丹当年在雕花环绕、如同小泳池大的浴池里，在大理石的按摩台上，和裸体的美人们欢笑追逐嬉戏。为了保护后宫的秘密，为他们的欢乐添砖加瓦的乐师们被……"领队顿了顿，用手做了个刺眼的动作——"他们被残忍地挖掉了眼睛。"看到我惊愕的表情，他简直是得意地笑了出来。他突然对我伸出手，说："看，我有两个戒指。"我不太理解他的意思，他接着说："我是穆斯林。"我满脸问号，他终于揭开谜底："穆斯林人可以娶四个老婆，我已经有两个了，我还可以再娶两个，你愿意嫁给我吗？"我不可抑制地在这个神圣的宫殿里大笑起来，真是有趣的求婚方式。看来，领队收入不错，要对每个妻子保证绝对平衡，还是需要财力支持的。

如今，繁复的阿拉伯风格装饰在堡垒中仍然随处可见，高调而又密集地冲击着你的视觉神经。很显然，摩尔人完全没有采纳中国艺术中的"留白"手法，相反，他们追求感官刺激，对空白这件事有着天生的恐惧。在整座城堡中，你是万万找不出一片没有重手笔雕绘的清静之地的。这里的雕刻中密集地出现7与4这两个数字，7代表灵魂进入天堂要迈过台阶的数量，而4则表现天堂穹顶的4个部分。这里的圆柱，是将珍珠和大理石磨成粉，再混入泥土，用手工慢慢堆砌雕刻而成，墙面的雕

墙面的雕花用金银线镶边

花用金银线镶边，由此可见当年的阿拉伯苏丹有多富有和奢侈了。

在阿尔罕布拉会看到这样的景象：圆顶旁边，突兀地立着几个欧式风格的尖顶；在这个被阿拉伯文环绕的大殿上，终于统一了西班牙的伊萨伯拉女王，背光坐在稍高的宝座上，南欧的橙色烈日，透过阿拉伯风味镂空的窗，从她的背后洒满大殿，在她的身边营造出金色光圈，她看起来，是个发着金光的黑色剪影，像个神。而殿下垂首的人儿，逆着强光，永远无法看清她的喜怒哀乐、骄傲与恐惧。她需要这样神秘的加持，做帝王已经不易，更何况，她，是女人。

某日，女王接见了一个外国人，这个意大利人疯狂地热爱着东方文化，他要去中国！他的梦想在他故土的统治者看来，只是空想，他倒也不愚忠，转投邻国继续游说。在经历了无数次羞辱和碰壁后，他辗转来到西班牙。他慷慨陈词，这次旅程必将载入史册，耀汝之君威，涨教会之势力云云，说得天花乱坠。刚刚把摩尔人从阿尔汗布拉宫赶走的伊萨伯拉女王靠在尚未坐热的宝座上，陷入沉思。她明白，他许诺的一切，她需要。而同时，她也需要从亏空的国库中挤出钱来资助他的远航。据说，为了筹措他远航的资金，女王甚至典当了自己的珠宝首饰，为他的航程贡献了三艘船和几十个水手。这个意大利人

哥伦布终于获得了西班牙女王的资助

始终没有去到中国，但他让西班牙的旗帜飘荡在美洲新大陆的上空，成为很长一段时间的海上霸主，让西班牙语在遥远的美洲大陆生根。

这个疯狂的意大利人，叫哥伦布。

格拉纳达至今还有一尊铜像，停在了伊萨伯拉女王和哥伦布签署协议的时候，记录了在这座城市发生的对西班牙产生了重大影响的历史时刻。说起来，在协议签署前，伊萨伯拉夫妻和哥伦布就有过磋商，被另一尊铜像凝固了瞬间。这尊铜像坐落于西班牙南部城市科尔多瓦皇宫之中。

756年，大马士革倭马亚王朝的最后继承人阿卜杜·拉曼一世在科尔多瓦定都，自称统治者。之后几百年间，作为哈里发的指定首都，这里成为世界上最繁华的城市。彼时，现在旅行者们热爱的超级城市——巴黎、伦敦，还只是落后的小村落。阿卜杜·拉曼一世的故乡大马士革，在书里被描述成飘满玫瑰馨香的地方，阿卜杜·拉曼一世虽说另占土地，自立门户，实则是被仇家扫地出门，有家不能回。于是，他决意将异乡变成故乡。现在的科尔多瓦老城，白色的城墙上，满当当的，挂的全是鲜花，美得不可方物。

科尔多瓦的王宫整体为一座四方形的院落，四周高墙和塔楼显得坚不可摧，皇宫外还有骑兵骑着马来回溜达，令人感觉仿佛回到中古世纪。这里现在也是政府部门，议会厅的墙上贴着马赛克镶嵌画，这些古罗马时期的地板保存完好，美到让人实在不忍再用脚步去践踏，于是高高悬在墙上，画面设计精致又极具艺术感。如今，科尔多瓦的年轻人可以在这个议会厅，在四面马赛克的凝望下，举办婚礼仪式。

让这样一座厚墙环绕的皇宫变得柔软的是美丽的花园。橘子树结果了，黄澄澄的果儿，绿油油的叶，在南欧蜜汁色金灿灿的艳阳中，骄傲地闪耀。修建整齐的树齐头缺了一块，像是被咬了一口的冰棍儿。从大片喷泉处放眼望去，尽头便是排成三角形的两男一女，记录了哥伦布觐见伊萨伯拉及斐迪南的一幕。彼时，对摩尔人的反扑还没有成功，君王

美丽的花园让皇宫柔软很多

夫妇承诺一旦收复失地，统一西班牙，就资助这个意大利人去寻找心目中的黄金圣土。后来，女王兑现了她的承诺。

如同阿尔汗布拉宫一样，在科尔多瓦，也有一座建筑奇迹——大清真寺。在这里，你告诉任何人要去“大清真寺”，所有人都会马上明白，并且把你准确无误地指向这里。说实在的，现在这里早已不是清真寺，这里是天主教的主教堂。然而，即便是最忠实的教徒，也很习惯地叫它清真寺，好像完全没有不妥，意识形态的大是大非，在这里，照样是不存在的。

科尔多瓦大清真寺几度易主，这里最早曾是西哥特人的教堂。8世纪时，摩尔人占领了科尔多瓦，公元786年前后，白衣大食王国国王阿卜杜·拉曼一世欲使科尔多瓦成为与东方匹敌的伟大宗教中心，将教堂改建成清真寺。教堂的钟塔变成号召信众朝向麦加方向朝拜的宣礼楼。后来经过阿卜杜·拉曼二世和哈卡姆二世扩建，到1236年时，该寺院

白色城墙上点缀着鲜花

的面积已比初建时扩大了两倍， 一次就可容纳两万多信徒从事宗教活动。在哈利发希什姆二世时代， 大臣曼苏尔又扩建了斋戒室，到哈里曼三世， 建筑工程达到最高峰。

经过几个世纪的不断扩大，大清真寺里面双拱门层层叠叠，向外围不断扩张，竟然有最初的四倍大。说起这独特的双拱门，是因为阿卜杜・拉曼一世与远在大马士革的先祖呼应，沿用了先辈的建筑风格，最老部分还可以看出红白砖交替，到后来，不知是缺乏建材还是图省事，再也不用不同颜色的砖头拼接，而是直接勾线涂成红色了。

在初建时，帝王从君士坦丁堡运来无数能工巧匠，为了能马上把一个教堂变成清真寺，从地中海沿岸的意大利等国的遗迹中挖来柱子，再不远万里地运来。统治者说，这是用人类智慧顶起整个圣堂。这些石头上，无论是隐藏的还是暴露的地方，都有工匠的雕刻签名，因为这个工程对他们来说，是一生中最大的得意之作。

科尔多瓦因为满城都是花，每年还有鲜花节

大清真寺不断地扩建，经过不同主人和匠工的手，却完全没有违和感，外墙不断地外移，就是为了让信众有足够的空间可以宽松匍匐，自由朝拜。科尔多瓦最繁盛的时期，人口多达100万人，可以想见，这么多穿着白袍的赤脚的人，向着统一的方向下跪吟诵，是多么的壮观。

西班牙天主教徒开始反扑，从北往南，把摩尔人赶出领地。占领科尔多瓦后，大清真寺于1236年改为天主教大教堂。18世纪时，这座宣礼楼被天主教教徒用一座巴洛克式的塔楼所替代。16世纪初，阿隆索·曼里克主教代表卡洛斯五世国王全权主持清真寺的改建工程。正殿中的石柱和拱门近三分之一被毁，从中建起了一座文艺复兴式的大教堂。唱诗班的椅子全是带有华贵的巴洛克雕饰的精湛工艺品，两个讲道台是用桃花心木、大理石、碧玉等镶嵌制成的。

这样的建造方式引起了卡洛斯五世国王的不满，他觉得对原本的珍贵建筑实在是破坏过多！他对改建者们惊呼道："你们为建起一些在我国到处都能见到的东西而破坏了再也无法找回的东西。"而其实，科尔多瓦的主教堂仍然是最低调的教堂，在世人眼中，它的名字仍然是"大清真寺"。远远望去，没有耀武扬威的巴洛克、洛可可、哥特，四面墙把这里低调地包围住，只有在旁边的罗马时代的大桥上，才可以勉强窥见破土而出的教堂拱顶。

阿卜杜拉曼一世坚持的双拱是向故乡的祖父致敬

就是这样一座美丽的城市，让生于格拉纳达，也死于自己故乡人手中的西班牙著名诗人洛尔卡为她写了一首诗。也不怕你笑话，其中有两句，我瞄了一眼，便哭了起来——

唉，死亡已经在等待着我，等我赶路去科尔多瓦，

科尔多瓦，孤悬在天涯。

当地人仍然会习惯叫
这个教堂为——
“大清真寺”

从清真寺的模子里，硬生生地变出了一座教堂

阿尔汉布拉宫

"红宫"作为世界级热门景点，
每天游人如织，
每日参观人数
也有限制，
排队买票，
一定要赶早！
花花本人清晨排队，
只能买到下午
入场的门票！

tips

皇宫纪念品商店旁的
自动售票机会比人工
售票更快喔！

如果你只在格拉纳达待不长的时间，
花花强烈建议在网上提前订票
https://www.alhambra.org/en，
选择Alhambra General，
选择参观日期，再选择进入皇宫的时间，
预订成功后，记好预订密码！
拿好相关信息
到Alhambra ticket office取票。

信用卡

注意：取票时必须出示预订时
付款的那张信用卡！

另外，到达西班牙过后，
也可以在当地银行BBVA内的
自动售票机购买两天内的预售票。

天气好的时候，建议大家下午来，
顺便看一次落日，眺望对面的阿尔拜辛区，美极了！

帕拉弟奥长啥样

旅游达人最常被问的问题，也是我最不爱回答的问题，一定是“哪里最好玩？”在我看来，这个大世界实在太精彩了，要在好玩当中选一个最，一定顾此失彼，对不起各方。加上，这个世界上可没有不好玩的地方，只有被错过的好地方。

暴走姐妹花也力于发掘不一样的目的地。即便在大热的目的地中，也热望寻出生僻玩法。倒不是幼稚地想显示与众不同，而是唯愿不辜负好去处。去意大利，我觅到一宝——维琴察。这个地方，估计不看足球的人压根没听过。其实，从维琴察乘坐火车大概45分钟就可以到达中国游客的心头好——威尼斯，离传说中罗密欧仰望朱丽叶的阳台也相当近。

维琴察有千面，面面俱到，可以击中不同旅行者的芳心。你可知道，维琴察是罗密欧与朱丽叶故事的起源地？旁边的小镇马罗斯蒂卡（Marostica），更有一年一度骑士争夺美人的真人象棋大战；好饮好

食之人也会爱这里，这里有绵延的葡萄园，古朴的酒庄，晶莹剔透的意式白兰地在这里汩汩流出。肉质鲜嫩的鳕鱼，从北欧跨过整个冬天的寒冷，穿越海峡，在这里被烹调成为风味独特、人见人爱的巴卡拉（Baccalà，用鳕鱼及奶做成的菜肴）。这里也是顶级奢侈品葆蝶家（Bottega Veneta，以下简称BV）的故乡，每一年新品发布都会在这里进行，在工厂店4折买BV不是梦！忧郁王子巴乔就是从维琴察队走进了世界足坛，走进了千万中国球迷的心。

今天，我只想说说帕拉弟奥。

比起之前提过的所有人名，恐怕帕拉弟奥是唯一你闻所未闻的，然而，对于世界建筑界，这可是个无人不晓的名字，他对欧美建筑界造成了海啸般的巨大影响。安德烈亚·帕拉弟奥（Andrea Palladio）已经不是一个名字，而是一种建筑风格。他用留在世上个人风格明显的罗马石

象棋小镇马罗斯蒂卡，每一年都会举行真人象棋表演，重现中世纪的一次“爱情之战”

柱和拱顶，用绝对对称的美感，用精心总结经验写就的《建筑四书》，在很长一段时间里，撑起了欧美的建筑界。

帕拉弟奥和维琴察是互相成就的，现如今，不管你搜索建筑家的大名，还是希望看到这个精致小城的只言片语，都会在文章中找到对方的名字。维琴察给了这个以前只是石匠的建筑师信任和展示的舞台，而帕拉弟奥终究没有愧对这份认可，他“偏心”地把他的大师之作留在了维琴察，甚至他人生的最后一个作品也奉献给了这片热土。在维琴察漫步，你总会和这位大师不期而遇。

这不，探索市中心，从小路走上去，突然开阔的广场，雄伟的建筑，一定会让你停下前进的脚步，你看到的，便是巴西利卡（Basilica）。名虽如此，这却不是一个宗教建筑，意大利的巴西利卡更具备市政功能，和民生息息相关。而维琴察的巴西利卡，在初建的时候，一楼是市集，市民活动之所，也可通行马车；二楼是法院及市政部门的会议场所。可以看出，一楼比二楼的楼层稍高。

这栋楼不是帕拉弟奥建的，但是，这位大师吹了一口仙气，赋予了她生命。通俗地说，帕拉弟奥是专做旧屋改造的。和帕拉弟奥相关的一个专业词汇——帕拉弟奥母题，就是特指对已建大厅进行改造，增建楼厅并加固回廊设计。帕拉弟奥不愧是伟大的“旧屋改造”大师，在旧有建筑格局已定的前提下，他总能灵光突现甚至有些狡黠地把它改造成他想要的完美样子。

是的，这个巴西利卡也是帕拉弟奥一生旧屋改造中的一个，也是第一个。这位伟大的建筑家生于维琴察附近的帕多瓦，13岁便给一位石匠当学徒，表现出极大天赋。后来，这匹千里马被伯乐——学者特里西诺赏识，他给了这位天才一个震撼建筑界的名字——帕拉弟奥，这是希腊神话里的智慧女神帕拉斯·雅典娜（Pallas Athena）名字的变体。

帕拉弟奥出身贫寒，特里西诺甚至自掏腰包送帕拉弟奥“出国留

学”。在永恒之城罗马，帕拉弟奥沉浸在遗迹废墟和文艺复兴的建筑成就中，他抚摸着券柱式大理石柱，惊叹地抬头望着半圆形拱券，阳光从中心的穹窿中形成了慢慢扩大的光柱，这位建筑师在先人智慧的滋养下迅速成长起来了。

维琴察的巴西利卡始建于12世纪，是哥特式建筑。16世纪，维琴察政府决定改造加固这位经历了400年风霜的老大哥。和现今广告行业的品牌比稿一样，没有一家独大，也没有钦定名额，而是众人围猎。提案竞争阶段，维琴察政府请来了数位大师，在特里西诺的坚持下，帕拉弟奥的名字也和大师们摆在了一起。著名建筑师朱利奥·罗马诺（Giulio Romano）巡视了一圈，开出了一天两个金币的工资。最后，帕拉弟奥

巴西利卡的一楼的层高明显要比二楼高

这位名不见经传，又没有著名作品的建筑师竟然赢得了项目。彼时他还只是在节庆时节装点过城市面貌，这样简单的工作，他完成得很好，加上他要的工资极其低廉，一个月只要五个金币，还比不上罗马诺三天的工资。

谢天谢地，也正是这样的“小钱”，终于保证了帕拉弟奥及其家人的温饱，而他，也高歌挺进了世界建筑史。其时，这位刚刚崭露头角的“新秀”，已年近40岁。

1549年，改造工程开始。事实证明维琴察政府的小钱花得太值当了，帕拉弟奥不仅担任了改建设计师，还亲自监工。出身贫寒，早年穷困，让他养成了绝不浪费的习惯，每一分建材都一定要用得当。当然，他创造的真正奇迹，是神改造。

按照自己的想法无中生有容易，改造却困难重重。原本格局已定，旧的巴西利卡一楼高，二楼矮，拱门又没有完全对称，这可要了帕拉弟奥的命——你看看意大利的建筑，哪个不是方方正正，绝对对称，那才是经典，那才是美！为了平衡，他给大柱子左右两边加上小柱子，旁边再加上圆形镂空转移视线，成功地用视觉错觉让整座建筑对称了。

因为老建筑曾经倒塌过，为了防止这样的事情再度发生，必须加固柱廊，帕拉弟奥又用了一个妙招，正面看，就算是大柱子也挺纤细秀气，绕到背后，柱子后面还有粗壮的水泥柱支援，稳固极了。就这样，功用和美观这一对欢喜冤家，在帕拉弟奥手下变得如此和谐共处。

爬上极有艺术感的红色旋转楼梯，来到露台，在栏杆上，精心雕刻的英雄和圣人关切地看着这座城市层层叠叠的红色屋顶。巴西利卡的屋顶在木头上铺上铜皮，经年累月，不断氧化，变成抢眼的铜绿，在一整片的红屋顶中，显得如此独特。

二楼的大厅曾经是法院和城市政府部门，楼下的集市熙熙攘攘，由于没有统一度量衡，难免会有缺斤少两的争端。乡亲们拉拉扯扯上了二

楼顶的雕像俯视整座城市

楼，墙上贴着猛兽画像。旧时市民鲜少走进学堂接受教育，大多目不识丁，但没关系，按照指示找对动物代表的法官即可，狮子下面的法官或者麋鹿下面的法官主持公道，多么有意思的画面。

如今，这里成为艺术展最爱选择的展示厅，一位策展人正在准备近期的中意艺术家的装置展览，看到我们几个中国人，热切地播放着展览图片，捕捉着我们眼神中的赞许。

维琴察巴西利卡旁边是一座挺拔的高塔。自古以来，维琴察是兵家

必争之地，富人们为了躲避战乱纷纷造塔，有钱了再修高一点，可以多住人的同时还能更加安全，算是那个年代的人购置房产的方式。后来拿破仑进攻意大利，发现这样的高塔实在易守难攻，于是下令拆除所有高塔，也不知为何，唯独忘了巴西利卡旁边这座，让她紧紧依偎着巴西利卡，成为画面中不可或缺的制高点。

帕拉弟奥对维琴察是有爱的，他的建筑人生始于此，他也慷慨地把最后的心血留在了这里。同样是“市政改造”工程，他修建了目前仅存的室内剧院奥林匹克剧院。

维琴察的历史最早可以追溯到公元前2至3世纪的古罗马时期。虽说条条大路通罗马，实则不然，古罗马人曾经修建了一条重要大道，连接阿奎莱亚和热那亚两个著名港口，维琴察就是这条大道上的明珠。古罗马衰败之后，郡主制兴起，形成各大小城邦，维琴察夹在维罗纳和帕多瓦两个强势又互不妥协的城邦当中，饱受战火之苦，轮番被两个城邦并入自己的版图。这个古剧院的前身，就是帕多瓦占领维琴察时修建的防御功用的城堡，同时也是关押敌人的监狱。

后来威尼斯共和国崛起，厌倦了战火连天的维琴察直接投奔过来，请求庇荫，在夹缝当中终于求得了稳定发展的基础——和平。

兴盛时期的维琴察在解决了吃穿问题之后，便开始追求精神享受。城堡原本一直空置着，直到帕拉弟奥说维琴察需要一个剧院。于是，他便将这个岌岌可危，甚至有些慑人的老建筑改建成极富有浪漫主义色彩的剧院。走进大门，是个花开得喧闹的院子，墙边零散堆放着残留下来的柱头，雕像和铭文。

高潮，一定是走进剧场的时候，我相信每个人在走进剧场时都会发出由衷的赞叹。木质椅子同时也是行走的阶梯，呈现出半圆形，没有VIP区域，也没有特别包厢。帕拉弟奥设计时，本就想着在艺术面前不分阶级，不分贫富，大家都接踵摩肩地端坐，接受熏陶。一排雕像在弧

形后面站立，盯着看客的背影。这些雕像，不是神祇，而是凡人，正是这些凡人的解囊相助，使剧场成为如今让现代人也啧啧称奇的盛景，而

“金主爸爸好！”

最大的金主，也理所应当地站在了最中间。

彼时演员和剧本都稀少，室内剧场常常只为一部剧而建，一出戏动辄演上三五年。帕拉弟奥的舞台布景是专门为了一出希腊神话剧而生，高高的雕像体现出古典主义。从中间的拱门向外看去，看到的是当时维琴察的街景，径深达12米，但肉眼看过去，远远不止这个数字，艺术家们巧妙地利用透视原理，将整个街道在视觉上拉长了几倍。这个剧场精彩到连见过世面的拿破仑都意欲整个搬回巴黎，随行人员规劝说，90多个雕塑都是石膏铸成，一动就会散架，拿破仑不信，抽起佩剑对着一个雕像的脚削下去，给这尊雕像造成了永恒的残疾。

除了供游客参观，这个古剧场目前还能行使她的职能。维琴察夏

舞台因一部希腊神话而设计

日音乐季的时候，在这个充满浓郁古希腊神话风情的舞台上，仍然会有精致的小型室内戏剧和音乐演出。在没有音响也没有扩声器的古剧场，你依然能感受到建筑声学带来的百分百音质还原。

剧场的大部分都是木质结构，旧时室内采光都用火烛，相比战乱，更致命的是火灾。帕拉弟奥细致地在所有的照明灯前安装了锡板，便于散热，避免起火。即便现在演出之时，剧场外也有消防车随时待命。也正是因为这样的细致，这座古老的建筑在这里一站便是500多年，成为现存唯一最古老的剧场。

实际上，帕拉弟奥在剧场开建后几年便去世了，他并没有亲眼看到剧场完工。或许在每次演出时，他会悄然而至，站在最后的位置，含笑观赏他留给维琴察最后的礼物吧。

维琴察有帕拉弟奥博物馆。有人说，帕拉弟奥之路应该先从这里开始，因为这里有他的生平和作品，而我认为，建筑师带给大家的最大震

帕拉弟奥博物馆的大门

撼应该是建筑设计本身，那些房子会说话，让建筑师和你熟稔起来，然后，你再去看他们的博物馆，一定会有深刻感受。

博物馆进门的天井，就别出心裁地分成了两边：左边是帕拉弟奥改造过后的房子，也是现在的博物馆；右边是改造前的旧房，比起加了气势磅礴廊柱后的“改造后”，显得平淡无奇，灰头土脸，很是无聊。这样一对比，更体现出了帕拉弟奥的妙手神功。

帕拉弟奥改造前后的对比

帕拉弟奥在当时建筑界的影响力，就像周杰伦之于当今歌坛。他有精妙建筑问世，更有经验总结的书籍传世，被很多建筑师研读，奉为纲领教条。然而，这位奇才却低调到尘埃里，连一幅画像都没有。粉丝们不乐意了，就好像我和你网恋了很多年，也总该让我知道你长啥样吧？

于是坊间出现了很多传闻是帕拉弟奥的画像。到底是拿着标尺等画图工具，长得像东方人，穿着考究的年轻公子哥儿，还是戴着帽子蓄着胡须的老者？到底谁才是帕拉弟奥，成为那个时代最有趣的谜题。

帕拉弟奥1580年去世，1831年，热爱他的维琴察市民亟待找到他的骸骨，希望将他厚葬，给他一个好归宿。但是，没人知道他的墓地在哪儿。在不断地研究中，一位叫作安东尼奥·马格林尼（Antonio Magrini）的历史学家貌似找到了点门道，他发现帕拉弟奥的封印章是一棵奉献给智慧女神雅典娜（Pallas Athena）的橄榄树——他的名字也正是来源于这位女神。接着，他又找到一段1578年的碑文，上面提到了在圣科罗娜（Santa Corona）教堂当中有帕拉弟奥家庭及他女婿家族共享的墓地。在这座教堂中，他找到一块平坦的墓碑，上面有代表着帕拉弟奥的橄榄树！这就是帕拉弟奥的墓地！终于，这位建筑天才死后栖身之所被找到了！只可惜，打开墓地之后，一共发现了18颗头骨，其中一颗有着宽阔高额头的，被大家一致一厢情愿地认为——这就是帕拉弟奥！而爱他的人，也终于有了想象他样子的模板。

漫步维琴察，突然在巴西利卡前看到了帕拉弟奥的雕像，额头果然不同寻常地突起。他眼望远方，右手食指竖起，好像有秘密要倾诉，又像是在说，嘘，世界别这么喧闹，我还要思考。雕像的底座上除了名字，只有一个简单得不能再简单，又可以将他的一生完美概括的词——建筑师。

il CEPPO

维琴察市中心有一家
叫作il Ceppo的餐厅，
一楼售卖熟食及香肠等特产，
沿着楼梯下去，
就可以享受在地窖中
就餐的别样感受！
意大利千层饼、意大利面，
味道超级好！
透过地板玻璃，可以看到
保存完整的古老地面。

Poli Grappa

爱酒之人看过来，
在维琴察附近，
可以去坡力格拉巴酒庄参观噢~
（Poli Grappa），
酒庄位于威尼托产区，
盛产意式白兰地。
5欧元的博物馆导览
提供英文讲解服务，
可以了解坡力家族
100多年来的创业经历，
还有骑摩托车环游欧洲的浪子
追电话接话员的浪漫爱情故事。
更重要的是，还可以试饮
各种口味的意式白兰地，
找到喜欢的就快快带回家吧！

开放时间：周一~周五
费用：5欧（包括导览和试饮）
预约：info@poligrappa.com
注意：需要自驾，
酒庄有免费停车场。

伟大的作品

我的丹麦哥本哈根之行，是从德国汉堡开始的，欧铁开到一半，大家突然拉着行李下车，乘上了渡轮，跨过波罗的海，往北欧驶去。旅行，对我来说，其中一个兴奋点在于，看着小时候地理课本上一个个恼人的名词在眼前横陈，你得以近距离观察，知晓她的温度，于是，她对你而言，有了意义，再也不是简单的名字。那时，正是傍晚，金色的阳光为波罗的海的浩渺增添了灵动与颜色。渡轮上海风肆虐，撕扯着我的头发与围巾，我却执意不肯进船舱，此情此景太美好了，贪恋一下又何妨。下了渡轮，接驳欧铁继续向北，夜幕低垂，华灯初上的时候，哥本哈根到了。

第二天一早，睁开眼，我的天，北欧的阳光浸润了整个房间，我连忙爬起来向窗外望去，对面精致的住家，小教堂的尖顶，映衬着碧蓝的天，一切像是对比度极高、极锐的照片！今年欧洲的夏天来得格外的晚，苦寒的北欧人民好像特别懂得珍惜阳光的可贵。街道上热闹起来

了，阴凉的位置可不是最佳选择。艳阳下，丹麦人民抿着咖啡，有节制地谈笑，享受因为时间短而格外珍贵的夏天。我一直觉得天气影响民族性格，有大自然无私馈赠，阳光无限量的地方居民性格大多开朗热情且吵闹，而在北欧，据说随着纬度的升高，人越来越冷漠，趋于内敛。于是，当我在街道上看到一位童颜鹤发的老奶奶如此“放肆”地脱了鞋，面对着阳光，微微抬起下颌，带着满足享受的微笑时，简直要感动得落泪了。也许多年前，也是如此美好的一个晴日，有一个少年，在她同样角度扬起的脸上，印上一个湿而热的吻，如同这个突然而至的夏日的似锦繁花。

在如斯美好的晴日，漫步哥本哈根，是件惬意浪漫的事，好像你偶遇一个新朋友，因为一件共同感兴趣的事情，一个共同认识的人，猛然拉近了关系，变得熟悉且热络起来。我与哥本哈根共同的朋友有两个，其中一个，叫安徒生。

我突然明白了丹麦为什么会有安徒生。他是19世纪著名的童话作家，是世界文学童话的代表人物之一，被誉为“世界儿童文学的太阳”。他出生于贫穷的鞋匠家庭，14岁时为了追求艺术，只身来到哥本哈根，起初，他希望成为一位歌剧演员，因为良好的天生条件，他确实在这条路上行进过一小段，后来，他嗓子坏掉，成为歌剧演员的梦想破灭。据说，他在剧院被当作疯子，甚至差点饿死。疯子？也许，天才和疯子本是一物，也许，全世界儿童都要感谢他中途坏掉的喉咙。为了谋生，他拿起了笔，在这里，他写的作品，被丹麦皇室喻为“为欧洲一代儿童带来欢乐”。这句话太过谦虚，岂止是欧洲，又岂止一代，他的作品，被翻译成150多种语言在全世界传播，从他的19世纪，到我们出生的20世纪，到将来我们的后代，都会在睡前听到他的名字。

安徒生的丹麦，作为北欧国家，她简直是出其不意的鲜活生动。安徒生的哥本哈根，本身就具有童话应有的样子。一条人工运河在城中逶迤而

行，有水的地方，自然是多些灵气的，新港运河两边，屹立数百年的建筑当仁不让，争奇斗艳，色彩跳跃，两看不厌，相连两栋，绝对看不到重样的颜色。她们在北欧不留情面的阳光里，声音鼎沸，让人无法忽视。

从这里某栋老建筑的门里，走出了安徒生，你几乎可以想见，他坐在稍高的楼层，靠窗的书桌前，看着波光粼粼的河水，河上，时不时有水手喊着号子驾船扬帆而过。在阳光灿烂的下午，他侧耳听着街道上流浪艺人的吟唱，海的女儿变成他脑海中的凄美泡沫，纯真的小孩指着骄傲自负的国王说“看，他什么都没穿”；丑小鸭蜕变为人人艳羡的白天鹅。这位童话家在《丑小鸭》中写道：“只要你是一只天鹅蛋，就算生在养鸭场里也没有什么关系，是金子总会发光。”

他笔下的主角总是受尽磨难，却终能实现理想。但在现实生活中，这位善于创造童话的人可不像他的文字中表现得那么自信与乐观。童话中最经典的情节不外乎王子和公主幸福地生活在一起了，但是安徒生一生未娶，即便是无数富家女对他掏出坚贞的心。他在临终前，向友人表

新港运河两边的房子

露心迹："我为自己的童话付出了巨大的，甚至可以说是无可估量的代价。为了童话，我拒绝了自己的幸福，并且错过了这样的一段时间，那时，无论想象是怎样有力、如何光辉，它还是应该让位给现实的。"

听起来，他的爱情败给了他更爱的童话事业，实际上，是输给了他的自卑。他不止一次表示要不是因为他太丑，看起来会终身穷困潦倒，没有像样的办公室，他也会拥有幸福的婚姻。同时，他在27岁时写的自传中就表示，他对超过20岁的女孩总有种难以言说的厌恶。这个矛盾的人，在追求女人的同时，又无法接近女人，再加上骨子里的自卑，使得他完全无法和任何异性建立正常的关系。即便他拿文学大奖，获得故乡颁发的荣誉市民殊荣，戴着高帽，拄着拐杖，做派完全是个绅士。但在潜意识中，他始终是出身贫寒，小时候被小伙伴嘲笑是女孩，被当众扒下裤子检查的羸弱少年。

这样也好，没有红颜，他的世界里就只有属于纯净小孩的童话。如今，安徒生长久地坐在市政厅广场的旁边，来来往往的车流在他身边呼啸而过，他在汽车尾气中抬起头，向往地凝视远方。他在看什么呢？好奇的我走到他旁边，啊！原来是儿童乐园，孩子们坐在高科技的产物上，上天下海，尖叫大笑，不亦乐乎。"把生命和才华给未来的一代"，这是对他事业最好的传承吧。而之于他，有什么比未来一代的快乐呼喊更美妙的音乐呢？

无论是对小孩还是大人，丹麦的哥本哈根，都是童话本身。小孩的童话世界，由一个安徒生构建，世界孩童从襁褓中开始，睁着涉世未深的清澈双眸，在365夜枕边妈妈的温柔讲述中，提前研习这个世界的真善美。对大人来讲，对他们的童话，他们要感谢一个名字——嘉士伯，这便是我刚才提到的另外一个老朋友。

其实，岂止是我，大家在灯红酒绿、觥筹交错中最熟悉的朋友，都是嘉士伯，著名的啤酒品牌。说起欧洲的啤酒之乡，大家也许首先会

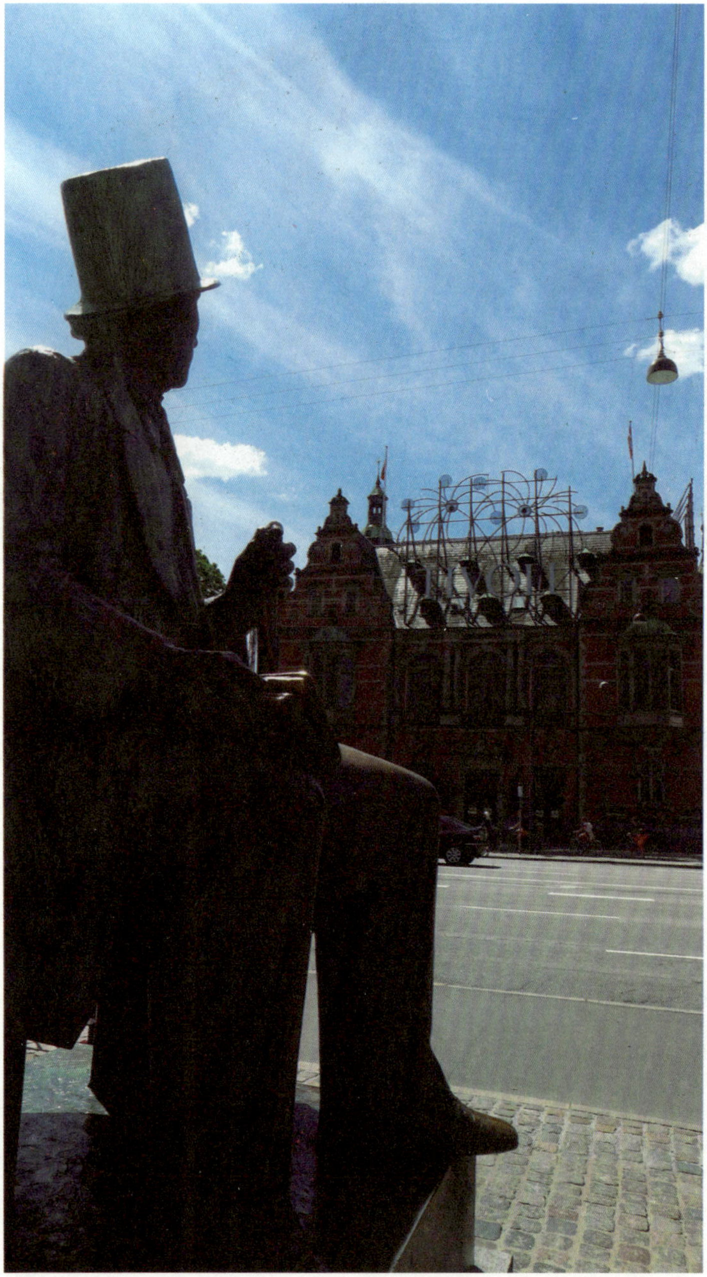

安徒生在看哪里?

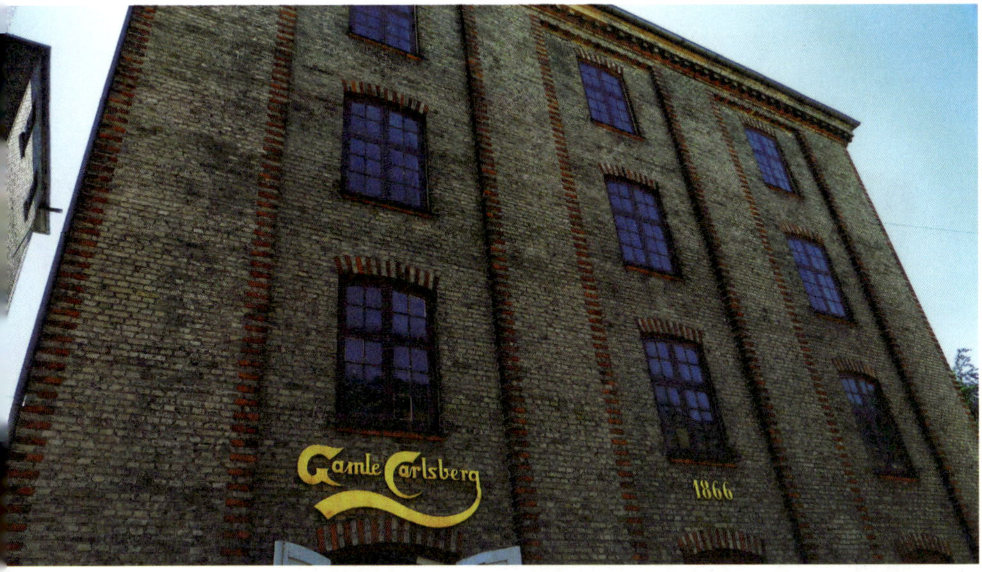

嘉士伯啤酒博物馆

想到德国慕尼黑，其实，哥本哈根也有耀眼的啤酒文化。对于中古时期的丹麦人来说，啤酒简直就是比水更重要的玩意儿。如果你去一次每个游客都不会错过的运河之旅（Canal Trip），船上的导游会用口音浓重的英文给你介绍，在河道边上，有豪气冲云霄的啤酒仓库，早前的水手或者士兵，每天有6到8升的啤酒配额。那时没有自来水，也没有多重消毒，喝水还得煮沸，麻烦至极，不如直接灌啤酒来得轻松简单。

每天6到8升，这是怎样的概念！我暗想，这样的数字，绝对不是无中生有的虚高，他们一天的平均消耗量应该大概就是如此，想到此，不由得为丹麦人的善饮心甘情愿地俯首。而蜚声国际的嘉士伯啤酒，发源于此，壮大于此，细滑的啤酒泡泡，让那些辛勤劳作的丹麦水手忘却大海吞噬人命的无情风浪，让奋勇杀敌的士兵暂时逃离血肉模糊的战场。对于成人，啤酒何尝不是避世的温柔乡呢？

在丹麦哥本哈根，嘉士伯啤酒厂的旧址，成了一个博物馆。每天，

无数的爱酒之士踏足造访，只求在那19世纪的烟囱下，喝一杯古法酿造的啤酒。我不爱啤酒，但是在距离东8区万里之外的北欧，听闻“嘉士伯”这个名字，这个认识已久，但是只闻其名，未见其人的朋友，理应是要拜访一番的。帷幔厚重的丝绒幕布缓缓拉开，东方女孩的啤酒之旅，就此开始。

嘉士伯啤酒博物馆的大门看起来不怎么壮丽，金色的标志依然抢眼，顺着大道进入，两边都是厚重红砖的建筑，柱子底部，是两头威风的白象雕塑，也许创始人雅各布森（Jacobsen），父子去过东方，于是放心地让这样的东方神兽挑起嘉士伯的脊梁。

经过一片已经开辟成为儿童拓展训练营的空地，嘉士伯啤酒运送车出现，在这样的现代交通工具上，出现了低眉顺眼的马头，就如同

嘉士伯博物馆让白象看门

继任的领导人，恭敬地在礼堂正中摆上前任的照片，表示敬意与怀念。

马已经成为嘉士伯文化的一部分，见证了她几个世纪的沧桑巨变。最早，酒厂用马来运送啤酒，它们拉着几倍于体重的木质酒桶，日复一日，年复一年，埋头走在哥本哈根的青砖地上。后来，汽车出现了，它们自然退出历史的舞台，从此，不再有人想念它们，也不再有人感谢它们曾经的贡献。后来的后来，战争来了，油价贵了，用汽车运送成本激增。于是，它们再次被想起，它们忘却了那段被遗忘的岁月，毫不埋怨，走马上任（可是真正的走马），仍旧沉默地埋头走在哥本哈根的青砖地上。

这里的马多是甘德兰半岛（Jutland）品种，曾被用作战马，冷血且短命，一般只能活7岁，如果能活到10岁以上，简直是高寿了。而现在，它们不能在战场上驰骋，任鬃毛迎风飞舞，甚至也不能埋头走在哥本哈根的青砖地上，而是了无生趣地被圈养在啤酒厂的马厩里，任人参观拍照，交钱喂食，只有在节庆或者有贵宾到来的时候，才能在极有限的方块之地，穿戴整齐地表演盛装舞步。生下来就是为了奔跑的它们，却再也跑不出10平方米的煎熬。

在这个博物馆，你还可以一网打尽世界上几乎所有啤酒，这里有世界上最多的未开瓶的啤酒收藏。雷夫（Leif Sonne）先生于1993年把他的珍爱宝贝们送到了博物馆，接受世人的惊叹。这个典藏的数字，在2006年10月的时候被刷新到了16384瓶，并由此获得了吉尼斯世界纪录的认可。现在，你还可以在墙上找到这个“世界上最大的啤酒瓶收藏”证书。

博物馆的门票中，含有免费的啤酒。时间尚早，在我的时间表上，这是与酒关系不大的钟点，但是，天时地利是急需我来配合的。于是，我要了一杯味道清淡的，坐在阳光肆虐的广场，面对着1891年的烟囱，让柔滑的泡沫与舌尖纠缠，几口下来，竟有醉意。突然想到雅各布森

（Jacobsen）先生的一句话：这是不变的追求——万万不可急功近利，而应当精进制作啤酒的艺术，使之尽可能的趋于完美。如今这句话被奉为名言，印在一整面墙上，让千万人感慨和膜拜。对于老先生来说，啤酒呀，可不是社交场合的敲门砖，也不是人生失意无南北时的短暂乌托邦。啤酒，是艺术，是他终其一生，是他整个家族用了几世希望无限趋近的——完美。

其实说起来，我在哥本哈根还有一个老熟人——人鱼公主，每个地方都有一个如若不去等于没去的景点，例如，小美人鱼的铜像之于丹麦哥本哈根。相信绝大多数去哥本哈根的旅行者，是无论如何也要去和这位童年就熟读故事的玩伴去见一面的。

也许是因为这里是小小美人鱼的故乡的关系，在哥本哈根的很多地方，都可以看到不同样子、不同性格的人鱼雕塑，但是最正宗的那位，位于丹麦哥本哈根市中心东北部的长堤公园（Langelinie）。这个雕像，也和嘉士伯家族有关，卡尔·雅各布森（Carl Jacosben）观看了芭蕾舞剧《海的女儿》之后，深受震撼，决心要用一种之前没有过的艺术形式表现安徒生的大作，他选择了雕塑，并交给丹麦雕刻家爱德华·艾里克森（Edvard Erikse）铸塑。年轻的雕塑家游说他深爱的芭蕾舞演员为艺术宽衣解带未果，换而让妻子赤身裸体蜷缩于捉襟见肘的礁石之上，腿部线条明显，仔细看又可以看到粘连的鱼尾。

这尊1.5米高的雕像，任世界各地游人观瞻拍照攀爬割臂断头。不知道世界上有没有其他任何一个雕塑如同她一样命运多舛，美人鱼在1964年、1984年和1998年先后三次遭受“砍头”“断臂”的磨难。世人因为爱她，而一而再地伤害她。后来的后来，人们用特殊材质让她坚不可摧，她的头、手坚硬得再也砍割不下。这个为爱化成泡沫的人鱼公主哟，仍然淡然背对大海，表情优雅地聆听海哭的声音，给所有坐着游艇过来看她的世界游客一个哀伤的背影。谁知道呢？她那颗为了爱等待千

孤零零坐着的人鱼公主

年的温柔内心，已经硬如钢铁，如此这般，她，还是她吗？

在童话中，好人一般得善终，就像电影里男女主角永远死不了一样。《海的女儿》中怀揣着真心救了王子，又愿意为爱受尽折磨的人鱼公主最后竟变成了泡沫，实在是残酷了些。据说爱情命运多舛的安徒生

曾经动过一次真心，也是唯一的一次。他年轻时曾疯狂追求过邻家女孩福格特，但由于家庭条件相差悬殊，他们最终没能走到一起。在安徒生26岁那年，福格特嫁给了当地的一个富家子弟。在安徒生去世那天，人们发现他的脖子上挂着一个小皮袋子，里面竟装着福格特当年写给他的信。也许在得不到的恋人嫁人的那天，安徒生的心也变成了泡沫，飞散在天地间再也寻不见。

在离开小美人鱼铜像的路上，我无意中转身回望，发现一株开得喧嚣的白花，成为骄傲的前景。远远的，人鱼公主那么小，那么寂寥，那么落寞，就连这株没有故事的植物，看起来也比较快乐。

嘉士伯家的卡尔·雅各布森（Carl Jacosben）是一个不折不扣的艺术爱好者，除了闻名世界的小美人鱼雕像以外，他还出巨资修建了新嘉士伯博物馆，他费尽心力、财力从世界各地邀请到珍贵大作移民哥本哈根安居乐业。这些不同时期、不同国籍的艺术品，融洽混杂，宛如欢迎酒会，大家端着酒杯，站在她们舒服的位置。

这里，就算是大师的作品，也没有红色警戒线拉开你和她们的距离，你可以360度围观，你可以靠近10厘米微观，你会发现，如果只有一个角度看这些作品，是一件多么遗憾的事情，横看成岭侧成峰，每每步伐挪动都有无限惊喜。你会发现，如果只能远观，是一件多么遗憾的事情，近一点，你会发现艺术家的奇思妙想甚至精致到毛发掌纹指甲。忽略这些，那是对艺术家心血最大的不敬吧。这个博物馆中的展品，多是雕塑，栩栩如生，我几乎相信，每当夜幕降临，这些不同时期的英雄美人，会各自从底座上动起来，大开派对呢！

走着走着，看到零星几个在博物馆中写生的人埋头专心涂抹。在博物馆中写生并不奇怪，美术学院的学生常常如此，择一心水临摹对象，凳上扎根，潜心创作，外界和他们再无关系。我的目光被眼前这个男人抓住了，他，有病，他做每件事都那么艰难。我默默走过去，站在他旁

边，他察觉到我的脚步，他艰难缓慢又费尽力气地抬起头。他，有病，他绝对有病，他的脸因此而扭曲显得非常不和善。他艰难缓慢又费尽力气地对我笑了一笑，虽然那看起来实在不像笑，他艰难缓慢又费尽力气地低下头，他艰难缓慢又费尽力气地削着铅笔，接着艰难缓慢又费尽力气地在纸上画了起来。他正在画前面雕像的脚。客观来讲，那实在不是一幅好的临摹作品，就算4岁小孩的涂鸦看起来也更像画。而他，在抬头低头间，认真地完成着神圣的每一个笔触，安静体味着艺术带给他的片刻安宁，就好像铸就着他生命中最伟大的作品。其实，他的生命本身，就是最伟大的作品，不是吗？

在博物馆中专心写生的人们

MUSEUM

如何把欧洲逛得更通透？出发前请仔细研读这三本书：

咦？这个雅典娜和我见过的不一样噢~
你看的那是圣斗士星矢！
…………
…………

《圣经》

欧洲的艺术起源，很大程度上是基于宗教，当时民众大多不识字，只能通过图画、雕塑等具象的表现了解宗教，所以教堂中著名的雕塑、大型壁画，大多描述“圣经”中的人物和故事。

咦？这是西游记里面的蚌壳精吗？
这是维纳斯诞生图啊！
拜托来看之前先了解下

《希腊神话》

《罗马神话》

放开那个老男孩！！

《希腊神话》、《罗马神话》也因为它们极富戏剧张力和想象力的故事，让英雄与神祇的传奇成为艺术家创作的题材。读了过后，至少再看到一些相关艺术品的时候，会知道艺术家讲述的是什么场景了。

长眠的好位置

说起墓葬文化，东西方大不同。在东方思维里，墓地阴森恐怖“不干净”，墓地成为悬疑鬼怪恐怖小说电影的必备场景，深幽恐怖音乐响起，冷不防出现长发白面白衣的女子，足以让人鸡皮竖起。大抵坟墓与死相连，而死总是让人联想到鬼的。而在国外，墓地是个清静圣洁的所在。

2014 年6月，我住在德国巴伐利亚小镇克罗纳赫（Kronach）周边一个小村落，她千百年来悠闲地躺在阿尔卑斯山的臂弯，墓地就在中心地带，紧挨唯一的公路，汽车行人上上下下，总是不可避免地要和它打个照面。四周，可爱的色彩缤纷的小屋环绕，墓地，成为开窗的独特一景，住旁边的人坦然自若得很。作为一个东方人，我自然地用不自然的方式避讳这“不吉祥”，每每路过，总要别过脸去。某日，看到几位黑衣人肃穆安静垂首，绕着一抔新土，好奇心重的我忍不住多看了几眼，却又纠结得很，觉得此举会招致霉运。离开那个可爱小镇的前一天傍

克罗纳赫景色

晚，我决心好好地逛逛那片墓地。

墓地四周，雕花青铜栅栏环绕，藤蔓植物攀附纠缠，显得古朴又安静。好不容易找到小门，年轻的父母带着小儿子正要进去。因为不知当地传统，怕失了规矩，顶撞了主人，我客气地问了问，我可以进去吗？墓地和进去这两个词的组合着实奇怪，男子满脸疑惑地重复了这个

克罗纳赫街景

问题，立马热情地邀请我这个外人踏入他们祖宗的安息地。这里，每个墓碑都花尽心思，认真环视一圈，竟看不到一个重样的。雕像伫立，多和宗教有关——低头的圣母，肥嘟嘟的圣婴。每个墓碑都雕花精美，看起来新极了，仿佛今天才刚刚完工。每个墓碑前都有一片鲜花，不是来

克罗纳赫有小河穿过

探视随手携来的残花败柳，她们就生根于此，长得鼎沸，生气勃勃，和墓地的死亡气氛形成鲜明对比，让人觉得是墓中人生命的别样延续。饭后，当地人都聚集过来了，大人家长里短，孩子奔跑欢笑，奶奶辈的自然勤快些，拿着大喷壶浇花，先照顾自家祖先，邻居也不落空，不一会

儿，整个墓地都水灵灵的，在金黄的夕阳下，在钉在十字架的受难耶稣的温柔俯视下，闪烁着光彩。

墓碑上的字也极其有趣，从他们的生卒年月和姓，你可以大概猜测他们的关系，每个墓碑都是可随时翻阅的家族史。也许是小镇风景好及没烦恼，这里的人大多高寿，八十岁以上的人多得很。只有一位叫珍妮佛（Jennifer）的女孩儿，死于花样的17岁，她的墓碑上，石雕玫瑰环绕，只是，这苍白的大理石色，哪够红色浪漫激烈，而她，在短短的生命里，收过象征爱情的红玫瑰吗？我不由得为她忧伤起来。墓园中心的那片我注视过的新土，墓碑未立，堆满了鲜花和思念。我抬头，耶稣依然在十字架上低头，看着这里的一切，那无限好的玫瑰金夕阳在他肩上闪着光，我不由得想起一句话，中国的墓地，不是太喧闹，就是太寂寞……

让我印象深刻的墓地，除了德国克罗纳赫，还有一片，在维也纳。维也纳被称为音乐之都，一个实证就是，太多音乐家生前聚集于此，太多音乐史上的重要人物，死后长眠于此。维也纳中心公墓32A区里的这些大家，如若可以继续执笔创作，如若可以继续敲打黑白琴键，拉动那动人的六弦琴，古典交响乐与歌剧界不会如此寂寞。这些大家，生前或许曾经亲近，或许有过

维也纳是音乐之城，城中有约翰·施特劳斯的金色雕像

龌龊，死后住得相差不够五米，热闹得很。

你可以轻松地找到几位世界著名大师的坟墓——从热闹程度上。他们墓前永远是乐迷们前来悼念的鲜花和蜡烛，有些乐迷可能甚至没听过他们的作品，只为了那些名字而来。我又为躺在别处的人儿抱不平了，他们之中不乏各界精英，看着后人漂洋过海地来了，前赴后继地来了，人声鼎沸地来了，却只驻足32A。更有甚者，只为32A的某几个名字前放上娇艳玫瑰，点亮思念的烛火，对他们却置若罔闻，几百年来，他们心里应该从酸楚到习惯了吧……好了，大吸一口凉气的时候到了！准备好了吗？这里安详躺着的音乐家有莫扎特、贝多芬、舒伯特、海顿、施特劳斯父子等，当我在唇齿间说出这些名字的时候，就是在述说人类古典音乐史，就是在哼唱那无数的圆舞曲及交响乐。

维也纳中心公墓32A区的中心，是他。他被各位大家围绕，在他面前，就连扼住命运咽喉的贝多芬，也恭敬地后退几步，躺在他的右翼。

维也纳中心公墓中的教堂

贝多芬的墓前堆放着乐迷们带来悼念的鲜花，很热闹

他被各位大家围绕，如同圆心一般。他生于奥地利萨尔兹堡，死于维也纳，英年早逝，却留下传世精品数十部，好像他知道自己命该早亡，于是让生命之光过分闪耀。他曾被远近认为是神童，从小就有机会在宫殿为女王表演，倍受喜爱。他很小就会识谱和即兴弹奏，还没学会写字就学会了写歌。这位神童也因此没有童年，他的童年，就是被父亲带着四处炫耀，他就像是父亲腰间别着的闪亮的金色烟枪，或者手上挎着的名牌包，是炫耀的资本。这位神童被父亲挎着满世界演出，接受惊叹和刁难，绅士淑女出命题作文般的现场创作，而他，屡屡把刁难变成惊叹，总能在咄咄逼人的氛围中，写出让大家惊叹的曲调。但是啊，这个世界并非童话，哪有什么神童？长大后，他向挚友袒露心路，说，你们哪知道我背后的苦功啊，那些名家的大作，哪一篇我没有研究过百十次的？让人唏嘘不已。

他看过太多风景，他受过太多赞扬，他成名太早，都注定他成不了一个好奴隶。他有资本恃才放旷。他毅然辞去了宫廷首席乐师的工作，这无异于扔掉前程与稳定的经济来源，更意味着出口出面地和权势杠上了！好大的胆子！和现在中国的父母一样，对于儿子辞去这铁饭碗“公务员”工作，神童父亲简直暴跳如雷了，以断绝父子关系相要挟，神童去信，这样说道：“为了使您高兴，我准备牺牲我的幸福、自己的健康、自己的生命，但是我的人格——它对于我，并对于您，都应当是最珍贵的。”我看到这样的句子，几欲激动落泪。这个长大了的神童，任性地挑战父权了！

他做了连父亲都无法原谅的举动，果然，他一生贫困潦倒，纵然总有佳作问世，那又如何呢？他只是一个没有任何职位和背景的体制外的随便由着性子写写歌的人而已，何况，还有很多身居高位的乐师嫉贤妒能，对他百般打压，他的作品，就算再卖座，也一定会不明就里地夭折。你可以想象吗？在他年轻生命的最后一晚，他的歌剧正在上演，在

金碧辉煌的大厅，贵族们衣香鬓影，舒适包厢座无虚席。而他，躺在四处漏风的家，轻轻在硬板床上敲动指节，龟裂的嘴唇艰难地哼着，歌不成歌，调不成调，嗯，现在是第一幕，接下来，咏叹调来了。凌晨1点，演出结束，这部歌剧获得巨大成功，不可一世的贵族淑女也纷纷起立鼓掌。而他，在那一刻，永远闭上了眼睛，桌上还有未完的乐稿。

这部歌剧，叫《魔笛》，而他，是莫扎特。

传说，莫扎特出殡那天，他妻子重病卧床，天有异象，大雪骤降，无法行走，本来就少得可怜的送殡朋友也只得中途折返，只有一个醉醺醺为囚犯流浪汉掘墓的人送他最后一程，只这随意一扔，天才滚入土坑，和所有的天花病人葬在一起。他留给世界的最后一幕，是漫天飞舞的白烟，浪漫吗？如果我告诉你这翻飞的白其实是用来杀死天花病毒的石灰粉，还浪漫吗？数日后，妻子终于想起去看看丈夫的新坟，却发现再也寻找不到。直到数年后，费尽周折，经过“知道内情”的人指点，才找到尸骨。说实话，是他吗？无人确认，但是大家都一厢情愿地选择了相信。

神童的墓碑上，盘坐着一位哀伤的女士，据说这是音乐女神，为了这颗音乐星宿的坠落而低头，她哀伤的目光与他的浮雕头像交缠。他的侧面，严肃得有些冷峻。维也纳知道她没有善待她的儿子，心存愧疚，于是，给了他一个长眠的好位置。

莫扎特的墓

维也纳

欧洲也有共享单车，
在维也纳有120个站点可以租用Citybike，
都在地铁站或者主要景点附近，相当方便！
登陆citybike官方网站
https://www.citybikewien.at/en/，
可以寻找附近站点。

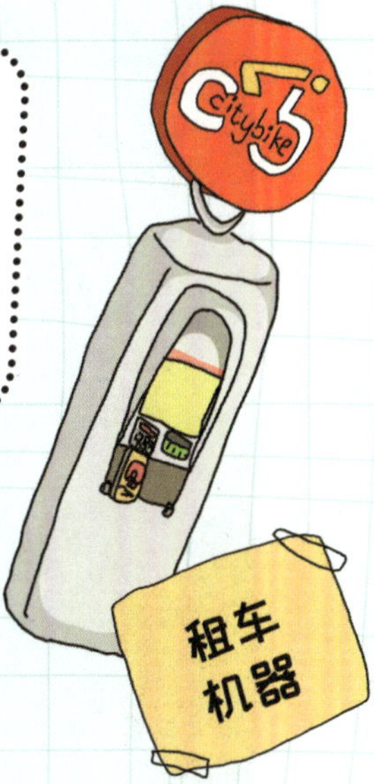

最简单的租用方式是
用Master或者Visa信用卡，

并且一定是要“芯片”卡才行噢！

租用费

第1小时免费，第2小时仅1欧元

第3小时2欧元，第4~120小时为4欧元/小时

每骑1小时，还车后15分钟再借

又会从头按照第1小时免费计算

时间就是金钱

所以，每骑1小时还车休息15分钟再借，就可以一直免费咯！

不要说花花爱占便宜

不少当地人也是这样操作的呀！

取车和还车必须都要在固定站点进行，
如果附近没有还车站点，
就一定要看好自己的单车，
被偷可是要赔偿几百欧元的！
认准我
~Bye~
我的车呢?!
小心小偷
风景固然美
但还是要小心车(几百欧)

第四章 我的旅伴

天堂的样子

常有人问我这样的问题：去哪里玩比较好？这是一个最难回答的问题，在我看来，世界各处皆是精彩，且不论远方因为陌生而产生的朦胧诗意，因差异而激发的探秘快感，即便在你的眼皮之下，比如缱绻了几十年的故乡，你能打包票已知晓她的全部美丽，从任何一个角落和角度看得精妙吗？因此，我的旅途都源于，说好听一点，是灵光一闪；说现实一点，是机票决定目的地，比如，欧洲机票大降价，请给我不去欧洲的理由；不加任何修饰的说法其实是：莫名其妙。

我的斯里兰卡之行就是始于这样的莫名其妙。有一天，我的中国好驴友毛爷打了个电话给我，说，五一假期，去不去斯里兰卡？我想都不想就立即答应了，其时，我正在做一档日播早间音乐节目，但是，当我说出“好啊”的时候真是不假思索的。并且，我对斯里兰卡在哪里，有什么好玩的，也是全无概念。考虑太多无用，烧脑费神，反正去了不就知道了嘛。多年的应试教育让世界在我的脑海中成为一张笼罩着迷雾的

地图，很多地方看不真切，有些名字和方位未必对得上，就算地点位置标示正确，也只是二维平面图像而已。实实在在的行走，让迷雾散开，这些冷冰冰的地名突然立体了，有了鲜活的颜色，有了城市历史、人文故事，和当地人的交汇让这三维地图上还有了一张张无法磨灭的脸，有人走动了起来。我等待着这个世界全部清晰，巨细靡遗地横陈在我眼前的那天。

再说说我的中国好驴友毛爷，我们的相识，在越南芽庄。越南是我第一次出境游，也许是人多底气足，也许是天生怕寂寞，总之，我沿途不断搭讪，不断捡人，最多的时候居然达到五人同行！那天清晨，我正准备动身去大叻（Da Lat），在麒麟餐厅大啖越南米粉，看到旁边落单的毛爷。对意大利男人来说，如果有任何一个女人落单就是他们的过错，旅途上，如果有任何一个行者孤单就是我的问题。我责无旁贷地冲过去，问了她的名字，瞬间给了她一个外号——毛爷，问了她的下一站，立马邀请她做我们的青春同路人。她却埋头吃粉，给了我一个模棱两可的回答——看看吧。后来，我们不仅一起走完了后面的越南旅程，还一起逛了更多的地方，几乎是固定的旅行搭子了。

后来，聊到初见，毛爷对我的第一印象居然是：穿太少，人太吵，完全不是一路人！不过为了分摊房费，勉强同行罢了。印象改观，还是在大叻。我们在竹林禅院旁发现一个大湖，当下修改行程，包船泛舟，看着黛青远山，氤氲湖水，我一时兴起，握着一听啤酒，跳上船头，对着远方，声嘶力竭地吼起《山歌好比春江水》来，大自然如此广袤，我的声音如此微小。于是，我唱得歌不成歌，调不成调，她在后面拍手大笑，开始觉得：这个妹子真是有趣。后来的后来，我无意翻看她的护照，大惊失色："你的名字里面为什么没有毛字？""是没有啊……""那我为什么叫你毛爷？""谁知道你啊……""那你为什么不纠正我？""名字不就是一个代号吗？无所谓。"好一个无所谓，我就是欣

毛爷在世界不同地方跳跃

赏毛爷这种淡定和无所谓的性格！

我们的斯里兰卡之行，始于深圳机场。热爱暴走的穷人总是办法多于钞票，我们先在著名廉航抢了飞泰国的打折票，再从泰国飞科伦坡，算起来，比国内直飞的行程省了不少，简直要掩嘴窃笑了。那天的深圳，天气不尽如人意，雨如瓢泼。夜间航班，登机过后，静坐良久，机友们怨声载道，几欲揭竿而起。终于，飞机开始滑行，上升，很快，坐窗边的我就觉得情况不对。雷电呈现出极具艺术感的梅花枝丫，在机翼旁边划破黑色穹宇，随即便是裂帛般的轰隆声响。梅花枝没花，遒劲却带着死亡的萧瑟，耀武扬威。飞机翅膀在飓风的撕扯下，如同小鸟翅膀

般上下摇摆忽闪，活泼得很，机身如触电般颤动，动静大得必须双手紧握座椅扶手才能勉强坐稳。

我们都知道，努力往上，再往上，只要到达平流层，我们就有救，可是，这个简单的动作现在如此艰难，飞机的屡次努力都被雷暴击退，刚有上升的趋势便马上接着自由落体运动，失重的感觉让人如同在坐云霄飞车。刚才还吹胡子瞪眼睛催促飞机快起飞的机友们大叫着，哭泣着，哀号着，音量在每个突然降落的瞬间达到峰值，男人们紧紧抱着身边哭泣的爱人。相比之下，我和毛爷显得太过安静，我们双手紧握扶手，坐得笔直，我望着抖筛似的机翼想：能不能返航啊？突然，毛爷转过来说："对不起啊。""啊？""要不是我，你也不用来深圳上这一班飞机。""哎，人各有命，没事。"她停了一下，突然问道："你的天堂是什么样子的？""天堂不都是一个样子吗？光屁股的胖娃飞来飞去。""不是的，每个人的天堂是可以自己构建的，在死之前，想想自己人生中最幸福的时刻，死后就可以一直停留在那个时刻。我们现在来想我们的天堂吧。"我双手紧握座椅扶手，力求在颠簸中坐得稳那么一点点，直直地靠着椅背，想象起我的天堂来。想着想着，我，竟然睡着了！醒来，已然云淡风轻，刚才那段惊险，不知是否真的发生过。飞机如同经历了风浪的小船，或者遭遇难产却又化险为夷、母子平安的孕妇，安稳中又带有疲惫，还有一丝庆幸的感恩。后来，毛爷对我的突然睡着表示简直不可理喻，据说她正准备与我进行人生探讨的时候，发现我已在周遭的哀鸿遍野中在梦里偏安一隅，"如果真的怎样了"，她说，"我们连个正式的道别都没有。"如果真的怎样了——旅行者，总是忌讳说到某些词语的。

关于天堂是可以自己想象的这个美好又有点浪漫意味的愿景我却记下来了，后来，我带着这个问题去问阿姐罗月冰。在这里，我想说说我阿姐，她是我的师姐，比我高一级，我们相识于大学的舞蹈室。彼时，

张火兔和阿姐罗月冰应邀在日本横滨艺术节表演

我是学院文娱部部长，她是一个爱跳舞爱编舞的女生。我走向她说："学校有个舞蹈比赛，我不想只是照着视频抄一个现成的，你编一个舞参赛吧！"于是，她把"飘飘乎如冯虚御风"的诗句拓展成一个古典舞，带领着学院舞蹈队身着白色舞裙，衣袂飘飘地走上了决赛的舞台。我们没有拿到很好的奖励，这不重要，重要的是，我们成为亲如姐妹的朋友。

我曾经总结过我认识世界的方法：其一，肯定是旅行，我在不断地行走中寻找顿悟，接受大自然带给我的直观的震撼，也在人文历史中开启思考，路途上擦肩而过或短暂驻留的人，他们的故事也让我获得前行的源源动力。其二，和阿姐聊天，我们一起住了很多年，永远像初识的朋友，不厌其烦地聊天，长时间地分享看的电影、有趣的书籍、结识的人，讨论最近的社会问题，她让我开始在日常生活中也学习思考。

阿姐从来没有专业学习过舞蹈，其实艺术，不外乎用某种手法来表达内心情绪。在我看来，很多艺术是不需要"专业"的训练的。有一次，我在波兰华沙偶遇以色列有着"坏男孩"之称的舞蹈艺术家

演出结束后，以色列舞蹈家伊都携拍档谢幕，女拍档是怀孕5个月的准妈妈

伊都·塔德摩尔（Ido Tadmor），他曾4度在以色列版本的“舞林争霸”（So You Think You Can Dance）中担任主评委，2011年更获得以色列很有分量的兰都奖（Lando Prize），属于24小时都会被狗仔队追踪的巨星。

他演出完，我们找了一个临街的店喝东西。他说，“跳舞就像是演奏乐器，你的肢体只是乐器本身，演奏者才是关键，而演奏者”，他

罗月冰毕业作品。摄影：Marion Borriss

指了指自己的脑袋，“就是这里”。彼时，他刚接手了以色列国家芭蕾舞团，正在进行紧锣密鼓的“改革”，他认为，演员经过太长时间的培训，都成了舞蹈机器。技巧固然重要，然而对于艺术来说，更重要的是心智的革命。他说：“和前任总监总是叫他们猪猡不同，我首先要让他们自信，让他们正确认识自己的价值，并且主动地发挥价值。他们已经拥有了绝佳的乐器，现在，他们要做的就是——启动演奏者。”对此，我不能同意更多。

阿姐曾是一个热爱舞蹈的学英文的大学生，纠集着我们几个“文艺积极分子”成立“凌想舞台”，天天放学后“搞创作”，每年的广东现代舞节都会登台献艺；阿姐也曾是热爱舞蹈、愿意钻研的涉外领事馆员工，穿着得体的套装陪着市长进行外事访问，工作之余如饥似渴地看各类演出汲取养分，利用休长假期去西班牙学习弗拉明戈舞，因为听不懂西语授课，随便在街边看了一个广告报了个语言班。她当时的西班牙语老师老费，现在成了她的丈夫。后来，阿姐瞒着家人，辞去了大家羡慕的工作，成为职业舞者，我惊异地看着她一年年地快速成长，形成个人烙印鲜明的动律——动作小且干净、快速有力，用她“没有被专业培训禁锢的肢体”，跳到了珠江边，跳到了香港，跳到了韩国、日本，跳到了欧洲。如今，她是柏林艺术大学编舞研究生里首个和唯一的中国学生，在2017年6月以1.3分的最高档成绩毕业。

“阿姐，你的天堂是什么样子的呢？”我问，她说，她的天堂是在西班牙的格拉纳达的阿尔拜辛，在上山的狭长楼梯上，左边是内华达的雪山，右边是希腊感觉蓝白色的吉卜赛人的小房子，会有野花出其不意地旁逸斜出，给你一个大大的惊喜。彼时，阳光正好，只缺烦恼，那时还是她男朋友的西班牙小哥老费背着她，慢慢爬坡，我和陈鸣华、李珊（都是我和阿姐的好朋友）在后面叽叽喳喳，搔首弄姿地拍照。阿姐的天堂有爱情和友情，还有安达卢西亚的美景。

阿姐的天堂在西班牙阿尔拜辛。 摄影：李珊

后来，我又问了一些朋友，问哭过很多人。某个歌手朋友说时隔多年，说起天堂，说起能想到最幸福的时刻，仍然会瞬间转链到分手的恋人。我自己的天堂呢？想了几年，仍是无解，也许，我心目当中最幸福的时刻还未来临，抑或者，她曾来过，但我并未意识到呢？

原来呵，关于天堂这个问题，是可以勾起很多甜蜜，以及勾起曾经以为会一直甜蜜的不甜蜜。

告诉我，你的天堂是什么样子的呢？可以写信到jin@daydow. com，与我分享哦！

BlaBlaCar

欧洲大陆的小交通，
可以用BlaBlaCar，
拼车让你的旅程更加便宜，
还可以和当地人做朋友哦

BlaBlaCar是欧洲之行的大惊喜！
可以说是长途拼车领域的Airbnb，
他们盈利模式相同，
通过帮助车主出租空闲的座位赚钱，
从中收取 10% 的分成，
而旅客也可以用更便宜的方式来出行。

BlaBlaCar 在欧洲已经
获得了不小的市场，
由于欧洲乘飞机以及
火车出行的费用都比较昂贵，
而火车花时长，
所以 BlaBlaCar 为大多数人
提供了一种更廉价的出行方式。
用其CEO的话来说，
花 **20美元** 使用 **Uber** 的服务
可以在伦敦走上 **10** 分钟，
而相同的价格，BlaBlaCar可以带一个人
去到 **300** 英里以外的地方。

官网：
http://www.blablacar.com

Android、App Store
均可下载APP

Android　APP Store

印度洋的风一直在吹

2013年新年，收到毛爷2012年从西藏寄给我的明信片。我给明信片起了一个文艺的名字——“散落在世界的爱”。朋友们在旅途上，风景正好，但他们独独想起了你，不嫌烦用手写下你的地址、你的名字，带着期许投递，这不是爱，是什么？

毛爷说，这张明信片来自世界末日前夕，2012年，我们都不知道会不会看到2013年的新年曙光。明信片上，老人脸上沟壑丛生，老式的纺线机摇啊摇啊，吱吱呀呀，日子从左手到右手，又绵又长。我在某个苗寨逞强用过一次这种古物，看似轻巧却始终不能如愿成线，所以我感恩还有少数人没有被大机器时代同化。翻开明信片背面，经文一样的邮戳密密麻麻，必定是毛爷走了一路邮局，一路戳来。我也曾和她，在一个国家，一路戳过来，邮局、车站，一个都不放过。那里，是斯里兰卡。

我在越南搭上毛爷，她后来成了我在遇到人妻之前的固定旅伴。我们的第二站是斯里兰卡，她形如泪珠，安静地垂在印度和马尔代夫之

间，如此的近山近水。两个邻居炙手可热，她却不争不抢，淡泊得很，印度洋好像无穷无尽，终于，飞机高度逐渐降低，像是白鸽衔来橄榄枝，兰卡的陆地，水彩般地渲染入画。

下了飞机，我俩准备直接杀往康提，正在焦灼地找公车。一个当地男子前来搭讪了，得知我们的目的地，当即表示可以捎我们过去。我和毛爷欣然应允，把行李堆上车，三人挤在一个小突突车（TUTU）里，连转身的空间都没有，再加上一路风沙扑面，其实并不好受，但是我俩觉得好玩极了，开心得哈哈大笑！我和毛爷的血液里，有着共同的基因——冒险。坐在TUTU车里，毛爷不知道从哪里听来胡德夫的《太平洋的风》，既然我们现在身处印度洋畔，随即改了歌词，唱着“印度洋的风一直在吹，印度洋的风徐徐吹来”。就这两句歌词，跟随着我们整个旅程，我们颠来倒去地唱了一路，在一些逼仄的小路上，得意忘形起来，更是会一边唱，一边从路的左边跑到右边，再跑回左边。

渐渐地，我发现这个“好人”别有用心，在我睡着时，他的手开始摩挲我的肩头，有意无意触碰耳垂，车刚到康提，我们拒绝了他带我们去找酒店的“善良”提议，果断跳了车。

走过世界很多地方，南欧的男子堪称热情，嘴甜如蜜饯，相比之下斯里兰卡的男子就简直是胆大包天。握手时，时不时会被他们别有用心的手指撩拨惊吓，只能如同触电般地甩开手。在某个青年旅社，一个从科伦坡来的斯里兰卡年轻人当场向我求婚，还说可以把他在科伦坡的商店和银行卡都送给我，当时，我们不过刚刚认识了十分钟。末了，还抢了我的房间钥匙，宣称入夜要来找我，在我义正词严的喝止下，才悻悻然把钥匙归还与我。奉劝到斯里兰卡旅行的年轻女生，千万要当心。

康提的著名，在于康提湖畔的佛牙寺，供奉着斯里兰卡国宝释迦牟尼的牙舍利。我们住的青旅舒适得很，就在佛牙寺旁边。在这里，睡懒觉是不可能的，每天早上会准时被早功课叫醒。18世纪时，这栋建筑是

佛牙寺里虔诚的信徒

英国殖民者的茶仓，实木的建筑被每天一换的鲜花装点，保留着英式的优雅与细致。为了省钱，我和毛爷住进了一个没有窗的房间。

康提除了有佛牙寺，不远处还有被称为世界第八大奇迹的狮子岩，密林之中有一块宛若澳大利亚艾尔斯岩的天然巨石，走近会发现在两只硕大的狮爪间竟然凿有阶梯。这是被建成雄狮模样的空中宫殿，攀登至顶有皇家泳池，多年没人光顾的死水变成墨绿色，旁边有石床一张，供1500年前的皇帝斜躺着看众妃嫔戏水。墙壁更有戏，金黄色的镜墙据说千百年前光滑得可鉴人影。悬崖岩洞里的锡吉里耶仕女图至今仍然色彩艳丽，旧时的美人上身裸露，胸部结实坚挺，头戴宝冠，巧笑倩兮，纤长的手指摆出含义不明的姿势。

这座石头宫殿建于公元5世纪，摩利耶王朝的卡西雅伯弑父登基，害怕同父异母的弟弟寻仇，就躲在坚硬石壁后，但最终还是被弟弟发现了，慌乱逃窜时陷入泥沼而亡。这情节颇有希腊悲剧的意思，不过舞台摆在了亚洲。

在狮子岩脚下，毛爷的深圳房东和我们顺利会师了。房东姓李，是中国公司外派在斯里兰卡负责基建的工程师。当时“高富帅”这个词正红，我们刚一见面就直接开叫李房东“高富帅”。下一站是李房东公司所在地，东部沿海的亭可马里。李房东问道：“去那边有两条路，一条是已经废弃的公路，比较原始，会很慢，不过风景很好；另一条是我们新修的海边公路……”“第一条！”我和毛爷异口同声！果断跳上小皮卡后座，出发！

“高富帅”所在公司的工程师，是祖国的砖，哪里需要哪里搬，援建目的地都是经济不甚发达的国家和地区，一待就是三五年。“高富帅”的上一驻点在西亚的沙漠，每天戴着安全帽在四五十摄氏度的工地忙碌，想象得到的艰辛。截至我们碰面的时候，“高富帅”和他的同事已经为斯里兰卡修了五百多公里的路，从前去亭可马里要经过四个渡口，不断地等船登船下船，全程要走四个小时，中国公司把路一修，四十分钟便可到达，真正的“天堑变通途”。问“高富帅”在自己修的

狮子岩壁画中的侍女，经过这么多年，依然颜色艳丽

路上飞驰感受怎么样，“挺骄傲的”，他有些害羞。难怪，斯里兰卡当地人每每听闻我们是中国人，对我们都特别好，“我们喜欢中国人，你们帮我们修路”。

而我们选择了老路，除了我们，见不到其他的车和人。土路本来就状态欠佳，有了新路，没人维护，更是坑坑洼洼，一路尘土飞扬。皮卡车吃力地响着，慢慢开进路上的深坑，再默默用劲，慢慢地从坑里爬出来。我看了看仪表盘，时速“高达”15公里！

我和毛爷紧紧抓着扶手，稍不留意，头就会和车顶狠狠接触一次。但是，窗外真是美啊！稍微熟悉斯里兰卡的人知道，这里有看野生动物的探险行程（Safari），来了这里，我们便省了那几十美金！没有人烟，这里变成了野生动物的领地，拖着漂亮尾翎的孔雀昂首挺胸碎步走，等到皮卡都快追尾了才慌乱地快步跑开，乱了骄傲的步伐；黄嘴的鹳鸟翩翩起舞，远处的平原上，金钱豹庄严地踱步巡视。路边的灌木丛中，居然还有大象！我摇下车窗，愉快地和大象招手，热情打招呼。突然，大象一声怒吼，冲出树丛，快步冲向我们的车。“把车窗摇上！”斯里兰卡司机语气紧张起来了！我转头，愤怒的大象仍对我们紧追不放，一边摇头甩鼻大叫，尘土将它包围，像是黄色迷雾。

好在我们的“逃亡之路”还算平坦，老式皮卡终于发威。大象追了一段，自觉没趣，步子慢慢停下，摇头摆尾走进树丛。斯里兰卡司机说，大象一般很温顺，但一旦发起脾气，就一定要闹个你死我活，把车翻过来踩扁，用鼻子把人卷出去摔死，是它们的惯用伎俩，这条路尚在使用时，每一年都有十几人死于大象突如其来的怒火。“不过，大象一般是集体行动的，今天这只大象大概是失恋了心情不好吧。”司机故作轻松地开起玩笑来，但我们仍心有余悸。

虽说在斯里兰卡，我们和大象的第一次相遇显得有点“惊险”，我们还是和当地人一样，对这一“神兽”无比热爱。一日，去科伦坡的

夜路上，车突然停下，整齐划一地关了灯，停了音乐，熄了火，大家默默下车，走到路边买了山竹和红毛丹，享受起堵车来。这实在太淡定了吧！问了司机才知道，原来大象一家子在前面过马路呢。“没见过世面的外地人”——我和毛爷冲到前面看西洋景。象群慢吞吞地横穿马路而过，调皮的小象在路中间就是不肯走，直到象妈妈回头，做了思想工作，才心甘情愿地跟着大部队继续进发。待象群走远，车龙打火，亮灯，继续前进。

在斯里兰卡，停下来等大象过马路实在太正常了，所有的急事，在那一刻都不再重要。声音或者光线会影响象群，遇到象群要关灯，熄火，这些动作成了当地司机的条件反射，你绝对听不到暴烈的鸣笛催促，甚至没有一声抱怨。“在兰卡，迟到理由是遇到大象过马路，不会被扣工资的！”当地司机笑着给我们科普。

除了我们最爱的皮卡车以外，来到斯里兰卡，一定要坐火车啊！这里的海边火车，是日本漫画大师宫崎骏《千与千寻》中海上火车的原型。这一段火车，从科伦坡开往加勒，离海岸最近处只有3米，一面是茂盛的绿色稻田和森林，另一面是印度洋的壮阔海景，应该很多人会被如斯美景感动得落泪吧。

我们放弃了海边火车，选择了从努沃勒埃利耶（Nuwara Eliya）到艾拉（Ella）的山地火车。努沃勒埃利耶处于斯里兰卡的高海拔地区，著名的茶园和采茶女也在这里。由于气候常年凉爽，英国殖民者聚集于此，把这里想象成遥远的故乡，他们也给这里留下了许多英式建筑和“小伦敦”的爱称。火车站亦是殖民地时期留下的，百年如一日，在花丛中，以葱郁茶园、明媚蓝天做背景，追求光明和幸福的未来！

我们挤到买票窗口：“三等票。”买票小哥投来不可置信的眼神：“三等车厢环境不太好，你们要不要考虑下二等？外国人一般都坐二等或者一等。”“三等！”我和毛爷无比坚定！脑海中闪过了印度的火车

努沃勒埃利耶的火车站刷满了耀眼的明黄色

图片，乘客们“外挂”在门外，好过瘾！

说三等车厢环境不好，绝对不应该，除了没门没窗没空调，一切都好！我们车厢人不多，一群十五六岁的少男少女簇拥着上车，感情深到偏偏要挤在两排位置上。“你们有人会唱歌吗？”一位大胆的少年向毛爷开炮了。“会！”“会跳舞的呢？”“会！”毛爷指向我：“她又能唱又能跳。”

少年们沸腾起来了，左右开弓，把我架到车厢宽点的位置。相比男孩子，少女们可是羞涩得多，戴着大大的遮阳帽在一旁掩嘴笑。这帮少年啊，抱着一个手鼓就仿佛拥有了红磡体育馆的硕大舞台，一首接着一

首，载歌载舞，把我围在正中，挤眉弄眼，表情动作极有表现力。

他们的中场休息，是我大秀中文歌的时间。一开口，先来首外国人最熟悉的《茉莉花》，然而如此热闹的场合，实在冷场。果断换成《热情的沙漠》，手鼓响起，句与句中间，小伙子们大声地“嘿、哈”助阵，好一个中国大舞台。毛爷在旁边拍手喝彩，笑得乐不可支！只是当时，我们的数码产品全部没电，竟无缘留下任何照片，毛爷经常“威胁”我：“你要对我好一点，我可是唯一的人证啊！”

演出完毕，小伙子们和我一起走到没有门的门边，坐在地上看风景，佩服啊！在万事皆提速的当下，铁皮列车还在以15公里的时速穿行，我偷偷把脚伸出车外，裙摆飞得老远，在风的拉扯下，哗哗作响。抬头仰望参天古树，低头看深不见底的山涧，白绢一样的瀑布飞流直下三千尺，颇有哈利波特魔幻森林的味道。

我也想外挂，屡次站起来，都被男孩子们紧张地按压住：“站起来太危险了！”经过我的抗议，男孩子们一合计，一层一层地挂在门边，把我围在最里，就像被层层叠叠花瓣保护的花蕊。经过隧道时，我们一起放声大叫，听山洞里的回音，经过盛开的繁花，男孩子们松开一只手，伸手采撷花儿，红的紫的堆了我一头一手一身还满。

我们还在艾拉（Ella）参加了当地人的婚礼。毛爷每天5点起床爬山跑步不亦乐乎，我则自然醒悠闲地喝个英式早茶，赖在阳光里和当地人聊天。突然，毛爷风风火火地出现：有婚礼！我们迅速手绘贺卡，勇闯婚礼现场。那五颜六色的纱丽呀，映衬蓝天，美过任何名画，少女们婀娜多姿，对着我的镜头浅笑。婚礼仪式非常传统，长者庄严宣读的内容，虽然完全不懂，但是，幸福洋溢在空气中，谁都感受得到！

面对这样和平愉悦的盛景，谁能想象得到，2012年5月，斯里兰卡长达26年的内战，才刚刚结束3年呢？

哦，对了，忘了告诉你们，回来之后，我认真地把《太平洋的风》

听了一遍，那两句我们唱了一路的歌，紧接着后面几句是——吹进了生命的胜出，最早和平的感觉，最早感觉的和平。

和平，不光是对斯里兰卡，对世界，都是多么的重要啊。

新郎新娘

盛装打扮的纱丽美女们

斯里兰卡tips

SRI LANKA

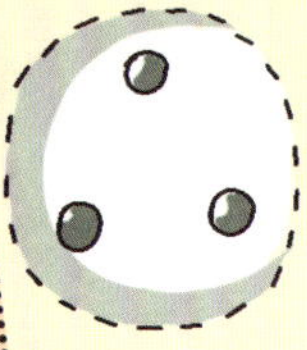

斯里兰卡的插头是这样的，
请自带转接插头，
至于多出来那个孔，
花花曾经看到有背包客
插了支铅笔进去。

斯里兰卡是非常虔诚的佛教国家，
进入寺庙必须要脱鞋，
女生裙子要过膝盖，
建议大家可以带上大围巾，
包裹裸露部分。

斯里兰卡和印度一样，
摇头是“yes”的意思，
如果不清楚，
可以多确认几次。

狮子岩这些著名景点，
会有外国人价(贵很多倍)，
千万不要讨巧买本国票，
进门要检查护照的，
如果你持有斯里兰卡的
长居或者打工签证，
可以购买本国票。

斯里兰卡签证是电子签，
费用为30美金，
审批时间一般为3天，
请提早准备。
落地签仅适用于从
第三国进入斯里兰卡，
从中国出发进入斯里兰卡，
无法申请落地签。

不平凡的时刻

“蝠鲼交易在过去十年急速增长，导致蝠鲼数量剧减，非法捕捞屡禁不止。因为，中国人要他们的鳃。中国广州，是世界上最大的消费市场。”托马斯停下了讲述。

我们坐在夏威夷大岛的潜水船上，浪很大，我突然有点眩晕。旅途上最无力的瞬间就在此，有人说你的同胞不好，但是你无力反驳，因为这就是事实。美国人、新西兰人，全船人的目光，刷地一下，聚焦在两个中国人——我和安迪（Andie）身上。

就算现在去搜索引擎上查询“蝠鲼鳃”，仍有“百科”称它可催奶、降血热，各种手把手教学煲汤帖，妈妈社区仍有帖子如同发现新大陆般地宣布“发现蝠鲼鳃可以治疗胎毒”，蝠鲼鳃变成了万病解药。

蝠鲼是一种生活在热带和亚热带海域底层的软骨鱼类，在侏罗纪时期就已出现，是比人类早得多的地球房客。一亿多年来，它们的身体并没有特别的变化，翼展最大可以达到8米。在人类对这个物种还很陌

生的年代，我们的祖先看到这个大东西，在海里，长得又和别的鱼类不一样，大叫“海里的魔鬼”。于是，它们又被称为“魔鬼鱼”。但和这个有些瘆人的名字恰恰相反，蝠鲼是一种非常温和的动物，连牙齿都没有，更别提伤害人类了。

作为滤食性的大动物，蝠鲼的鳃就是它们的过滤器，不仅没有营养价值，而且里面全是经年累月沉淀下来的水银等重金属，食用膨鱼鳃就像是啃空调的滤网，不但无益，还有害。

蝠鲼的繁殖能力并不如其他鱼类，雌蝠鲼不产卵，而是卵胎生，每次最多只接受两个“意中人”的追求，一至两个受精卵在雌蝠鲼体内孕育，并产出幼鱼。

捕多生少，导致蝠鲼数量锐减。2011年蝠鲼已被列入国际公约——保护迁徙野生动物物种公约（CMS），国际自然生态保护联盟（IUCN）已将蝠鲼归类为“濒危”物种。中国作为缔约国，从2014年9月14日起对蝠鲼国际贸易进行监管。

但是，我们所在的广州仍然是蝠鲼鳃的主要消耗地。安迪说话了：“我们的同胞受到不良商贩有意识的误导，导致一些消费者对蝠鲼有错误认知，相信蝠鲼鳃具有药用和保健功效。但是野生动物保护组织和媒体都在行动，地铁站有拒绝吃蝠鲼鳃的广告，暴走姐妹花和我一直都在分享会、博客、电台或者电视节目当中，传播科学的论据，希望大家不要上当。”安迪说完，明显感觉到大家的目光柔和很多。

托马斯继续他的环保科普：“对于消费蝠鲼鳃的人来说，蝠鲼鳃不仅没有药用价值，还有害，对于捕杀魔鬼鱼的渔民，他们卖一个鳃顶多只能有十几美金收益。但是，如果发展潜水相关的旅游业，一只魔鬼鱼一年可以为我们带来100万美金，不信，你们自己看看。”他指向旁边。

太阳还未落山，我们的小船旁边，密密麻麻的十几艘船，印着不同

潜店的名字，水底摄影师游上不同的船，发过塑的防水名片，提前预售水底照片。浮潜客们急不可耐，已经下水手牵手围成一个又一个圈，像是大型花样游泳比赛中摆出的花朵造型。

托马斯拿了一个大灯潜下水去，不一会儿上水，给每人塞了一个大功率手电，在我们的浮力调节装置中又多放了几个铅块，一边忙活一边说："记住！不能摸蝠鲼！否则它身上的保护膜会被破坏！你们手上携带的细菌会害死它们！如果它们向你冲过来，不要害怕，它们不咬人，你可以……"他敏捷地做了几个躲闪的动作，"中国功夫！你们会的！好，下水吧！"我们依次"巨人跳"，跨步入海。

我跳下水的地方，是夏威夷大岛的科纳（Kona），一个被称为凯阿霍莱角（Keahole Point）的潜点，也被叫作蝠鲼剧院（Manta Theater）。这里是世界蝠鲼夜潜的发源地，海边目光所及的峭壁上，是一间度假酒店。几十年前，渔民们偶然发现每晚在酒店外的海里，总

张火兔夜访蝠鲼　拍摄：邓薇（Andie）

是聚集大量的蝠鲼，原来，酒店的灯光吸引了大量的浮游生物，成为蝠鲼最佳的烛光晚餐！有商业头脑的美国人立马开始组织相关行程，将大灯放至海中，最多的时候可以看到20多只蝠鲼聚餐的盛景！

正在科普的托马斯

潜店早已划分好区域，我们被潜导带到一个大石头后，增加的配重让我在摇摆流中也能稳稳地趴在那里，拿着大相机的安迪跪在旁边，视频灯像是两个小太阳。主角来了！蝠鲼扇动着翅膀，张大嘴，向我们直冲过来，最接近的时候几乎可以帮它做口腔检查。它在我们头顶灵巧转弯，再游到前面几米的大灯面前。灯柱直直指向海面，像定海神针一般。趋光的浮游生物疯了一样，打得脸微微作痛。蝠鲼在定点光柱中开始了它们的表演，连续地翻腾。我在想，这里不愧蝠鲼剧场的别名，它们是万众瞩目的明星，而我们是买了握手位门票的小粉丝。后来听说吴秀波大叔也是来这里拍摄了保护蝠鲼的公益宣传片。感谢明星们对环保做出的贡献。

和我的随意不同，安迪享受做攻略的过程，英语、德语都讲得跟母语一样流利的她，常常在国外网站上找到独特行程。我们在夏威夷大岛的科纳还参加了观鲸之旅。这家公司从船到船长，都是从海军陆战队退

役的。我们来到码头，问路人公司的船怎么走，他们立马就会指着说：“哦！就是海军冲锋艇那家！”海军冲锋艇从军车上放入海中，橡皮的底座，船速可以达到很高，很快便可以开到外海，跟上庞然巨兽的迁徙路线。

乘客在冲锋艇上是没有座位的，大家都紧拉扶手地全程站立，

超级酷的冲锋艇

船长立在船头，举目远眺，看到海面有黑影，就兴奋地大叫“鲸鱼（whale）！”海军退役的船长非常有经验，他缓缓将冲锋艇开到鲸鱼必经之路旁，我们穿上脚蹼，戴上面镜，悄然沿着船舷滑入水中，沿着鲸鱼行进路线的90度角切过去，脚蹼尽量不离开水面，不激起水花。

我们停在海面等待着，不一会儿，几个黑影靠近了，5条领航鲸向我们游过来。这是我第一次看到鲸鱼。它们的吻特别短，前额圆而隆起，像寿星公，因而又有“巨头鲸”之称。这时候我突然感到有人拉我脚蹼，一转头，我和远洋白鳍鲨四目相对！

还没下水时，船长就科普说，领航鲸以鱿鱼为食，一般鲸群后面都会跟着远洋白鳍鲨，捡些残羹冷炙。你千万别因此就以为远洋白鳍鲨是废柴，实际上它极具侵略性，根据有关统计，其攻击人类的次数比其他所有鲨鱼都要多。但此刻，它在离我们10米的范围内，慢慢游弋，好奇地看着我们几个陌生人。安迪比我前一个身位，咔咔咔，给鲨鱼拍下了超好的定妆照。海面的波光，倒映在鲨鱼皮上，像是虎斑。

安迪和我还一起见识过很多盛景。在墨西哥拉帕兹（La Paz），我们和十几条鲸鲨同游，海狮调皮地咬着她的脚蹼，绕着我们玩游戏；夏威夷30年难遇的火山爆发，熔岩啸叫着形成数条火红火舌，带着破坏一切的力量，缓慢地流入大海，冷热交汇，瞬间烟雾弥漫；斯米兰的豹纹鲨优雅地在我们前面带路，背上三条棱清晰可见；马拉帕斯瓜清晨的大海中，我们肩并肩地趴在悬崖边，静静等待长尾鲨来到清洁站，洗个澡开启全新的一天。

虽说人生是一场又一场的目送，有那么一些事，一些人，用远去的背影告诉你——不需追，但想起来仍会感恩，我生命中这些不平凡的时刻，都有你陪我一起。

夏威夷的火山

做个人见人爱的沙发客

沙发客自测篇

1.你是一个爱沟通，善沟通的人吗？

沙发主人在这么多申请的客人中挑选中你，证明他（她）是希望了解你这个人，或者你所承载的他们所不熟知的文化社会环境。外语不好的沙发客也可以申请，但是主人接受的可能性比较低，除非，那个主人有意要练习中文。

2.你是一个愿意和沙发主人创造共同记忆的人吗？

选择做沙发客，就要把沙发主人当成好朋友，愿意分享和共同体验，如果可以一起做个跨国界料理那就更好了。

3. 你是一个愿意尊重沙发主人的生活习惯而放弃部分旅游计划的人吗？

有些主人在工作日接待了你，第二天一早还要工作，这确实是给主人添麻烦了。所以，你就得“懂事”一些，尽量在主人休息时间之前回去，靠谱才是正经事儿啊。

4.你是一个有良好生活习惯、爱卫生的人吗？

谁也不想看到自己的家像被炸了一样。爱卫生，有良好习惯的人，才会受到沙发主人的欢迎。

那些“丧心病狂”的小事

李宗盛有一首歌叫《像一个孩子》，其中有句歌词是这样的：“写歌容易，写你太难。”写人妻，我是最后动笔的，中间隔了很久。自认写字对我从来不是一件难事儿，但提起笔来，又不知道从何下手，大抵是，太多话想说，一时不知从何说起。

我和人妻的结合算是一桩“乱点鸳鸯谱”，我和她都爱旅行，都渴望分享旅行，便做了一档旅游节目，于是，被当时的频道总监“强行绑定”了。

后来证明，这桩“包办婚姻”还不错，我外向，她内敛，我脾气火爆，她沉稳成熟，知道我的二踢脚脾气，总是对我忍让些。我是她旅途的兴奋剂，她是我旅行的安全感；我和“花粉”插科打诨迅速熟络，她像个大姐姐一样传授经验。这样的强互补，很难得。

暴走姐妹花的公众号，最开始单纯是想要成为电台节目自宣的阵地，2013年12月9日，和往常一样爱查打折机票的人妻，本着查到就别

浪费的精神，把沙巴机票信息和旅行攻略推出，瞬间，大量粉丝涌入，一周过后，我们作为“这座城市中有趣的人”接受了报纸的专访。

接受采访，我们固然高兴，然而更高兴的是来自粉丝的鼓励。有一天，我们在后台看到一篇很长的留言，一位叫岚紫的女士说：“上学时，我是一个很爱玩的人，走过不少地方。后来工作了，我想，我要做一个好员工；结婚了，我想，我要做一个好太太；小孩降生，我想，我要做一个好母亲。有一天看到暴走姐妹花，突然想起来，我是有多久没有看到这个世界了啊。沙巴机票的推送好像重新激起了我看世界的心，暑假的机票已买好，我要和女儿一起在旅途中成长了！”

看到这一段，我和人妻都泪奔了，能给大家出发的勇气和旅途中的安全感，我们做的事情好有意义。后来，岚紫在旅途中不断给我们发美丽的照片，壮丽的落日美景，广袤的大海，也遇到语言不通的笑话。她说，女儿似乎突然发现了英文的重要性，回家之后，居然愿意学习了。旅途，总是会带给我们不知不觉的改变和成长的。

有时候仍会想起日本横滨某个大雪夜，为了让手机信号更好些，我光着脚站在胶囊旅馆的走廊，冷到哆嗦，进屋暖暖，再出来。人妻在海的那边给我汇报“战况”，暴走姐妹花第一次粉丝活动——征集“花粉”旅行照片和旅行小故事，最后会在情人节的时候在一个高尚购物中心的大屏幕上显示出来。“花粉”投稿踊跃，一张张照片，一段段在路上的故事和感悟，我们仿佛站在正能量的中心。

其中有一张“与众不同”的照片，照片中的女生戴着海底漫步的头盔，笑得一脸灿烂，但是这个女生没有头发。

她叫淼淼，白血病患者，化疗让她没了女生心心念念的秀发，但是她仍然乐天，只要身体情况一稳定，就会开启她的暴走之旅。我拜托她录了一段小音频，她笑称自己是大吃货，因此想去台湾逛吃。她的声音如此愉悦，听起来，现实生活中操劳的我们反而更像病人。

热爱海洋的暴走姐妹花出海去咯！

登高眺望阿联酋酋长皇宫

为了让治疗期间的森森对世界的精彩不缺席，我们发起了一个活动——把世界带回给她，号召大家在旅行的时候，都给她寄出明信片。后来，森森给我们发回一张照片，她伸手环抱着一张大圆桌，上面密密麻麻的都是花粉从世界各地寄回来的带着爱的明信片。

后来有一天，大家都收到了森森家人传来的她去世的消息，森森家人感谢森森人生的最后时刻有我们陪伴。突然有花粉讲道："群里，有

一个头像，永远不会亮了。”大家都哭了起来。

森森在人生的最后一段时间去了韩国，逛了北京，去了好多好多地方。只是，我们两个答应和她一起吃遍台湾的旅程，再也实现不了了。

因为有了暴走姐妹花，我们认识了不同的人，开启了精彩的人生，这个旅程，有人妻相伴，暴走世界的旅程，自然也少不了她。

常有人问，你们俩是每次旅程都一起吗？如果旅途遇到分歧怎么办？我想，人妻和我，一定是世界上最各自独立的组合。旅行，其实和爱情很像，两人同行，是为了让旅程更美好，否则，倒不如各自往前。

两个具备相当旅行经验的人，自然也是不怕独自上路的，最经典的一次是在德国，人妻想去汉堡，我仍想在格林兄弟的故乡卡塞尔做几日童话梦。于是，我们约定好在几天后早上十点半，在柏林勃兰登堡门下不见不散。而我们，也真的如计划碰到，互相同步过去几天的所见所闻，遇见的人，聊得根本停不下来，再在牛扒馆针对“如果人类拥有了读心术是会消灭战争还是会更加动荡”进行了深入辩论。

有一年，和一群天文爱好者一起去西藏追观星追流星雨，首日聚首，在巷口的甜茶馆，4块钱一壶甜茶，用20世纪80年代家里都会有的色彩艳丽的保温瓶装着，我们看着天上的“超级月亮”，据说这里是难能可贵的近月点。高原的夜有点冷，我们突然有点感谢自己，又感恩身边一起支持我们的人，遂将手中的甜茶倒在地上，遥敬在天边的各位。

那一次的观星旅程有点艰苦，又其乐无穷，越野车在荒漠中飞驰，我们俩大声吼着许巍、齐秦，看着旁边有野驴经过，马上大声唱着“野驴呀，神秘野驴呀”！经过的骑行者必定会慢下来，摇下车窗，中气十足地鼓励几句。

一晚，夜宿岗巴，岗巴的意思就是雪山环绕的村庄。这个名字无比写实，即便在夜里，也能看到附近神山巍峨的暗影岿然挺立。天文爱好者张老师让我们打着电筒，来到了招待所的顶楼，站定熄灯。仰头望

人妻因为中国风造型风靡德意志，变成小哥哥们争相合照的人形立牌

去，一条粗壮的银河出现在眼前，肉眼清晰可辨，我已忘了故乡田埂上的银河是否长成这样，我只记得，这条闪耀的河，已好久不见，我开始不由自主地大声冒出不文雅的话，此时，正常的词汇无法表达我内心涌动，身边的人妻哭了起来。

后来，我们在别的地方仰望天空，发现空无一物时，同行人抱怨："这里没有银河。"人妻都会认真纠正："银河其实一直在我们头上，她一直在，只是有时候，我们看不到罢了。"那时候，我觉得她是一个哲学家。

我们挺进珠峰大本营，一路上看着指示牌上海拔数字飙升，在山脚我还穿得很少，到了山顶，高海拔加上冻雨，我已经裹成了一个粽子。只有一晚的珠峰大本营，天公实在有意作对，"这个天气啊，恐怕今晚观星和明天的日照金山，我们都无缘了"。有经验的老司机们都如是说。

我偏不信邪，把行李放进藏民的油毡房，拉着人妻来到大本营空旷

地方，并排站好，“我们吹，把云吹开，星星就出来了”。说罢，两人抬头鼓起腮帮子，对着天，呼呼吹气。

我们这点法术好像并不奏效，夜幕降临，藏民毡房里烧起了牛粪，小伙伴们已经开始铺睡袋，准备就寝。我不死心，走出毡房，准备做最后的努力，一抬头，明显感觉之前墨黑的云层亮了许多，在头顶上，之前厚重似黑棉絮的乌云变成几缕薄纱，薄纱之间，那若隐若现的三颗依次排开的亮星，莫不是猎户座的金腰带?

“庞倩怡！庞倩怡！庞倩怡！”我连声大叫着冲进毡房。一般情况下，我是不会叫她全名的，除了很激动和很生气的时候，“扛机器，天气开始变好了！”十分钟后，我们已经从头到脚全副武装，只剩两只眼睛，在尽量远离大本营的空地上，立起相机三脚架。银河挣破黑云，慢慢地出现了……

观星之行最大的特色就是哪里没人去哪里，因为星空观测要尽量远离光污染，城市中心是万万不行的。一晚，我们住在希夏邦马峰脚下，这是世界上第14座海拔超过8000米的高峰，也是一座完全在中国境内的8000米级山峰。这里可真偏僻啊，偏僻得在公路中间坐着，基本不会有车经过，人烟罕至，自然也没有村落，只有几个垒高的集装箱，没水没电，由几个藏人看管，供行人暂时落脚。

大概是太久没人光顾，集装箱地上全是手掌大的飞蛾身影，有洁癖的人妻简直要爆炸了，飞一般地出门寻找起清洁工具来，我坐在门口等待。这时候，突然一个藏民走了进来，径直捧起了我的脸，低下额头，我以为是藏族的打招呼方式，也轻轻低头，和他碰了下额头，心里想：真有仪式感呢！末了，他又抓起了我的双手，放在额前，无比虔诚。

“你好，请问哪里有扫帚呢？”人妻回来了，走了一圈，两手空空。藏族小哥哥回头看着她，指了指自己，又回头指了指我，双手合十放在脸颊旁，艰难地用汉语说出几个字：“我，和她，要睡觉。”

我震惊了！人妻看起来倒是淡定得很，说：“那你先告诉我哪里有扫帚。”藏族小哥哥嘴里说的觉自然是没有睡成的，只是后来每次说到此事，我都会忍不住问：“Really？（真的吗？）在那个时候你还一心想着要打扫！”

我和人妻经常会有些奇怪的对话来挑战对方知识面或者智商。有一次，她突然问我，你知道在纸巾发明之前，人类上完厕所怎样做清洁吗？还好我曾经有所耳闻，用瓦片！我回答。然后她给我分享了中世纪欧洲贵族的方式，当时在每个马桶前面都有一截麻绳，用于便后清洁，一人污染一段。但是麻绳不会经常更换，干了过后又是一条好汉，供后人使用！我摆出了一副恶心的表情，说：我一定要成为每天第一个上厕所的人！人妻不以为意地“哼”了一声，说：你早得过一个月前的人吗？于是，我无比庆幸生活在有卫生纸的现代！

后来，对于这个有趣的话题，我搜索了资料，罗马的公厕文化也特别盛行，他们爱泡澡大家都知道，即便现在，在德国巴登巴登（Baden Baden），你仍然可以亲身感受古罗马的公共澡堂。除了澡堂，公厕也是罗马人热爱的社交场所。对于清洁，他们的方式是这样的：置于公厕前方的桶内装着小棍，棍子末端连着海绵。人们用海绵擦拭自己，尔后放回原处给下一个人使用。前方有个小水槽，用于湿润海绵，注意，是湿润，并不是清洗！在这方面，以前的人类显得太不分你我，太爱共享了！

西藏大多数都是旱厕，第一次震慑我的是羊卓雍错湖旁边的厕所，坑中内容堆砌如金瓶似的小山，感觉蹲得稍低都会碰到山尖。空气中的氨浓度异常高，连睁眼都成问题。从此过后，我们在西藏几乎都在野外解决问题。对于野外如厕选址，最有经验的绝对是司机。西藏之美，在于行进的路上，加上地方之间距离隔得很远，因此，每天在车上的时间也最多。每次，我们只要一提出需要解决的要求，司机大哥就会选择一

岗巴的星空

个隐秘的最佳位置，一般是涵洞旁边。有一次，我和人妻并排蹲在高速路路桥之下，雅鲁藏布江前面，看着涓涓细流汇入奔腾怒吼的母亲河，四周景色壮美，绿意盎然，惬意非常。

面对着珠峰和高悬于上的银河也是极有意思的，上厕所这件事的意义得以升华，你会觉得和自然与宇宙有了交流。只是，对于选址这事儿，英雄所见特别容易略同，因此很多时候兴冲冲地跑过去，往往已尸横遍野，你不得不勤劳地跑得更远些，去开辟新领域。

故事还有很多，暴走姐妹花也还在继续。现在，除了日更的“暴走姐妹花”公众号，每周一次的电台节目，我们还有一个“小宝宝”——地道发现APP，号召和我们一样爱旅行的人，分享在家乡或者旅途上的好发现，不用长篇累牍，只要短小精干地给身边人，或者旅行者一个推荐或者提点。

希夏邦马的星空

我和人妻仍然会偶尔争吵，讲不甚好笑的笑话，在喝醉的时候互相表白，酒醒就对表白内容拼命抵赖；我们一直计划着去欧洲卖艺，虽然我的太极迟迟没有学会，她的粤剧行头也尚未齐备，还有我们嚷嚷了好久的南美摩托车旅行。在世界上，有这样一个人，愿意和你做很多“丧心病狂”的事情，这是多大的福分啊！